## "中国现当代名家散文典藏"编辑委员会

主　任：阎晶明
副主任：丁　帆
委　员（以姓氏笔画为序）：
　　　　止　庵　孔令燕　何　平　何向阳
　　　　李红强　张　莉　周立民　施战军
　　　　贺绍俊　臧永清

中国现当代
名家散文
典藏

# 冰心散文

人民文学出版社

图书在版编目（CIP）数据

冰心散文/冰心著. —北京：人民文学出版社，2022（2024.7重印）
（中国现当代名家散文典藏）
ISBN 978-7-02-016716-6

Ⅰ.①冰… Ⅱ.①冰… Ⅲ.①散文集—中国—现代 Ⅳ.①I266

中国版本图书馆 CIP 数据核字（2022）第 044117 号

责任编辑　杜　丽
装帧设计　陶　雷
责任印制　张　娜

出版发行　人民文学出版社
社　　址　北京市朝内大街 166 号
邮政编码　100705

印　　刷　河北环京美印刷有限公司
经　　销　全国新华书店等

字　　数　344 千字
开　　本　880 毫米×1230 毫米　1/32
印　　张　13.25　插页 4
印　　数　14001-17000
版　　次　2022 年 5 月北京第 1 版
印　　次　2024 年 7 月第 5 次印刷

书　　号　978-7-02-016716-6
定　　价　42.00 元

如有印装质量问题，请与本社图书销售中心调换。电话:010-65233595

作者像

作家的称呼是读者赐予的,不是自己封的。要做未来的作家一定要等有真情实感的时候才下手动笔,那样才能得到读者的理解和同情。记未来作家们刊。

冰心 十十五
〔印〕

作者手迹

冰心夫妇

1938年夏，冰心夫妇与三个孩子在燕南园寓所前

# 出版缘起

中国现代文学开启自一百多年前的一场文学革命。从此，与社会现实密切相关，普通大众可以接受、可以欣赏、可以从中得到思想启蒙和艺术享受的新文学，就如雨后春笋般生长，涌现出一篇又一篇、一部又一部影响当时、传之久远的经典作品。自"五四"新文学以来的中国现当代文学发展进程中，散文无疑是耀人眼目的明星。

散文既能直抒胸臆，又能描摹万物，因此被视为自由多样的文体；散文语言贴近日常，最易触动人们的情感，可以直接地陶冶人们的心灵。这也是经典散文被誉为美文、拥有广泛读者、历经岁月更迭仍让人捧读的原因。百余年来的中国现当代散文创作云蒸霞蔚，已莽莽如浩瀚的文学森林，人们若贸然闯入这片森林之中，时有乱花迷眼、茫然难辨之困扰。为了让广大喜爱散文的读者能够更迅捷地读到中国现当代散文的经典性作品，我们精心编选了这套"中国现当代名家散文典藏"丛书。本丛书编选过程中，我们邀请了文学界的专家学者组成编委会，在认真商讨的基础上，汇集、编选了20世纪以来中国现当代散文史上的名家、名作。目的就是方便广大读者感受散文经典的艺术魅力，有利于集中欣赏、比较阅读、收藏，以及进行相关研究。

在研究、讨论过程中，编委会形成了经典性的编选宗旨。卷帙浩繁的现当代散文作品中,以经典作家、经典作品的筛选为编选原则,是为读者提供阅读便利的需要,也是为百余年散文创作所做的某种回顾和总结。我们深知,任何一部文学经典都并非一蹴而就,也非任由某个权威命名而成,文学经典是经过时间的淘洗,经受了社会和读者等各个方面的考验,自然形成的。这个淘洗和考验的过程就是一部文学作品被经典化的过程。经典,是经典化过程的结晶。中国现代文学是中国当代文学的前身,当代文学是活在我们身边的文学,这是一件非常有趣的事,因为这样一来,我们也许就能亲眼看到一部文学作品是如何诞生的,又是如何引起社会的热议、得到不断深入阐释的,我们对一部当代散文的喜爱,往往也是在这一过程中不断地得以强化。经典便是在这样不断被阅读、被热议、被阐释的过程中得到人们的广泛肯定从而成为大家公认的经典。当我们要编选一套现当代散文经典的丛书时,就应该考虑到当代文学的这一特点,要意识到当代文学的经典并不是凝固不变的,它仍处在不断丰富和不断成熟的经典化过程之中。这就确定了我们的基本编辑思路,即我们自觉地将"中国现当代名家散文典藏"的编选和出版,视为参与到现当代散文的经典化过程的一次积极行动。经典化,为我们的编选打通了一条通往经典性的最佳通道。我们从经典化的角度来审视现当代散文,就要更强调发展和辩证的眼光,更需要发现和辨析那些正在茁壮生长中的新现象和新作品;这也提醒我们,在经典标准的确认上不能墨守成规。我们既要关注作为文学史的经典,同时又要更看重历经岁月变幻始终在广大读者中拥有良好口碑的作品。我们认为,读者是经典化过程中不可忽视的参与者,因此也希望这次"中国现当代名家散文典藏"的编选和出版,能够为广大读者参与到现当代散文经典化进程中来提供一次良好的机会。

经典化的编选思路,自然决定了这套丛书有另一特征:开放性。中国现当代文学作为活在我们身边的文学,这就意味着它是一种具有旺盛生命力的,仍在茁壮生长的文学。回望过去的一百余年,现当代散文已经产生了不少的经典性作品;凝视当下的现实,仍有许多正行走在经典化道路上的优秀作品;放眼未来,我们相信,将会有更多的经典脱颖而出。我们这套散文典藏丛书不光要"回望",而且还要有"凝视"和"放眼",也就是说,我们不光要推出已有定论的经典性作品,而且还要把那些正行走在经典化道路上的,以及刚刚萌芽即将脱颖而出的优秀作品也纳入丛书的视野,因此我们必须采取开放性的编选方针。我们不是一次性地编选数十本书就宣布大功告成了,我们还要在此基础上继续延伸下去,把在经典化进程中逐渐成熟了的作家和作品吸纳进来,作为系列丛书、长期工作、"长河"计划而接连不断地出版下去。

本丛书编辑过程中,坚持优中选优原则,同时也充分尊重作家意愿和相关版权要求。在编辑"中国现当代名家散文典藏"过程中,由于版权限制等因素,使得一些名家名作还没有如期纳入丛书当中,我们也将努力创造条件,争取将更多的优秀散文佳作奉献给读者,以呈现中国现当代散文创作的整体成就和总体风貌。

感谢广大作家的支持,感谢广大读者的厚爱。

人民文学出版社<br>
"中国现当代名家散文典藏"编辑委员会

# 目 录

*1* 导读

## 第 一 辑

*3* 二十一日听审的感想
*5* 遥寄印度哲人泰戈尔
*6* 图画
*7* 笑
*9* 一朵白蔷薇
*10* 梦
*12* 往事(一)(节选)
*22* 往事(二)(节选)
*36* 寄小读者(节选)
*74* 山中杂记(节选)
　　——遥寄小朋友

## 第 二 辑

*83* 我的文学生活
*95* 新年试笔

- 97 默庐试笔
- 108 从昆明到重庆
- 111 再寄小读者(节选)
- 117 力构小窗随笔
- 124 给日本的女性
- 127 丢不掉的珍宝
- 132 从去年到今年的圣诞节
- 134 从破旧的信说起
  ——在东京大学讲台上
- 137 观舞记
  ——献给印度舞蹈家卡拉玛姐妹
- 140 樱花赞
- 145 一只木屐

## 第三辑

- 149 腊八粥
- 151 天南地北的花
- 155 读了《北京城杂忆》
- 158 两栖动物
- 161 我请求
- 164 病榻呓语
- 166 一颗没人肯刻的图章
- 168 无士则如何
- 171 我喜爱小动物
- 174 市场上买不到一尊女寿星

- *175* 故乡的风采
- *179* 我梦中的小翠鸟
- *180* 谈孟子和民主
- *182* 玻璃窗内外的喜悦
- *184* 我的家在哪里？
- *186* "孝"字怎么写
- *188* 五行缺火

## 第四辑

- *191* 我的故乡
- *200* 我的童年
- *211* 童年杂忆
- *220* 我差点被狼吃了！
- *222* 祖父和灯火管制
- *224* 我到了北京
- *230* 我入了贝满中斋
- *238* 我的中学时代
- *240* 我的大学生涯
- *249* 回忆"五四"
- *252* 在美留学的三年
- *258* 我回国后的头三年
- *263* 话说"相思"
- *266* 生命从八十岁开始

## 第五辑

271　我的祖父
274　我的父亲
277　我的母亲
279　我的小舅舅
283　我的表兄们
286　我的老伴——吴文藻(之一)
294　我的老伴——吴文藻(之二)
308　我的三个弟弟

## 第六辑

319　记萨镇冰先生
325　追忆吴雷川校长
327　我的老师——管叶羽先生
330　记富奶奶
　　　——一个高尚的人
335　关于刘半农刘天华兄弟
337　一代的崇高女性
　　　——纪念吴贻芳先生
339　忆许地山先生
342　海棠花下
　　　——和叶老的末一次相见
344　追念振铎
348　我的良友
　　　——悼王世瑛女士

| | |
|---|---|
| 358 | 追念罗莘田先生 |
| 361 | 老舍和孩子们 |
| 366 | 悼念林巧稚大夫 |
| 370 | 忆实秋 |
| 372 | 一位最可爱可佩的作家 |
| 374 | 怀念郭小川 |
| 377 | 我们全家人的好朋友——沙汀 |

# 导　读

　　冰心是"五四"时期登上文坛、终身笔耕不辍的散文大家。青年冰心以"爱的哲学"和"冰心体"（阿英《现代中国与作家》）的文体风格闻名于世。她早年的散文《笑》《寄小读者》《往事》，是中国新文学史上脍炙人口的名篇。郁达夫1936年引用雪莱吟咏云雀的诗句："是初生的欢喜的化身，是光天化日之下的星辰……"，认为这句诗"一字不易地用在冰心女士的散文批评之上，我想是最适当也没有的事情"。1960年代，冰心散文《樱花赞》《一只木屐》中的抒情文字，真挚优美典雅，是那个年代的空谷幽兰。晚年冰心又以《童年杂忆》《我的祖父》等系列回忆性散文和《我请求》《无士则如何》等杂感，完成了一次风格上的转型。

　　冰心一生长达七十多年的散文创作，有两个方面是不变的：一个是主题以爱为中心；另一个是字里行间总表现着作者人格的高洁无染。也有两个方面是变化的：一个是文体方面，早期和中期多为抒情散文，晚年则以杂感和回忆录为主；另一个是语言风格，早期和中期散文偏于清丽典雅，有着"鸭梨儿"的"清脆"，晚年则洗练通脱，时有锋芒显露。

## 一、万全之爱与乐夫天命

冰心的"爱的哲学"有形而上思考与现实人生关怀两个层面。

时光永恒、人生有限，人常常难免为生命的短暂感到无奈和惶恐。在对生命作形而上思考的时候，青年冰心以"万全之爱"来抵御终极的虚无。在散文《"无限之生"的界线》中，冰心借人物之口表明死亡不过是生命"越过了'无限之生的界线'"罢了。想象中，死去的宛因对活着的冰心说："我同你依旧是一样的活着，不过你是在界线的这一边，我是在界线的那一边，精神上依旧是结合的。不但我和你是结合的，我们和宇宙间的万物，也是结合的。"青年冰心在有差别的生命中看到了生死之间、万物之间的内在统一性，由此超越死亡给生命带来的恐惧，甚至赋予死亡以一层宁静的诗意美，并且在思辨中给孤独的个体生命带来宇宙大家庭的融融暖意。在《往事（一）·二十》中，青年冰心想象中的死亡是"葬在海波深处"，"在神灵上下，鱼龙竞逐，珊瑚玉树交枝回绕的渊底，垂目长眠"，"从此穆然，超然"。在这空灵无迹的浪漫想象中，死亡意境有着生的灵动，却没有尘世的芜杂，而实现了生命在凡间难以企及的超然、静穆。

晚年冰心，不再构建死是生之延续的浪漫图景，而是坦然接受生命必然会终结的真相，在生死问题上展现出旷达、幽默的智慧。八十八岁时，冰心在病痛的困扰中，想起老子《道德经》中的句子："吾有大患，为吾有身；及吾无身，吾有何患"（《病榻呓语》），展示出对躯壳不执念的通脱态度。她受孔子"骂"原壤"老而不死是为贼"的启发，请人刻了一枚"是为贼"的闲章，嘲弄自己的长寿（《一颗没人肯刻的图章》）。到九十一岁高龄，她依然既保持着生活的热忱，又了无牵挂地坦然直面随时可能到来的死亡。她说："我自己从来没觉得'老'，一天又一天忙忙碌碌地过去，但我毕竟是九十多岁的人了，说不定哪一天就忽然死去。至圣先师孔子说过：'自古皆有死'，我现在是毫无牵挂地学陶渊明那样'聊乘化以归尽，乐夫天命复奚疑'。"（《我从来没觉得老》）

## 二、母爱、儿童之爱和自然之爱

在现实人生关怀层面上，冰心终身都是母爱、儿童之爱和自然之爱的歌者，尽管它们的内涵在不同时期有所变化。

歌唱母爱，青年冰心首先是从女儿的角度、以感恩的心情，把母爱理解为遮挡人生风雨的精神庇护所。在《寄小读者·通讯十三》中，她说："写到'母亲'两个字在纸上时，我无主的心，已有了着落。"从个人所感受的母爱温暖出发，冰心又将母爱演绎出为整个世界的精神动力。她说："'母亲的爱'打千百转身，在世上幻出人和人，人和万物种种一切的互助和同情。这如火如荼的爱力，使这疲缓的人世，一步一步地移向光明！"（《寄小读者·通讯十二》）正是循着这个母爱济世的思路，中年冰心赋予了母爱以承担维持人类正义、反对侵略战争的历史使命，1946年她在《给日本的女性》的散文中说："全人类的母亲，全世界的女性，应当起来了！我们不能推诿我们的过失，不能逃避我们的责任，在信仰我们的儿女，抬头请示我们的时候，我们是否以大无畏的精神，凛然告诉他们说，战争是不道德的，仇恨是无终止的，暴力和侵略，终究是失败的？"

写作《寄小读者》时期，冰心不过是一个二十出头的青年女子，自己还无限留恋真率无伪的童年时代，也希望小朋友们能顺利走过成长时期。她把自己感受的美好事物叙说出来与小朋友共享。她对小读者说："我是你们天真队里的一个落伍者——然而有一件事，是我常常自傲的：就是我此前也曾是一个小孩子。为着要保守这一点天真直到我转入另一世界为止，我恳切的希望你们帮助我，提携我，我自己也要永远勉励着，做你们的一个最热情最忠实的朋友！"早年冰心不是站在一个优于儿童的位置上居高临下地以师长面目去教训儿童，而是以平等的态度、用自己热情诚恳的心去与儿童交朋友。晚年冰心则以慈爱的母性心怀把闹嚷嚷的孩子们看作是"关不住的小天使"，建议人们春游的时候"只拣儿童多处行"（《只拣儿童多处行》）。

自然事物在冰心的眼中，总显得格外清新优美。碎雪、微雨、明月、星辰，都是冰心所爱，但最打动她心怀的，则是自幼看惯了的山东芝罘岛边的大海。《山中杂记·（七）说几句爱海的孩气的话》中，她列举了海比山强的种种理由之后，甚至极端地宣布说："假如我犯了天条，赐我自杀，我也愿投海，不愿坠崖！"从海中，她看到的是"海阔天空"的境界，是"庄严淡远"的意味，以及"海上生明月，天涯共此时"的"妩媚，遥远，璀璨"。海对冰心而言，不仅是富有美感的客观景物，而且能够滋养性情、启迪人生。在《往事·十四》中，她对弟弟们说："我希望我们都做个'海化'的青年"，因为"海是温柔而沉静"，"海是超绝而威严"，"海是神秘而有容，也是虚怀，也是广博——"。美国波士顿郊外雪中的沙穰青山，在冰心的感受中，"只能说是似娟娟的静女，虽是照人的明艳，却不飞扬妖冶；是低眉垂袖，璎珞矜严"（《往事（二）·三》）。晚年，玫瑰的浓香、桂花的幽香、君子兰的静雅气质仍然滋润着冰心的心田（《话说君子兰》），而梦中那"清脆吟唱着极其动听的调子"的小翠鸟，更是九十岁冰心美丽心灵的外化（《我梦中的小翠鸟》）。

## 三、针砭现实与怀人忆旧

　　冰心并非是一个没有锋芒的人。1923年在东京的游就馆中看到中日战胜纪念品和战争图画，她说："我心中军人之血，如泉怒沸。"她进而阐释自己的愤怒是基于对正义的维护，而不是出于弱者的怨恨。她说："我心中虽丰富的带着军人之血，而我常是喜爱日本人，我从来不存有什么屈辱与仇视。只是为着'正义'，我对于以人类欺压人类的事，我似乎不能忍受！"(《寄小读者·通讯十八》)冰心既有强烈的正义感、浓厚的家国情怀，又有超越种族、阶层、性别的人类爱精神。战后在日本，她更是把对日本人民的同情、热爱与对日本军国主义的否定融为一体两面的态度。改革开放后，她盼望中国社会能健康发展，尤为关注教育问题，写了《我请求》《我感谢》《无士则如何》等杂感，为知识分子尤其是教师群体待遇低的问题大声疾呼。她说："我只希望领导者和领导部门谛听一下普通群众、普通知识分子的心声，更要重视'无士'的严重而深远的后果。"(《无士则如何》)

冰心早年虽也有一些怀人忆旧的散文，如1936年创作的《记萨镇冰先生》就生动地刻画了一个清简自律、体恤下属而又文雅倜傥的海军将领形象，但是冰心大量的自传和怀人散文则写于1978年以后。晚年冰心，"回忆像初融的春水，涌溢奔流"。她在自传中记述了福州谢家祖父宽厚有威、兄弟姐妹和谐有趣的大家庭生活场景，也描绘了童年在烟台海边做父亲的野孩子的性别越界经历，还回忆了初入贝满中斋、再进协和女子大学、而后又合校到燕京大学、毕业后再到美国威尔斯利女子大学读研究生的求学经历，梳理了自己在"五四"运动中的成长历程。她认为："我比较是没有受过感情上摧残的人，我就能够经受身外的一切。"(《童年杂忆》)怀念故交知己，冰心总是从品格和性情两方面切入，既概述人物的总体特点，也记叙某些有趣的生活细节。她既怀想自己的祖父、父母、舅舅、兄弟，也纪念吴雷川、吴贻芳、老舍、孙立人、林巧稚、梁实秋这些文化人的嘉言懿行，还记叙富奶奶等平凡人的高尚品质。在《老舍与孩子们》中，第一次见面，"一转身看见老舍已经和我的三岁的儿子，头顶头地跪在地上，找一只狗熊呢"。在《记富奶奶——一个高尚的人》中，她深情记述了抗战贫病交加的艰难岁月中，富奶奶与她一家相濡以沫的动人故事。

## 小　结

"爱在右，同情在左，走在生命路的两旁，随时播种，随时开花，将这一径长途点缀得香花迷漫，使穿枝拂叶的行人踏着荆棘，不觉得痛苦，有泪可掉，也不是悲凉。"（《寄小读者·通讯十九》）冰心在散文中展示出的济世爱心，曾经温暖了无数在人生跋涉中感到孤寂的读者，引导人性往善良友爱的方向发展。1931年沈从文曾说："冰心女士的作品，以一种奇迹的模样出现，生着翅膀，飞到青年男女的心上去，成为无数欢乐的恩物。"（《论中国创作小说》）冰心的爱的文学，仍然是21世纪人类不可或缺的精神资源。

李　玲

2022年1月22日，北京

# 第一辑

# 二十一日听审的感想

二十一日早晨，我以代表的名义，到审判厅去听北大学生案件的公判。我们一共有十一个人，是四个女校的代表。那时已经有九点多钟，审判厅门口已经有许多的男学生。以后陆续又来了好些。我们向门警索要旁听证，他们说恐怕女旁听席太仄，不过有一条长凳子，请我们举四位代表进去。我们谁也不愿意在被摈之列，就恳切对他们说，"地方如实在太仄，我们就是站着，也愿意的。"他们无法，就进去半天，又出来对我们说，"只限你们十一个人了。再来的代表可真是没有地方了。"我们就喜喜欢欢的进去。可怜那些后来的代表，真是不幸望门而不得入了。

开审以后的情形，虽然我也有笔记，但是各报纸上都记载得很详细，便不必我再赘了。

旁听证后面写着各条的禁令内有一条是"不准吸烟吐痰"，但是厅上四面站立的警察不住的吐痰在地上。我才记得这条禁令，是只限于旁听人的。

刘律师辩护的时候，到那沉痛精采的地方，有一位被告，痛哭失声，全堂坠泪，我也很为感动。同时又注意到四位原告，大有"踧踖不安"的样子，以及退庭的时候，他们勉强做作的笑容。我又不禁想到古人一句话："哀莫大于心死。"唉！可怜的青年！良心被私欲支配的青年！

审判的中间审判长报告休息十五分钟。这个时候，好些旁听人，都围在被告的旁边招手慰问，原告那边静悄悄的没有一个人。

我想被告的自有荣誉，用不着人的怜悯，我们应当怜悯那几个"心死的青年"。

自开庭至退庭一共有八点钟，耳中心中目中一片都是激昂悲惨的光景。到了六点钟退庭的时候，我走出门来，接触那新鲜清爽的空气，觉得开朗得很。同时也觉得疲乏饥渴，心中也仍是充满了感慨抑郁的感情。

晚饭以后，我在家里廊子上坐着。墙阴秋虫的鸣声，茉莉晚香玉的香气，我也无心领略，只有那八点钟的印象，在脑中旋转。

忽然坐在廊子那一边的张妈问我说，"姑娘今日去哪里去了一天？"这句话才将我从那印象中唤出来，就回答她说，"今天我在审判厅听审。"随后就将今天的事情大概告诉她一点。她听完了就说，"两边都是学生，何苦这样。"又说，"学生打吵，也是常事，为什么不归先生判断，却去惊动法庭呢！"我当时很觉得奇怪，为何这平常的乡下妇女，能有这样的理解。忽然又醒悟过来说，不是她的理解高深，这是公道自在人心，所以张妈的话，与刘律师的话如出一辙。

我盼望改天的判决，就照着他们二人所说的话。因为这就是"公道"，这就是"舆论"。

1919

## 遥寄印度哲人泰戈尔

泰戈尔！美丽庄严的泰戈尔！当我越过"无限之生"的一条界线——生——的时候，你也已经越过了这条界线，为人类放了无限的光明了。

只是我竟不知道世界上有你——

在去年秋风萧瑟、月明星稀的一个晚上，一本书无意中将你介绍给我，我读完了你的传略和诗文——心中不作别想，只深深的觉得澄澈……凄美。

你的极端信仰——你的"宇宙和个人的灵中间有一大调和"的信仰；你的存蓄"天然的美感"，发挥"天然的美感"的诗词，都渗入我的脑海中，和我原来的"不能言说"的思想，一缕缕的合成琴弦，奏出缥缈神奇无调无声的音乐。

泰戈尔！谢谢你以快美的诗情，救治我天赋的悲感；谢谢你以超卓的哲理，慰藉我心灵的寂寞。

这时我把笔深宵，追写了这篇赞叹感谢的文字，只不过倾吐我的心思，何尝求你知道！

然而我们既在"梵"中合一了，我也写了，你也看见了。

一九二〇年八月三十夜

## 图　画

信步走下山门去，何曾想寻幽访胜？

转过山坳来，一片青草地，参天的树影无际。树后弯弯的石桥，桥后两个俯蹲在残照里的狮子。回过头来，只一道的断瓦颓垣，剥落的红门，却深深掩闭。原来是故家陵阙！何用来感慨兴亡，且印下一幅图画。

半山里，凭高下视，千百的燕子，绕着殿儿飞。城垛般的围墙，白石的甬道，黄绿琉璃瓦的门楼，玲珑剔透。楼前是山上的晚霞鲜红，楼后是天边的平原村树，深蓝浓紫。暮霭里，融合在一起。难道是玉宇琼楼？难道是瑶宫贝阙？何用来搜索诗肠，且印下一幅图画。

低头走着，一首诗的断句，忽然浮上脑海来。"四月江南无矮树，人家都在绿荫中。"何用苦忆是谁的著作，何用苦忆这诗的全文。只此已描画尽了山下的人家！

（最初发表于北京《晨报》1921 年 7 月 5 日）

# 笑

　　雨声渐渐的住了，窗帘后隐隐的透进清光来。推开窗户一看，呀！凉云散了，树叶上的残滴，映着月儿，好似萤光千点，闪闪烁烁的动着。——真没想到苦雨孤灯之后，会有这么一幅清美的图画！

　　凭窗站了一会儿，微微的觉得凉意侵人。转过身来，忽然眼花缭乱，屋子里的别的东西，都隐在光云里；一片幽辉，只浸着墙上画中的安琪儿。——这白衣的安琪儿，抱着花儿，扬着翅儿，向着我微微的笑。

　　"这笑容仿佛在哪儿看见过似的，什么时候，我曾……"我不知不觉的便坐在窗口下想，——默默的想。

　　严闭的心幕，慢慢的拉开了，涌出五年前的一个印象。——一条很长的古道。驴脚下的泥，兀自滑滑的。田沟里的水，潺潺的流着。近村的绿树，都笼在湿烟里。弓儿似的新月，挂在树梢。一边走着，似乎道旁有一个孩子，抱着一堆灿白的东西。驴儿过去了，无意中回头一看。——他抱着花儿，赤着脚儿，向着我微微的笑。

　　"这笑容又仿佛是哪儿看见过似的！"我仍是想——默默的想。

　　又现出一重心幕来，也慢慢的拉开了，涌出十年前的一个印象。——茅檐下的雨水，一滴一滴的落到衣上来。土阶边的水泡儿，泛来泛去的乱转。门前的麦垄和葡萄架上，都灌得新黄嫩绿的非常鲜丽。——一会儿好容易雨晴了，连忙走下坡儿去。迎头看见月儿从海面上来了，猛然记得有件东西忘下了，站住了，回过头来。这茅屋里的老妇人——她倚着门儿,抱着花儿,向着我微微的笑。

这同样微妙的神情,好似游丝一般,飘飘漾漾的合了拢来,绾在一起。

这时心下光明澄静,如登仙界,如归故乡。眼前浮现的三个笑容,一时融化在爱的调和里看不分明了。

一九二〇年

## 一朵白蔷薇

怎么独自站在河边上？这朦胧的天色，是黎明还是黄昏？何处寻问，只觉得眼前竟是花的世界。中间杂着几朵白蔷薇。

她来了，她从山上下来了。靓妆着，仿佛是一身缟白，手里抱着一大束花。

我说，"你来，给你一朵白蔷薇，好簪在襟上。"她微笑说了一句话，只是听不见。然而似乎我竟没有摘，她也没有戴，依旧抱着花儿，向前走了。

抬头望她去路，只见得两旁开满了花，垂满了花，落满了花。

我想白花终比红花好；然而为何我竟没有摘，她也竟没有戴？前路是什么地方，为何不随她走去？

都过去了，花也隐了，梦也醒了，前路如何？便摘也何曾戴？

一九二一年八月二十日追记

（最初发表于北京《晨报》1921 年 8 月 26 日，后收入《春水》，新潮社，1923 年 5 月初版）

# 梦

　　她回想起童年的生涯，真是如同一梦罢了！穿着黑色带金线的军服，佩着一柄短短的军刀，骑在很高大的白马上，在海岸边缓辔徐行的时候，心里只充满了壮美的快感，几曾想到现在的自己，是这般的静寂，只拿着一枝笔儿，写她幻想中的情绪呢？

　　她男装到了十岁，十岁以前，她父亲常常带她去参与那军人娱乐的宴会。朋友们一见都夸奖说，"好英武的一个小军人！今年几岁了？"父亲先一面答应着，临走时才微笑说，"他是我的儿子，但也是我的女儿。"

　　她会打走队的鼓，会吹召集的喇叭。知道毛瑟枪里的机关。也会将很大的炮弹，旋进炮腔里。五六年父亲身畔无意中的训练，真将她做成很矫健的小军人了。

　　别的方面呢？平常女孩子所喜好的事，她却一点都不爱。这也难怪她，她的四围并没有别的女伴，偶然看见山下经过的几个村里的小姑娘，穿着大红大绿的衣裳，裹着很小的脚。匆匆一面里，她无从知道她们平居的生活。而且她也不把这些印象，放在心上。一把刀，一匹马，便堪过尽一生了！女孩子的事，是何等的琐碎烦腻呵！当探海的电灯射在浩浩无边的大海上，发出一片一片的寒光，灯影下，旗影下，两排沉豪英毅的军官，在剑佩锵锵的声里，整齐严肃的一同举起杯来，祝中国万岁的时候，这光景，是怎样的使人涌出慷慨的快乐的眼泪呢？

　　她这梦也应当到了醒觉的时候了！人生就是一梦么？

　　十岁回到故乡去，换上了女孩子的衣服，在姊妹群中，学到了女儿情性：五色的丝线，是能做成好看的活计的；香的，美丽的花，是要插在头上的；镜子是妆束完时要照一照的；在众人中间坐着，是要说些很细腻很温柔的话的；眼泪是时常要落下来的。女孩子是总有点脾气，带点娇贵的样子的。

这也是很新颖，很能造就她的环境——但她父亲送给她的一把佩刀，还长日挂在窗前。拔出鞘来，寒光射眼，她每每呆住了。白马呵，海岸呵，荷枪的军人呵……模糊中有无穷的怅惘。姊妹们在窗外唤她，她也不出去了。站了半天，只掉下几点无聊的眼泪。

她后悔么？也许是，但有谁知道呢！军人的生活，是怎样的造就了她的性情呵！黄昏时营幕里吹出来的笳声，不更是抑扬凄婉么？世界上软款温柔的境地，难道只有女孩儿可以占有么？海上的月夜，星夜，眺台独立倚枪翘首的时候：沉沉的天幕下，人静了，海也浓睡了，——"海天以外的家！"这时的情怀，是诗人的还是军人的呢？是两缕悲壮的丝交纠之点呵！

除了几点无聊的英雄泪，还有甚么？她安于自己的境地了！生命如果是圈儿般的循环，或者便从"将来"，又走向"过去"的道上去，但这也是无聊呵！

十年深刻的印象，遗留于她现在的生活中的，只是矫强的性质了——她依旧是喜欢看那整齐的步伐，听那悲壮的军笳。但与其说她是喜欢看，喜欢听，不如说她是怕看，怕听罢。

横刀跃马，和执笔沉思的她，原都是一个人，然而时代将这些事隔开了……

童年！只是一个深刻的梦么？

一九二一年十月一日。

# 往事(一)(节选)

## ——生命历史中的几页图画

在别人只是模糊记着的事情,
　　然而在心灵脆弱者,
　　已经反复而深深地
　　　　镂刻在回忆的心版上了!

索性凭着深刻的印象,
　　将这些往事
　　移在白纸上罢——
再回忆时
　　不向心版上搜索了!

### 一

将我短小的生命的树,一节一节的斩断了,圆片般堆在童年的草地上。我要一片一片的拾起来看;含泪的看,微笑的看,口里吹着短歌的看。

难为他装点得一节一节,这般丰满而清丽!

我有一个朋友,常常说,"来生来生!"——但我却如此说:"假如生命是乏味的,我怕有来生。假如生命是有趣的,今生已是满足的了!"

第一个厚的圆片是大海；海的西边，山的东边，我的生命树在那里萌芽生长，吸收着山风海涛。每一根小草，每一粒沙砾，都是我最初的恋慕，最初拥护我的安琪儿。

这圆片里重叠着无数快乐的图画，憨嬉的图画，寂寞的图画，和泛泛无着的图画。

放下罢，不堪回忆！

第二个厚的圆片是绿荫；这一片里许多生命表现的幽花，都是这绿荫烘托出来的。有浓红的，淡白的，有不可名色的……

晚晴的绿荫，朝雾的绿荫，繁星下指点着的绿荫，月夜花棚秋千架下的绿荫！

感谢这曲曲屏山！它圈住了我许多思想。

第三个厚的圆片，不是大海，不是绿荫，是什么？我不知道！

假如生命是无味的，我不要来生。假如生命是有趣的，今生已是满足的了。

## 三

"只是等着，等着，母亲还不回来呵！"

乳母在灯下睁着疲倦下垂的眼睛，说："莹哥儿！不要尽着问我，你自己上楼去，在阑边望一望，山门内露出两盏红灯时，母亲便快来到了。"

我无疑地开了门出去，黑暗中上了楼——望着，望着，无有消息。

绕过那边阑旁，正对着深黑的大海，和闪烁的灯塔。

幼稚的心，也和成人一般，一时的光明朗澈——我深思，我数着灯光明灭的数儿，数到第十八次。我对着未曾想见的命运，自己假定的起了怀疑。

"人生！灯一般的明灭，飘浮在大海之中。"——我起了无知的长太息。

生命之灯燃着了，爱的光从山门边两盏红灯中燃着了！

## 五

场厅里四隅都黑暗了，只整齐的椅子，一行行的在阴沉沉的影儿里平列着。

我坐在尽头上近门的那一边，抚着锦衣，抚着绣带和缨冠凝想——心情复杂得很。

晚霞在窗外的天边，一刹浓红，一刹深紫，回光到屋顶上——

台上琴声作了。一圈的灯影里，从台侧的小门，走出十几个白衣彩饰，散着头发的安琪儿，慢慢的相随进来，无声地在台上练习着第一场里的跳舞。

我凝然的看着，潇洒极了，温柔极了，上下的轻纱的衣袖，和着钹铮的琴声，合拍的和着我心弦跳动，怎样的感人呵！

灯灭了，她们又都下去了，台上台下只我一人了。

原是叫我出来疏散休息着的，我却哪里能休息？我想……一会儿这场里便充满了灯彩，充满了人声和笑语，怎知道剧前只为我一人的思考室呢？

在宇宙之始，也只有一个造物者，万有都整齐平列着。他凭在高阑，看那些光明使者，歌颂——跳舞。

到了宇宙之中，人类都来了，悲剧也好，喜剧也好，伴悲诡笑的演了几场。剧完了，人散了，灯灭了，……一时沉黑，只有无穷无尽的寂寞！

一会儿要到台上，要说许多的话；憨稚的话，激昂的话，恋别的话……何尝是我要说的？但我既这样的上了台，就必须这样的说。我千辛万苦，冒进了阴惨的夜宫，经过了光明的天国，结果在剧中还是做了一场大梦。

印证到真的——比较的真的——生命道上，或者只是时间上久暂的分别罢了；但在无限之生里，真的生命的几十年，又何异于台上之一瞬？

我思路沉沉，我觉悟而又惆怅，场里更黑了。

台侧的门开了，射出一道灯光来——我也须下去了，上帝！这也是"为一大事出世"！

我走着台上几小时的生命的道路……

又乏倦的倚着台后的琴站着——幕外的人声，渐渐的远了，人们都来过了；悲剧也罢，喜剧也罢，我的事完了；从宇宙之始，到宇宙之终，也是如此，生命的道路走尽了！

看她们洗去铅华，卸去妆饰，无声的忙乱着。

满地的衣裳狼藉，金戈和珠冠杂置着。台上的仇敌，现在也拉着手说话；台上的亲爱的人，却东一个西一个的各忙自己的事。

我只看着——终竟是弱者呵！我爱这几小时如梦的生命！我抚着头发，抚着锦衣，……"生命只这般的虚幻么？"

## 六

涵在廊上吹箫,我也走了出去。

天上只微微的月光,我撩起垂拂的白纱帐子来,坐在廊上的床边。

我的手触了一件蠕动的东西,细看时是一条很长的蜈蚣。我连忙用手绢拂到地上去,又唤涵踩死它。

涵放了箫,只默然的看着。

我又说:"你还不踩死它!"

他抬起头来,严重而温和的目光,使我退缩。他慢慢的说:"姊姊,这也是一个生命呵!"

霎时间,使我有无穷的惭愧和悲感。

## 八

原是儿时的海,但再来时却又不同。

倾斜的土道,缓缓的走了下去——下了几天的大雨,溪水已涨抵桥板下了。再下去,沙上软得很,拣块石头坐下,伸手轻轻的拍着海水……儿时的朋友呵,又和你相见了!

一切都无改:灯塔还是远立着,海波还是粘天的进退着,坡上的花生园子,还是有人在耕种着。——只是我改了,膝上放着书,手里拿着笔,对着从前绝不起问题的四围的环境思索了。

居然低头写了几个字,又停止了,看了看海,坐的太近了,凝神的时候,似乎海波要将我飘起来。

年光真是一件奇怪的东西！一次来心境已变了，再往后时如何？也许是海借此要拒绝我这失了童心的人，不让我再来了。

天色不早了。采了些野花，也有黄的，也有紫的，夹在书里。无聊的走上坡去——华和杰他们却从远远的沙滩上，拾了许多美丽的贝壳和卵石，都收在篮里，我只站在桥边等着……

他们原和我当日一般，再来时，他们也有像我今日的感想么？

## 一四

每次拿起笔来，头一件事忆起的就是海。我嫌太单调了，常常因此搁笔。

每次和朋友们谈话，谈到风景，海波又侵进谈话的岸线里，我嫌太单调了，常常因此默然，终于无语。

一次和弟弟们在院子里乘凉，仰望天河，又谈到海。我想索性今夜彻底的谈一谈海，看词锋到何时为止，联想至何处为极。

我们说着海潮，海风，海舟……最后便谈到海的女神。

涵说，"假如有位海的女神，她一定是'艳如桃李，冷若冰霜'的。"我不觉笑问，"这话怎讲！"

涵也笑道，"你看云霞的海上，何等明媚；风雨的海上，又是何等的阴沉！"

杰两手抱膝凝听着，这时便运用他最丰富的想象力，指点着说："她……她住在灯塔的岛上，海霞是她的扇旗，海鸟是她的侍从；夜里她曳着白衣蓝裳，头上插着新月的梳子，胸前挂着明星的璎珞；翩翩地飞行于海波之上……"

楫忙问，"大风的时候呢？"杰道："她驾着风车，狂飙疾转的在怒涛上驱走；她的长袖拂没了许多帆舟。下雨的时候，便是她忧愁了，落泪了，大海上一切都低头静默着。黄昏的时候，霞光灿然，便是她回波电笑，云发飘扬，丰神轻柔而潇洒……"

这一番话，带着画意，又是诗情，使我神往，使我微笑。

楫只在小椅子上，挨着我坐着，我抚着他，问，"你的话必是更好了，说出来让我们听听！"他本静静地听着，至此便抱着我的臂儿，笑道，"海太大了，我太小了，我不会说。"

我肃然——涵用折扇轻轻的击他的手，笑说，"好一个小哲学家！"

涵道："姊姊，该你说一说了。"我道，"好的都让你们说尽了——我只希望我们都像海！"

杰笑道，"我们不配做女神，也不要'艳如桃李，冷若冰霜'的。"

他们都笑了——我也笑说，"不是说做女神，我希望我们都做个'海化'的青年。像涵说的，海是温柔而沉静。杰说的，海是超绝而威严。楫说的更好了，海是神秘而有容，也是虚怀，也是广博……"

我的话太乏味了，楫的头渐渐的从我臂上垂下去，我扶住了，回身轻轻地将他放在竹榻上。

涵忽然说："也许是我看的书太少了，中国的诗里，咏海的真是不多；可惜这么一个古国，上下数千年，竟没有一个'海化'的诗人！"

从诗人上，他们的谈锋便转移到别处去了——我只默默的守着楫坐着，刚才的那些话，只在我心中，反复地寻味——思想。

冰心(左)与父亲谢葆璋、大弟谢为涵于山东烟台(1908年)

冰心(左)与母亲杨福慈、三弟谢为楫于北京(1918年)

## 一七

　　我坐在院里，仪从门外进来，悄悄地和我说，"你睡了以后，叔叔骑马去了，是那匹好的白马……"我连忙问，"在哪里？"他说，"在山下呢，你去了，可不许说是我告诉的。"我站起来便走。仪自己笑着，走到书室里去了。

　　出门便听见涛声，新雨初过，天上还是轻阴。曲折平坦的大道，直斜到山下，既跑了就不能停足，只身不由己的往下走。转过高岗，已望见父亲在平野上往来驰骋。这时听得乳娘在后面追着，唤，"慢慢的走！看道滑掉在谷里！"我不能回头，索性不理她。我只不住的唤着父亲，乳娘又不住的唤着我。

　　父亲已听见了，回身立马不动。到了平地上，看见董自己远远的立在树下。我笑着走到父亲马前，父亲凝视着我，用鞭子微微的击我的头，说，"睡好好的，又出来作什么！"我不答，只举着两手笑说，"我也上去！"

　　父亲只得下来，马不住的在场上打转，父亲用力牵住了，扶我骑上。董便过来挽着辔头，缓缓地走了。抬头一看，乳娘本站在岗上望着我，这时才转身下去。

　　我和董说，"你放了手，让我自己跑几周！"董笑说，"这马野得很，姑娘管不住，我快些走就得了。"

　　渐渐的走快了，只听得耳旁海风，只觉得心中虚凉，只不住的笑，笑里带着欢喜与恐怖。

　　父亲在旁边说，"好了，再走要头晕了！"说着便走过来。我撩开脸上的短发，双手扶着鞍子，笑对父亲说，"我再学骑十年的

往事（一）（节选）

马,就可以从军去了,像父亲一般,做勇敢的军人!"父亲微笑不答。

马上看了海面的黄昏——

董在前牵着,父亲在旁扶着。晚风里上了山,直到门前。母亲和仪,还有许多人,都到马前来接我。

## 二〇

精神上的朋友宛因,和我的通讯里,曾一度提到死后,她说:"我只要一个白石的坟墓,四面矮矮的石阑,墓上一个十字架,再有一个仰天沉思的石像。……这墓要在山间幽静处,丛树荫中,有溪水徐流,你一日在世,有什么新开的花朵,替我放上一两束,其余的人,就不必到那里去。"

我看完这一段,立时觉得眼前涌现了一幅清幽的图画。但是我想来想去……宛因呵,你还未免太"人间化"了!

何如脚儿赤着,发儿松松的挽着,躯壳用缟白的轻绡裹着,放在一个空明莹澈的水晶棺里,用纱灯和细乐,一叶扁舟,月白风清之夜,将这棺儿送到海上,在一片挽歌声中,轻轻的系下,葬在海波深处。

想象吊者白衣如雪,几只大舟,首尾相接,耀以红灯,绕以清乐,一簇的停在波心。何等凄清,何等苍凉,又是何等豪迈!

以万顷沧波作墓田,又岂是人迹可到?即使专诚要来瞻礼,也只能下俯清波,遥遥凭吊。

更何必以人间暂时的花朵,来娱悦海中永久的灵魂!看天上的乱星孤月,水面的晚烟朝霞,听海风夜奔,海波夜啸。比新开的花，徐流的水，其壮美的程度相去又如何？

从此穆然，超然，在神灵上下，鱼龙竞逐，珊瑚玉树交枝回绕的渊底，垂目长眠：那真是数千万年来人类所未享过的奇福！

至此搁笔，神志洒然，忽然忆起少作走韵的"集龚"中有："少年哀乐过于人，消息都妨父老惊，一事避君君匿笑，欲求缥缈反幽深。"——不觉一笑！

一九二二年七月三十一日。

# 往事(二)(节选)

她是翩翩的乳燕,
　　横海飘游,
月明风紧,
　　不敢停留——
在她频频回顾的
　　　飞翔里
　总带着乡愁!

## 一

那天大雪,郁郁黄昏之中,送一个朋友出山而去。绒绒的雪上,极整齐分明的镌着我们偕行的足印。独自归来的路上,偶然低首,看见洁白匀整的雪花,只这一瞬间,已又轻轻的掩盖了我们去时的踪迹。——白茫茫的大地上,还有谁知道这一片雪下,一刹那前,有个同行,有个送别?

我的心因觉悟而沉沉的浸入悲哀!

苏东坡的:

人生到处知何似?
应似飞鸿踏雪泥——
泥上偶然留指爪,

鸿飞那复计东西!
……………

那几句还未曾说到尽头处,岂但鸿飞不复计东西?连雪泥上的指爪都是不得而留的……于是人生到处都是渺茫了!

生命何其实在?又何其飘忽?它如迎面吹来的朔风,扑到脸上时,明明觉得砭骨劲寒;它又匆匆吹过,飒飒的散到树林子里,到天空中,渺无来因去果,纵骑着快马,也无处追寻。

原也是无聊,而薄纸存留的时候,或者比时晴的快雪长久些——今日不乐,松涛细响之中,四面风来的山亭上,又提笔来写《往事》。生命的历史一页一页的翻下去,渐渐翻近中叶,页页佳妙,图画的色彩也加倍的鲜明,动摇了我的心灵与眼目。这几幅是造物者的手迹。他轻描淡写了,又展开在我眼前;我瞻仰之下,加上一两笔点缀。

点缀完了,自己看着,似乎起了感慨,人生经得起追写几次的往事?生命刻刻消磨于把笔之顷……

这时青山的春雨已洒到松梢了!

一九二四年三月七日,青山。

## 三

今夜林中月下的青山,无可比拟!仿佛万一,只能说是似娟娟的静女,虽是照人的明艳,却不飞扬妖冶;是低眉垂袖,璎珞矜严。

流动的光辉之中,一切都失了正色:松林是一片浓黑的,天空是莹白的,无边的雪地,竟是浅蓝色的了。这三色衬成的宇宙,充满了凝静,超逸与庄严;中间流溢着满空幽哀的神意,一切言词文字都丧失了,几乎不容凝视,不容把握!

今夜的林中,决不宜于将军夜猎——那丛骑杂沓,传叫风生,会踏毁了这平整匀纤的雪地;朵朵的火燎,和生寒的铁甲,会缭乱了静冷的月光。

今夜的林中,也不宜于燃枝野餐——火光中的喧哗欢笑,杯盘狼藉,会惊起树上稳栖的禽鸟;踏月归去,数里相和的歌声,会叫破了这如怨如慕的诗的世界。

今夜的林中,也不宜于爱友话别,叮咛细语——凄意已足,语音已微;而抑郁缠绵,作茧自缚的情绪,总是太"人间的"了,对不上这晶莹的雪月,空阔的山林。

今夜的林中,也不宜于高士徘徊,美人掩映——纵使林中月下,有佳句可寻,有佳音可赏,而一片光雾凄迷之中,只容意念回旋,不容人物点缀。

我倚枕百般回肠凝想,忽然一念回转,黯然神伤……

今夜的青山只宜于这些女孩子,这些病中倚枕看月的女孩子!

假如我能飞身月中下视,依山上下曲折的长廊,雪色侵围阑外,月光浸着雪净的衾裯,逼着玲珑的眉宇。这一带长廊之中:万籁俱绝,万缘俱断,有如水的客愁,有如丝的乡梦,有幽感,有彻悟,有祈祷,有忏悔,有万千种话……

山中的千百日,山光松影重叠到千百回,世事从头减去,感悟逐渐侵来,已滤就了水晶般清澈的襟怀。这时纵是顽石钝根,也要思量万事,何况这些思深善怀的女子?

往者如观流水——月下的乡魂旅思，或在罗马故宫，颓垣废柱之旁；或在万里长城，缺堞断阶之上；或在约旦河边，或在麦加城里；或超渡莱因河，或飞越落玑山；有多少魂销目断，是耶非耶？只她知道！

来者如仰高山，——久久的徘徊在困弱道途之上，也许明日，也许今年，就揭卸病的细网，轻轻的试叩死的铁门！

天国泥犁，任她幻拟：是泛入七宝莲池？是参谒白玉帝座？是欢悦？是惊怯？有天上的重逢，有人间的留恋，有未成而可成的事功，有将实而仍虚的愿望；岂但为我？牵及众生，大哉生命！

这一切，融合着无限之生一刹那顷，此时此地的，宇宙中流动的光辉，是幽忧，是彻悟，都已宛宛氤氲，超凡入圣——

万能的上帝，我诚何福？我又何辜？……

一九二四年二月三十日夜，沙穰。

## 五

"风浪要来了，这一段水程照例是不平稳的！"

这两句话不知甚时，也不知是从哪一个侍者口中说出来的，一瞬时便在这几百个青年中间传播开了。大家不住的记念着，又报告佳音似的彼此谈说着。在这好奇而活泼的心绪里，与其说是防备着，不如说是希望着罢。

于是大家心里先晕眩了，分外的凝注着海洋。依然的无边闪烁的波涛,似乎渐渐的摇荡起来,定神看时,却又不见得。

我——更有无名的喜悦,暗地里从容的笑着——

晚餐的时候,灯光依旧灿然,广厅上杯光衣影,盈盈笑语之中,忽然看见那些白衣的侍者,托着盘子,欹斜的从许多圆桌中间掠走了过来,海洋是在动荡了!大家暂时的停了刀叉,相顾一笑,眼珠都流动着,好像相告说:"风浪来了!"——这时都觉出了船身左右的摇摆。

我没有言语,又满意的一笑。

餐后回到房里——今夜原有一个谈话会——我徐徐的换着衣服,对镜微讴,看见了自己镜中惊喜的神情,如同准备着去赴海的女神召请去对酌的一个夜宴;又如同磨剑赴敌,对手是一个闻名的健者,而自己却有几分胜利的把握。

预定夜深才下舱来,便将睡前一切都安排好了。

出门一笑,厅中几个女伴斜坐在大沙发上,灯光下娇惰的谈笑着,笑声中已带晕意。

一路上去,遇见许多挟着毡子,笑着下舱来的同伴,笑声中也有些晕意。

我微笑着走上舱面去。琴旁坐着站着还围有许多人,我拉过一张椅子,坐在玲的旁边。她笑得倚到我的肩上说:"风浪来了!"

弹琴的人左右倾欹的双腕仍是弹奏着,唱歌的人,手扶着琴台笑着唱着,忽然身不由主一溜的从琴的这端滑到那端去。

大家都笑了,笑声里似都不想再支持,于是渐渐的四散了。

我转入交际室,谈话会的人都已在里面了,大家团团的坐下。屋里似乎很郁闷。我觉得有些人面色很无主,掩着口蹙然的坐着——大家都觉得在同一的高度中,和室内一切,一齐的反侧欹斜。

似乎都很勉强,许多人的精神,都用到晕眩上了!仿佛中谈起爱海来,华问我为何爱海?如何爱海?——我渐渐的觉得快乐充溢,怡然的笑了。并非喜欢这问题,是喜欢我这时心身上直接自海得来的感觉,我笑说:"爱海是这么一点一分的积渐的爱起来的……"

未及说完,一个同伴,掩着口颠顿的走了出去。

大家又都笑了。笑声中,也似乎说:"我们散了罢!"却又都不好意思走,断断续续的仍旧谈着。我心神已完全的飞越,似乎水宫赴宴的时间,已一分一分的临近;比试的对手,已一步一步的仗着剑向着我走来,——但我还天一句地一句的说着"文艺批评"。

又是一个同伴,掩着口颠顿的走了出去——于是两个,三个……

我知道是我说话的时候了,我笑说:"我们散了罢,别为着我大家拘束着!"一面先站了起来。

大家笑着散开了。出到舱外,灯影下竟无一人,阑外只听得涛声。全船想都睡下了,我一笑走上最高层去。

迎着海风,掠一掠鬓发,模糊摇撼之中,我走到阑旁,放倒一个救生圈,抱膝坐在上面,遥对着高竖的烟囱与桅樯。我看见船尾的阑干,与暗灰色的天末的水平线,互相重叠起落,高度相去有五六尺。

我凝神听着四面的海潮音。仰望高空,桅尖指处,只一两颗大星露见。——我的心魂由激扬而宁静,由快乐而感到庄严。海的母亲,在洪涛上轻轻的簸动这大摇篮。几百个婴儿之中,我也许是个独醒者……

我想到母亲，我想到父亲，忆起行前父亲曾笑对我说："这番横渡太平洋，你若晕船，不配作我的女儿！"

我寄父亲的信中，曾说了这几句："我已受了一回风浪的试探。为着要报告父亲，我在海风中，最高层上，坐到中夜。海已证明了我确是父亲的女儿。"

其实这又何足道？这次的航程，海平如镜，天天是轻风习习，那夜仅是五六尺上下的震荡。侍者口中夸说的风浪，和青年心中希冀惊笑的风浪，比海洋中的实况，大得多了！

一九二三年八月二十日夜，太平洋舟中。

## 六

从来未曾感到的，这三夜来感到了，尤其是今夜！——与其说"感"不如说"刺"——今夜感到的，我恳颤的希望这一生再也不感到！

阴历八月十四夜，晚餐后同一位朋友上楼来，从塔窗中，她忽然赞赏的唤我看月。撩开幔子，我看见一轮明月，高悬在远远的塔尖。地上是水银泻地般的月光。我心上如同着了一鞭，但感觉还散漫模糊，只惘然的也赞美了一句，便回到屋里，放下两重帘子来睡了。

早起一边理发，忽又惘惘的忆起昨夜的印象。我想起"……看月多归思，晓起开笼放白鹇"这两句来。如有白鹇可放，我昨夜一定开笼了，然而她纵有双飞翼，也怎生飞渡这浩浩万里的太平洋？我连替白鹇设想的希望都绝了的时候，我觉得到了最无可奈何的境界！

中秋日，居然晴明，我已是心慑，仪又欢笑的告诉我，今夜定在湖上泛舟，我尤其黯然！但这是沿例，旧同学年年此夜请新同学荡舟赏月，我如何敢言语？

黄昏良来召唤我时，天竟阴了，我一边和她走着，说不出心里的感谢。

我们七人，坐了三只小舟，一篙儿点开，缓缓从桥下穿过，已到湖上。

四顾廓然，湖光满眼。环湖的山黯青着，湖水也翠得很凄然。水底看见黑云浮动，湖岸上的秋叶，一丛丛的红意迎人，几座楼台在远处，旋转的次第入望。

我们荡到湖心，又转入水枝低亚处，错落的谈着，不时的仰望云翳的天空。云彩只严遮着，月意杳然。——"千金也买不了她这一刻的隐藏！"我说不出的心里的感谢。

云影只严遮着，月意杳然，夜色渐渐逼人，湖光渐隐。几片黑云，又横曳过湖东的丛树上，大家都怅惘，说："无望了！我们回去罢！"

归棹中我看见舟尾的秋。她在桨声里，似吟似叹的说："月呵！怎么不做美呵！"她很轻巧的又笑了，我也报她一笑。——这是"释然"，她哪儿知道我的心绪？

到岸后，还在堤边留连仰望了片晌。——我想："真可怜——中秋夜居然逃过了！"人人怅惘的归途中，我有说不尽的心里的感谢。

十六夜便不防备，心中很坦然，似乎忘却了。

不知如何，偶然敲了楼东一个朋友的室门，她正灭了灯在窗前坐着。月光满室！我一惊，要缩回也来不及了，只能听她起身拉着我的手，到窗前来。

没有一点缺憾！月儿圆满光明到十二分。我默然，我咬起唇儿，我几乎要迸出一两句诅咒的话！

假如她知道我这时心中的感伤是到了如何程度，她也必不忍这般的用双臂围住我，逼我站在窗前。我惨默无声，我已拚着鼓勇去领略。正如立近万丈的悬崖，下临无际的酸水的海。与其徘徊着惊悸亡魂，不如索性纵身一跃，死心的去感觉那没顶切肤的辛酸的感觉。

我神摇目夺的凝望着：近如方院，远如天文台，以及周围的高高下下的树，都逼射得看出了红，蓝，黄的颜色。三个绿半球针竿高指的圆顶下，不断的白圆穹门，一圈一圈的在地的月影，如墨线画的一般的清晰。十字道四角的青草，青得四片绿绒似的，光天化日之下，也没有这样的分明呵，何况这一切都浸透在这万里迷濛的光影里……

我开始的诅咒了！

乡愁麻痹到全身，我掠着头发，发上掠到了乡愁；我捏着指尖，指上捏着了乡愁。是实实在在的躯壳上感着的苦痛，不是灵魂上浮泛流动的悲哀！

我一翻身匆匆的辞了她，回到屋里来。匆匆的用手绢蒙起了桌上嵌着父亲和母亲相片的银框。匆匆的拿起一本很厚的书来，扶着头苦读——茫然的翻了几十页，我实在没有气力再敷衍了，推开书，退到床上，万念俱灰的起了呜咽。

我病了——

那夜的惊和感,如夏空的急电,奔腾闪掣到了最高尖。过后回思,使我怃然叹异,而且不自信!如今反复的感着乡愁的心,已不能再飙起。无数的月夜都过去了,有时竟是整夜的看着,情感方面,却至多也不过"惘然"。

痛定思痛,我觉悟了明月为何千万年来,伤了无数的客心!静夜的无限光明之中,将四围衬映得清晰浮动,使她彻底的知道,一身不是梦,是明明白白的去国客游。一切离愁别恨,都不是淡荡的,犹疑的;是分明的,真切的,急如束湿的。

对于这事,我守了半年的缄默;只在今春与友人通讯之间,引了古人月夜的名句之后,我写:"呜呼!赏鉴好文学,领略人生,竟须付若大代价耶?"

至于代价如何,"呜呼"两字之后,藏有若干的伤感,我竟没有提,我的朋友因而也不曾问起。

一九二三年九月二十六日夜,闭璧楼。

# 八

是除夜的酒后,在父亲的书室里。父亲看书,我也坐近书几,已是久久的沉默——

我站起,双手支颐,半倚在几上,我唤:"爹爹!"父亲抬起头来。"我想看守灯塔去。"

父亲笑了一笑,说:"也好,整年整月的守着海——只是太冷寂一些。"说完仍看他的书。

我又说:"我不怕冷寂,真的,爹爹!"

父亲放下书说:"真的便怎样?"

这时我反无从说起了!我耸一耸肩,我说:"看灯塔是一种最伟大,最高尚,而又最有诗意的生活……"

父亲点头说:"这个自然!"他往后靠着椅背,是预备长谈的姿势。这时我们都感着兴味了。

我仍旧站着,我说:"只要是一样的为人群服务,不是独善其身;我们固然不必避世,而因着性之相近,我们也不必避'避世'!"

父亲笑着点头。

我接着:"避世而出家,是我所不屑做的,奈何以青年有为之身,受十方供养?"

父亲只笑着。

我勇敢的说:"灯台守的别名,便是'光明的使者'。他抛离田里,牺牲了家人骨肉的团聚,一切种种世上耳目纷华的娱乐,来整年整月的对着渺茫无际的海天。除却海上的飞鸥片帆,天上的云涌风起,不能有新的接触。除了骀荡的海风,和岛上崖旁转青的小草,他不知春至。我抛却'乐群',只知'敬业'……"

父亲说:"和人群大陆隔绝,是怎样的一种牺牲,这情绪,我们航海人真是透彻中边的了!"言次,他微叹。

我连忙说:"否,这在我并不是牺牲!我晚上举着火炬,登上天梯,我觉得有无上的倨傲与光荣。几多好男子,轻侮别离,弄潮破浪,狎习了海上的腥风,驱使着如意的桅帆,自以为不可一世,而在狂飙浓雾,海水山立之顷,他们却蹙眉低首,捧盘屏息,凝注着这一点高悬闪烁的光明！这一点是警觉，是慰安，是导引，然而这一点是由我燃着！"

父亲沉静的眼光中，似乎忽忽的起了回忆。

"晴明之日，海不扬波，我抱膝沙上，悠然看潮落星生。风雨之日，我倚窗观涛，听浪花怒撼崖石。我闭门读书，以海洋为师，以星月为友，这一切都是不变与永久。

"三五日一来的小艇上，我不断的得着世外的消息，和家人朋友的书函；似暂离又似永别的景况，使我们永驻在'的的如水'的情谊之中。我可读一切的新书籍，我可写作，在文化上，我并不曾与世界隔绝。"

父亲笑说："灯塔生活，固然极其超脱，而你的幻象，也未免过于美丽。倘若病起来，海水拍天之间，你可怎么办？"

我也笑道："这个容易——一时虑不到这些！"

父亲道："病只关你一身，误了燃灯，却是关于众生的光明……"

我连忙说："所以我说这生活是伟大的！"

父亲看我一笑，笑我词支，说："我知道你会登梯燃灯；但倘若有大风浓雾，触石沉舟的事，你须鸣枪，你须放艇……"

我郑重的说："这一切，尤其是我所深爱的。为着自己，为着众生，我都愿学！"

父亲无言，久久，笑道："你若是男儿，是我的好儿子！"

我走近一步，说："假如我要得这种位置，东南沿海一带，爹爹总可为力？"

父亲看着我说："或者……但你为何说得这般的郑重？"

我肃然道："我处心积虑已经三年了！"

父亲敛容，沉思的抚着书角，半天，说："我无有不赞成，我无有不为力。为着去国离家，吸受海上腥风的航海者，我忍心舍遣我唯一的弱女，到岛山上点起光明。但是，唯一的条件，灯台守不要女孩子！"

我木然勉强一笑，退坐了下去。

又是久久的沉默——

父亲站起来，慰安我似的："清静伟大，照射光明的生活，原不止灯台守，人生宽广的很！"

我不言语。坐了一会，便掀开帘子出去。

弟弟们站在院子的四隅，燃着了小爆竹。彼此抛掷，欢呼声中，偶然有一两支掷到我身上来，我只笑避——实在没有同他们追逐的心绪。

回到卧室，黑沉沉的歪在床上。除夕的梦纵使不灵验，万一能梦见，也是慰情聊胜无。我一念至诚的要入梦，幻想中画出环境，暗灰色的波涛，岿然的白塔……

一夜寂然——奈何连个梦都不能做！

这是两年前的事了，我自此后，禁绝思虑，又十年不见灯塔，我心不乱。

这半个月来，海上瞥见了六七次，过眼时只悄然微叹。失望的心情，不愿它再兴起。而今夜浓雾中的独立，我竟极奋迅的起了悲哀！

丝雨濛濛里，我走上最高层，倚着船阑，忽然见天幕下，四塞的雾点之中，夹岸两嶂淡墨画成似的岛山上，各有一点星光闪烁——

船身微微的左右欹斜，这两点星光，也徐徐的在两旁隐约起伏。光线穿过雾层，莹然，灿然，直射到我的心上来，如招呼，如接引，我无言，久——久，悲哀的心弦，开始策策而动！

有多少无情有恨之泪，趁今夜都向这两点星光挥洒！凭吟啸的海风，带这两年前已死的密愿，直到塔前的光下——

从兹了结！拾得起，放得下，愿不再为灯塔动心，也永不作灯塔的梦，无希望的永古不失望，不希冀那不可希冀的，永古无悲哀！

愿上帝祝福这两个塔中的燃灯者！——愿上帝祝福有海水处，无数塔中的燃灯者！愿海水向他长绿，愿海山向他长青！愿他们知道自己是这一隅岛国上无冠的帝王，只对他们，我愿致无上的颂扬与羡慕！

一九二三年八月二十八日，太平洋舟中。

# 寄小读者(节选)

## 通讯 一

似曾相识的小朋友们：

我以抱病又将远行之身，此三两月内，自分已和文字绝缘；因为昨天看见《晨报》副刊上已特辟了"儿童世界"一栏，欣喜之下，便借着软弱的手腕，生疏的笔墨，来和可爱的小朋友，作第一次的通讯。

在这开宗明义的第一信里，请你们容我在你们面前介绍我自己。我是你们天真队里的一个落伍者——然而有一件事，是我常常用以自傲的：就是我从前也曾是一个小孩子，现在还有时仍是一个小孩子。为着要保守这一点天真直到我转入另一世界时为止，我恳切地希望你们帮助我，提携我，我自己也要永远勉励着，做你们的一个最热情最忠实的朋友！

小朋友，我要走到很远的地方去。我十分地喜欢有这次的远行，因为或者可以从旅行中多得些材料，以后的通讯里，能告诉你们些略为新奇的事情。——我去的地方，是在地球的那一边。我有三个弟弟，最小的十三岁了。他念过地理，知道地球是圆的。他开玩笑地和我说："姊姊，你走了，我们想你的时候，可以拿一条很长的竹竿子，从我们的院子里，直穿到对面你们的院子去，穿成一个孔穴。我们从那孔穴里，可以彼此看见。我看看你别后是否胖了，或是瘦了。"小朋友想这是可能的事情么？——我又有一个小朋友,今年四岁了。他有一天问我说:"姊姊,你去的地方,是比前门还远么?"小朋友看是地球的那一边远呢?还是前门远呢?

我走了——要离开父母兄弟,一切亲爱的人。虽然是时期很短,我也已觉得很难过。倘若你们在风晨雨夕,在父亲母亲的膝下怀前,姊妹弟兄的行间队里,快乐甜柔的时光之中,能联想到海外万里有一个热情忠实的朋友,独在恼人凄清的天气中,不能享得这般浓福,则你们一瞥时的天真的怜念,从宇宙之灵中,已遥遥地付与我以极大无量的快乐与慰安!

小朋友,但凡我有工夫,一定不使这通讯有长期间地间断。若是间断的时候长了些,也请你们饶恕我。因为我若不是在童心来复的一刹那顷拿起笔来,我决不敢以成人烦杂之心,来写这通讯。这一层是要请你们体恤怜悯的。

这信该收束了,我心中莫可名状,我觉得非常地荣幸!

冰心

一九二三年七月二十五日。

## 通 讯 三

亲爱的小朋友:

昨天下午离开了家,我如同入梦一般。车转过街角的时候,我回头凝望着——除非是再看见这缘满豆叶的棚下的一切亲爱的人,我这梦是不能醒的了!

送我的尽是小孩子——从家里出来,同车的也是小孩子,车前车后也是小孩子。我深深觉得凄恻中的光荣。冰心何福,得这些小孩子天真纯洁的爱,消受这甚深而不牵累的离情。

火车还没有开行,小弟弟冰季别到临头,才知道难过,不住的牵着冰叔的衣袖,说:"哥哥,我们回去罢。"他酸泪盈眸,远远地站着。我叫过他来,捧住了他的脸,我又无力地放下手来,他们便走了。——我们至终没有一句话。

慢慢地火车出了站,一边城墙,一边杨柳,从我眼前飞过。我心沉沉如死,倒觉得廓然,便拿起国语文学史来看,刚翻到"卿云烂兮"一段,忽然看见书页上的空白处写着几个大字:"别忘了小小。"我的心忽然一酸,连忙抛了书,走到对面的椅子上坐下——这是冰季的笔迹呵!小弟弟,如何还困弄我于别离之后?

夜中只是睡不稳,几次坐起,开起窗来,只有模糊的半圆的月,照着深黑无际的田野。——车只风驰电掣地,轮声轧轧里,奔向着无限的前途。明月和我,一步一步地离家远了!

今早过济南,我五时便起来,对窗整发。外望远山连绵不断,都没在朝霭里,淡到欲无。只浅蓝色的山峰一线,横亘天空。山坳里人家的炊烟,濛濛的屯在谷中,如同云起。朝阳极光明的照临在无边的整齐青绿的田畦上。我梳洗毕凭窗站了半点钟,在这庄严伟大的环境中,我只能默然低头,赞美万能智慧的造物者。

过泰安府以后,朝露还零。各站台都在浓阴之中,最有古趣,最清幽。到此我才下车稍稍散步,远望泰山,悠然神往。默诵"高山仰止,景行行止,虽不能至,心向往之"四句,反复了好几遍。

自此以后,站台上时闻皮靴拖踏声,刀枪相触声,又见黄衣灰衣的兵丁,成队地来往梭巡。我忽然忆起临城劫车的事,知道快到抱犊冈了,我切愿一见那些持刀背剑来去如飞的人。我这时心中只憧憬着梁山泊好汉的生活,武松林冲鲁智深的生活。我不是羡慕什么分金阁，剥皮亭，我羡慕那种激越豪放，大刀阔斧的胸襟！

因此我走出去，问那站在两车挂接处荷枪带弹的兵丁。他说快到临城了，抱犊冈远在几十里外，车上是看不见的。他和我说话极温和，说的是纯正的山东话。我如同远客听到乡音一般，起了无名的喜悦。——山东是我灵魂上的故乡，我只喜欢忠恳的山东人，听那生怯的山东话。

一站一站地近江南了，我旅行的快乐，已经开始。这次我特意定的自己一间房子，为的要自由一些，安静一些，好写些通讯。我靠在长枕上，近窗坐着。向阳那边的窗帘，都严严的掩上。对面一边，为要看风景，便开了一半。凉风徐来，这房里寂静幽阴已极。除了单调的轮声以外，与我家中的书室无异。窗内虽然没有满架的书，而窗外却旋转着伟大的自然。笔在手里，句在心里，只要我不按铃，便没有人进来搅我。龚定庵有句云："……都道西湖清怨极，谁分这般浓福？……"今早这样恬静喜悦的心境，是我所梦想不到的。书此不但自慰，并以慰弟弟们和记念我的小朋友。

冰心

一九二三年八月四日，津浦道中。

## 通 讯 七

亲爱的小朋友：

八月十七的下午，约克逊号邮船无数的窗眼里，飞出五色飘扬的纸带，远远的抛到岸上，任凭送别的人牵住的时候，我的心是如何的飞扬而凄恻！

痴绝的无数的送别者，在最远的江岸，仅仅牵着这终于断绝的纸条儿，放这庞然大物，载着最重的离愁，飘然西去！

　　船上生活，是如何的清新而活泼。除了三餐外，只是随意游戏散步。海上的头三日，我竟完全回到小孩子的境地中去了，套圈子，抛沙袋，乐此不疲，过后又绝然不玩了。后来自己回想很奇怪，无他，海唤起了我童年的回忆，海波声中，童心和游伴都跳跃到我脑中来。我十分地恨这次舟中没有几个小孩子，使我童心来复的三天中，有无猜畅好的游戏！

　　我自少住在海滨，却没有看见过海平如镜。这次出了吴淞口，一天的航程，一望无际尽是粼粼的微波。凉风习习，舟如在冰上行。到过了高丽界，海水竟似湖光。蓝极绿极，凝成一片。斜阳的金光，长蛇般自天边直接到阑旁人立处。上自穹苍，下至船前的水，自浅红至于深翠，幻成几十色，一层层，一片片地漾开了来。……小朋友，恨我不能画，文字竟是世界上最无用的东西，写不出这空灵的妙景！

　　八月十八夜，正是双星渡河之夕。晚餐后独倚阑旁，凉风吹衣。银河一片星光，照到深黑的海上。远远听得楼阑下人声笑语，忽然感到家乡渐远。繁星闪烁着，海波吟啸着，凝立悄然，只有惆怅。

　　十九日黄昏，已近神户，两岸青山，不时的有渔舟往来。日本的小山多半是圆扁的，大家说笑，便道是"馒头山"。这馒头山沿途点缀，直到夜里，远望灯光灿然，已抵神户。船徐徐停住，便有许多人上岸去。我因太晚，只自己又到最高层上，初次看见这般璀璨的世界，天上微月的光，和星光，岸上的灯光，无声相映。不时的还有一串光明从山上横飞过，想是火车周行。……舟中寂然，今夜没有海潮音，静极心绪忽起："倘若此时母亲也在这里……"我极清晰地忆起北京来，小朋友，恕我，不能往下再写了。

冰心

一九二三年八月二十日，神户。

朝阳下转过一碧无际的草坡，穿过深林，已觉得湖上风来，湖波不是昨夜欲睡如醉的样子了。——悄然地坐在湖岸上，伸开纸，拿起笔，抬起头来，四围红叶中，四面水声里，我要开始写信给我久违的小朋友。小朋友猜我的心情是怎样的呢？

水面闪烁着点点的银光，对岸意大利花园里亭亭层列的松树，都证明我已在万里外。小朋友，到此已逾一月了，便是在日本也未曾寄过一字，说是对不起呢，我又不愿！

我平时写作，喜在人静的时候。船上却处处是公共的地方，舱面阑边，人人可以来到。海景极好，心胸却难得清平。我只能在晨间绝早，船面无人时，随意写几个字，堆积至今，总不能整理，也不愿草草整理，便迟延到了今日。我是尊重小朋友的，想小朋友也能尊重原谅我！

许多话不知从哪里说起，而一声声打击湖岸的微波，一层层地没上杂立的潮石，直到我蔽膝的毡边来，似乎要求我将她介绍给我的小朋友。小朋友，我真不知如何地形容介绍她！她现在横在我的眼前。湖上的月明和落日，湖上的浓阴和微雨，我都见过了，真是仪态万千。小朋友，我的亲爱的人都不在这里，便只有她——海的女儿，能慰安我了。Lake Waban，谐音会意，我便唤她做"慰冰"。每日黄昏的游泛，舟轻如羽，水柔如不胜桨。岸上四围的树叶，绿的，红的，黄的，白的，一丛一丛地倒影到水中来，覆盖了半湖秋水。夕阳下极其艳冶，极其柔媚。将落的金光，到了树梢，散在湖面。我在湖上光雾中,低低地嘱咐它,带我的爱和慰安,一同和它到远东去。

小朋友!海上半月,湖上也过半月了,若问我爱哪一个更甚,这却难说。——海好像我的母亲,湖是我的朋友。我和海亲近在童年,和湖亲近是现在。海是深阔无际,不着一字,她的爱是神秘而伟大的,我对她的爱是归心低首的。湖是红叶绿枝,有许多衬托,她的爱是温和妩媚的,我对她的爱是清淡相照的。这也许太抽象,然而我没有别的话来形容了!

小朋友,两月之别,你们自己写了多少,母亲怀中的乐趣,可以说来让我听听么?——这便算是沿途书信的小序,此后仍将那写好的信,按序寄上,日月和地方,都因其旧,"弱游"的我,如何自太平洋东岸的上海绕到大西洋东岸的波士顿来,这些信中说得很清楚,请在那里看罢!

不知这几百个字,何时方达到你们那里,世界真是太大了!

冰心

一九二三年十月十四日,慰冰湖畔,威尔斯利。

## 通讯 八

亲爱的弟弟们:

波士顿一天一天地下着秋雨,好像永没有开晴的日子。落叶红的黄的堆积在小径上,有一寸来厚,踏下去又湿又软。湖畔是少去的了,然而还是一天一遭。很长很静的道上,自己走着,听着雨点打在伞上的声音。有时自笑不知这般独往独来,冒雨迎风,是何目的!走到了,石矶上,树根上,都是湿的,没有坐处,只能站立一

于协和女子大学(1919年)

冰心与父亲在北京(1923年春)

会,望着蒙蒙的雾。湖水白极淡极,四围湖岸的树,都隐没不见,看不出湖的大小,倒觉得神秘。

回来已是天晚,放下绿帘,开了灯,看中国诗词,和新寄来的晨报副镌,看到亲切处,竟然忘却身在异国。听得敲门,一声"请进",回头却是金发蓝睛的女孩子,笑颊粲然地立于明灯之下,常常使我猛觉,笑而吁气!

正不知北京怎样,中国又怎样了?怎么在国内的时候,不曾这样地关心?——前几天早晨,在湖边石上读华兹华斯(Wordsworth)的一首诗,题目是《我在不相识的人中间旅行》:

### I Travelled Among Unknown Men

I travelled among unknown men,
  In land beyond the sea;
Nor, England! Did I know till then
  what love I bore to thee.

大意是:

直至到了海外,
  在不相识的人中间旅行;
英格兰!我才知道我付与你的
  是何等样的爱。

读此使我恍然如有所得,又怅然如有所失。是呵,不相识的!湖畔归来,远远几簇楼窗的灯火,繁星般的灿烂,但不曾与我以丝毫慰藉的光气！

　　想起北京城里此时街上正听着卖葡萄，卖枣的声音呢！我真是不堪，在家时黄昏睡起，秋风中听此，往往凄动不宁。有一次似乎是星期日的下午，你们都到安定门外泛舟去了，我自己廊上凝坐，秋风侵衣。一声声卖枣声墙外传来，觉得十分黯淡无趣。正不解为何这般寂寞，忽然你们的笑语喧哗也从墙外传来，我的惆怅，立时消散。自那时起，我承认你们是我的快乐和慰安，我也明白只要人心中有了春气，秋风是不会引人愁思的。但那时却不曾说与你们知道。今日偶然又想起来，这里虽没有卖葡萄甜枣的声响，而窗外风雨交加。——为着人生，不得不别离，却又禁不起别离，你们何以慰我？……一天两次，带着钥匙，忧喜参半的下楼到信橱前去，隔着玻璃，看不见一张白纸。又近看了看，实在没有。无精打采地挪上楼来，不止一次了！明知万里路，不能天天有信，而这两次终不肯不走，你们何以慰我？

　　夜渐长了，正是读书的好时候，愿隔着地球，和你们一同勉励着在晚餐后一定的时刻用功。只恐我在灯下时，你们却在课室里——回家千万常在母亲跟前！这种光阴是贵过黄金的，不要轻轻抛掷过去，要知道海外的姊姊，是如何地羡慕你们！——往常在家里，夜中写字看书，只管漫无限制，横竖到了休息时间，父亲或母亲就会来催促的，搁笔一笑，觉得乐极。如今到了夜深人倦的时候，只能无聊地自己收拾收拾，去做那还乡的梦。弟弟！想着我，更应当尽量消受你们眼前欢愉的生活！

　　菊花上市，父亲又忙了，今年种得多不多？我案头只有水仙花，还没有开，总是含苞，总是希望，当常引起我的喜悦。

　　快到晚餐的时候了。美国的女孩子，真爱打扮，尤其是夜间。

第一遍钟响，就忙着穿衣敷粉，纷纷晚妆。夜夜晚餐桌上，个个花枝招展的。"巧笑倩兮，美目盼兮，彼美人兮，西方之人兮。"我曾戏译这四句诗给她们听。攒三聚五的凝神向我，听罢相顾，无不欢笑。

不多说什么了，只有"珍重"二字，愿彼此牢牢守着！

冰心

一九二三年十月二十四日夜，闭璧楼。

倘若你们愿意，不妨将这封信分给我们的小朋友看看。途中书信，正在整理，两天内，不见得能写寄。将此塞责，也是慰情聊胜无呵！又书。

## 通讯 十

亲爱的小朋友：

我常喜欢挨坐在母亲的旁边，挽住她的衣袖，央求她述说我幼年的事。

母亲凝想地，含笑地，低低地说：

"不过有三个月罢了，偏已是这般多病。听见端药杯的人的脚步声，已知道惊怕啼哭。许多人围在床前，乞怜的眼光，不望着别人，只向着我，似乎已经从人群里认识了你的母亲！"

这时眼泪已湿了我们两个人的眼角！

"你的弥月到了，穿着舅母送的水红绸子的衣服，戴着青缎沿边的大红帽子，抱出到厅堂前。因看你丰满红润的面庞，使我在姊妹妯娌群中，起了骄傲。

"只有七个月，我们都在海舟上，我抱你站在阑旁。海波声中，你已会呼唤'妈妈'和'姊姊'。"

对于这件事，父亲和母亲还不时地起争论。父亲说世上没有七个月会说话的孩子。母亲坚执说是的。在我们家庭历史中，这事至今是件疑案。

"浓睡之中猛然听得丐妇求乞的声音，以为母亲已被她们带去了。冷汗被面地惊坐起来，脸和唇都青了，呜咽不能成声。我从后屋连忙进来，珍重的揽住，经过了无数的解释和安慰。自此后，便是睡着，我也不敢轻易地离开你的床前。"

这一节，我仿佛记得，我听时写时都重新起了呜咽！

"有一次你病得重极了。地上铺着席子，我抱着你在上面膝行。正是暑月，你父亲又不在家。你断断续续说的几句话，都不是三岁的孩子所能够说的。因着你奇异的智慧，增加了我无名的恐怖。我打电报给你父亲，说我身体和灵魂上都已不能再支持。忽然一阵大风雨，深忧的我，重病的你，和你疲乏的乳母，都沉沉地睡了一大觉。这一番风雨，把你又从死神的怀抱里，接了过来。"

我不信我智慧，我又信我智慧！母亲以智慧的眼光，看万物都是智慧的，何况她的唯一挚爱的女儿？

"头发又短，又没有一刻肯安静。早晨这左右两个小辫子，总是梳不起来。没有法子，父亲就来帮忙：'站好了，站好了，要照相了！'父亲拿着照相匣子，假作照着。又短又粗的两个小辫子，好容易天天这样地将就地编好了。"

我奇怪我竟不懂得向父亲索要我每天照的相片！

"陈妈的女儿宝姐，是你的好朋友。她来了，我就关你们两个人在屋里，我自己睡午觉。等我醒来，一切的玩具，小人小马，都当做船，飘浮在脸盆的水里，地上已是水汪汪的。"

宝姐是我一个神秘的朋友，我自始至终不记得，不认识她。然而从母亲口里，我深深地爱了她。

"已经三岁了，或者快四岁了。父亲带你到他的兵舰上去，大家匆匆地替你换上衣服。你自己不知什么时候，把一只小木鹿，放在小靴子里。到船上只要父亲抱着，自己一步也不肯走。放到地上走时，只有一跛一跛的。大家奇怪了，脱下靴子，发现了小木鹿。父亲和他的许多朋友都笑了。——傻孩子！你怎么不会说？"

母亲笑了，我也伏在她的膝上羞愧地笑了。——回想起来，她的质问，和我的羞愧，都是一点理由没有的。十几年前事，提起当面前事说，真是无谓。然而那时我们中间弥漫了痴和爱！

"你最怕我凝神，我至今不知是什么缘故。每逢我凝望窗外，或是稍微地呆了一呆，你就过来呼唤我，摇撼我，说：'妈妈，你的眼睛怎么不动了？'我有时喜欢你来抱住我，便故意地凝神不动。"

我自己也不知道是什么缘故。也许母亲凝神，多是忧愁的时候，我要搅乱她的思路，也未可知。——无论如何，这是个隐谜！

"然而你自己却也喜凝神。天天吃着饭，呆呆地望着壁上的字画，桌上的钟和花瓶，一碗饭数米粒似的，吃了好几点钟。我急了，便把一切都挪移开。"

这件事我记得，而且很清楚，因为独坐沉思的脾气至今不改。

当她说这些事的时候，我总是脸上堆着笑，眼里满了泪，听完了用她的衣袖来印我的眼角，静静地伏在她的膝上。这时宇宙已经没有了，只母亲和我，最后我也没有了，只有母亲；因为我本是她的一部分！

这是如何可惊喜的事，从母亲口中，逐渐的发现了，完成了我自己！她从最初已知道我，认识我，喜爱我，在我不知道不承认世界上有个我的时候，她已爱了我了。我从三岁上，才慢慢地在宇宙中寻到了自己，爱了自己，认识了自己；然而我所知道的自己，不过是母亲意念中的百分之一，千万分之一。

　　小朋友！当你寻见了世界上有一个人，认识你，知道你，爱你，都千百倍地胜过你自己的时候，你怎能不感激，不流泪，不死心塌地的爱她，而且死心塌地地容她爱你？

　　有一次，幼小的我，忽然走到母亲面前，仰着脸问说："妈妈，你到底为什么爱我？"母亲放下针线，用她的颊，抵住我的前额，温柔地，不迟疑地说："不为什么，——只因你是我的女儿！"

　　小朋友！我不信世界上还有人能说这句话！"不为什么"这四个字，从她口里说出来，何等刚决，何等无回旋！她爱我，不是因为我是"冰心"，或是其他人世间的一切虚伪的称呼和名字！她的爱是不附带任何条件的，唯一的理由，就是我是她的女儿。总之，她的爱，是屏除一切，拂拭一切，层层的挥开我前后左右所蒙罩的，使我成为"今我"的原素，而直接地来爱我的自身！

　　假使我走至幕后，将我二十年的历史和一切都更变了，再走出到她面前，世界上纵没有一个人认识我，只要我仍是她的女儿，她就仍用她坚强无尽的爱来包围我。她爱我的肉体，她爱我的灵魂，她爱我前后左右，过去，将来，现在的一切！

　　天上的星辰，骤雨般落在大海上，嗤嗤繁响。海波如山一般地汹涌，一切楼屋都在地上旋转，天如同一张蓝纸卷了起来。树叶子满空飞舞，鸟儿归巢，走兽躲到它的洞穴。万象纷乱中，只要我能寻到她，投到她的怀里……天地一切都信她！她对于我的爱，不因着万物毁灭而更变！

她的爱不但包围我，而且普遍地包围着一切爱我的人；而且因着爱我，她也爱了天下的儿女，她更爱了天下的母亲。小朋友！告诉你一句小孩子以为是极浅显，而大人们以为是极高深的话，"世界便是这样地建造起来的！"

世界上没有两件事物，是完全相同的，同在你头上的两根丝发，也不能一般长短。然而——请小朋友们和我同声赞美！只有普天下的母亲的爱，或隐或显，或出或没，不论你用斗量，用尺量，或是用心灵的度量衡来推测；我的母亲对于我，你的母亲对于你，她的和他的母亲对于她和他；她们的爱是一般的长阔高深，分毫都不差减。小朋友！我敢说，也敢信古往今来，没有一个敢来驳我这句话。当我发觉了这神圣的秘密的时候，我竟欢喜感动得伏案痛哭！

我的心潮，沸涌到最高度，我知道于我的病体是不相宜的，而且我更知道我所写的都不出乎你们的智慧范围之外。——窗外正是下着紧一阵慢一阵的秋雨，玫瑰花的香气，也正无声地赞美她们的"自然母亲"的爱！

我现在不在母亲的身畔，——但我知道她的爱没有一刻离开我，她自己也如此说！——暂时无从再打听关于我的幼年的消息；然而我会写信给我的母亲。我说："亲爱的母亲，请你将我所不知道的关于我的事，随时记下寄来给我。我现在正是考古家一般地，要从深知我的你口中，研究我神秘的自己。"

被上帝祝福的小朋友！你们正在母亲的怀里。——小朋友！我教给你，你看完了这一封信，放下报纸，就快快跑去找你的母亲——若是她出去了，就去坐在门槛上，静静地等她回来——不论在屋里或是院中，把她寻见了，你便上去攀住她，左右亲她的脸，你说："母亲！若是你有工夫，请你将我小时候的事情，说给我听！"等她坐下了，你便坐在她的膝上，倚在她的胸前，你听得见她心脉和缓地跳动，你仰着脸，会有无数关于你的，你所不知道的美妙的故事，从她口里天乐一般地唱将出来！

然后，——小朋友！我愿你告诉我，她对你所说的都是什么事。

我现在正病着，没有母亲坐在旁边，小朋友一定怜念我，然而我有说不尽的感谢！造物者将我交付给我母亲的时候，竟赋予了我以记忆的心才；现在又从忙碌的课程中替我匀出七日夜来，回想母亲的爱。我病中光阴，因着这回想，寸寸都是甜蜜的。

小朋友，再谈罢，致我的爱与你们的母亲！

你的朋友冰心

一九二三年十二月五日晨，

圣卜生疗养院，威尔斯利。

## 通讯十四

我的小朋友：

黄昏睡起，闲走着绕到西边回廊上，看一个病的女孩子。站在她床前说着话儿的时候，抬头看见松梢上一星朗耀，她说："这是你今晚第一颗见到的星儿，对它祝说你的愿望罢！"——同时她低低地度着一支小曲，是：

Star light

Star bright

First star I see to-night

Wish I may

Wish I might

Have the wish I wish to might

小朋友：这是一支极柔媚的儿歌。我不想翻译出来。因为童谣完全以音韵见长，一翻成中国字，念出来就不好听，大意也就是她对我说的那两句话。——倘若你们自己能念，或是姊姊哥哥，姑姑母亲，能教给你们念，也就更好。——她说到此，我略不思索，我合掌向天说："我愿万里外的母亲，不太为平安快乐的我忧虑！"

扣计今天或明天，就是我母亲接到我报告抱病入山的信之日，不知大家如何商量谈论，长吁短叹；岂知无知无愁的我，正在此过起止水浮云的生活来了呢！

去年十二月十九日，我寄给国内朋友一封信，我说："沙穰疗养院，冷冰冰如同雪洞一般。我又整天地必须在朔风里。你们围炉的人，怎知我正在冰天雪地中，与造化挣命！"如今想起，又觉得那话说得太无谓，太怨望了，未曾听见挣命有如今这般温柔的挣法！

生，老，病，死，是人生很重大而又不能避免的事。无论怎样高贵伟大的人，对此切己的事，也丝毫不能为力。这时节只能将自己当作第三者，旁立静听着造化的安排。小朋友，我凝神看着造化轻舒慧腕，来安排我的命运的时候，我忍不住失声赞叹他深思和玄妙。

往常一日几次匆匆走过慰冰湖，一边看晚霞，一边心里想着功课。偷闲划舟，抬头望一望滟（yàn）滟的湖波，低头看滴答滴答消磨时间的手表，心灵中真是太苦了，然而万没有整天地放下正事来赏玩自然的道理。造物者明明在上，看出了我的隐情，眉头一皱，轻轻地赐与我一场病，这病乃是专以抛撇一切，游泛于自然海中为治疗的。

如今呢？过的是花的生活，生长于光天化日之下，微风细雨之中；过的是鸟的生活，游息于山巅水涯，寄身于上下左右空气环围的巢床里；过的是水的生活，自在地潺潺流走；过的是云的生活，随意地袅袅卷舒。几十页几百页绝妙的诗和诗话，拿起来流水般当功课读的时候，是没有的了。如今不再干那愚拙煞风景的事，如今便四行六行的小诗，也慢慢地拿起，反复吟诵，默然深思。

我爱听碎雪和微雨，我爱看明月和星辰，从前一切世俗的烦忧，占积了我的灵府。偶然一举目，偶然一倾耳，便忙忙又收回心来，没有一次任它奔放过。如今呢，我的心，我不知怎样形容它，它如蛾出茧，如鹰翔空……

碎雪和微雨在檐上，明月和星辰在阑旁，不看也得看，不听也得听，何况病中的我，应以它们为第二生命。病前的我，愿以它们为第二生命而不能的呢？

这故事的美妙，还不止此，——"一天还应在山上走几里路"，这句话从滑稽式的医士口中道出的时候，我不知应如何的欢呼赞美他！小朋友！漫游的生涯，从今开始了！

山后是森林仄径，曲曲折折地在日影掩映中引去，不知有多少远近。我只走到一端，有大岩石处为止。登在上面眺望，我看见满山高高下下的松树。每当我要缥缈深思的时候，我就走这一条路。

独自低首行来，我听见干叶枯枝，槭槭楂楂在树巅相语。草上的薄冰，踏着沙沙有声，这时节，林影沉荫中，我凝然黯然，如有所戚。

山前是一层层的大山地，爽阔空旷，无边无限地满地朝阳。层场的尽处，就是一个大冰湖，环以小山高树，是此间小朋友们溜冰处。我最喜在湖上如飞地走过。每逢我要活泼天机的时候，我就走这一条路。我沐着微暖的阳光，在树根下坐地，举目望着无际的耀眼生花的银海。我想天地何其大，人类何其小。当归途中冰湖在我足下溜走的时候，清风过耳，我欣然超然，如有所得。

三年前的夏日在北京西山，曾写了一段小文字，我不十分记得了，大约是：

> 只有早晨的深谷中
> 可以和自然对语。
> 　计划定了
> 　　岩石点头
> 　　草花欢笑。
> 造物者！
> 　在我们星驰的前途
> 　　路站上
> 再遥遥地安置下
> 　几个早晨的深谷！

原来，造物者为我安置下的几个早晨的深谷，却在离北京数万里外的沙穰，我何其"无心"，造物者何其"有意"？——我还忆起,有"空谷足音",和杜甫的"绝代有佳人,幽居在空谷"的一首诗,小朋友读过么?我翻来覆去的背诵,只忆得"绝代有佳人,幽居在空谷;自云良家子,零落依草木……摘花不插发,采柏动盈掬——天寒翠袖薄,日暮倚修竹"这八句来。黄昏时又去了。那时想起的,有"前不见古人,后不见来者,念天地之悠悠,独怆然而涕下。"归途中又诵"云无心以出岫,鸟倦飞而知还。景翳(yì)翳以将入,抚孤松而盘桓。"小朋友,愿你们用心读古人书,他们常在一定的环境中,说出你心中要说的话!

春天已在云中微笑,将临到了。那时我更有温柔的消息,报告你们。我逐日远走开去,渐渐又发现了几处断桥流水。试想看,胸中无一事留滞,日日南北东西,试揭自然的帘幕,蹑足走入仙宫……

这样的病,这样的人生,小朋友,请为我感谢。我的生命中是只有祝福,没有咒诅!

安息的时候已到,卧看星辰去了。小朋友,我以无限欢喜的心,祝你们多福。

冰心

一九二四年一月十五日夜,沙穰。


广厅上,四面绿帘低垂。几个女孩子,在一角窗前长椅上,低低笑语。一角话匣子里奏着轻婉的提琴。我在当中的方桌上,写这封信。一个女孩子坐在对面为我画像,她时时唤我抬头看她。我听一听提琴和人家的笑语,一面心潮缓缓流动,一面时时停笔凝神。写完时重读一过,觉得太无次序了,前言不对后语的。然而的确是欢乐的心泉流过的痕迹,不复整理,即付晚邮。

## 通讯十六

二弟冰叔：

接到你两封冗长而恳挚的信，使我受了无限的安慰。是的！"从松树隙间穿过的阳光，就是你弟弟问安的使者；晚上清凉的风，就是骨肉手足的慰语！"好弟弟！我喜爱而又感激你的满含着诗意的慰安的话！

出乎意外地又收到你赠我的历代名人词选，我喜欢到不可言说。父亲说恐怕我已有了，我原有一部古今词选，放在闭璧楼的书架上了。可恨我一写信要中国书，她们便有百般的阻拦推托。好像凡是中国书都是充满着艰深的哲理，一看就费人无限的脑力似的。

不忍十分地违反她们的好意，我终于反复的只看些从病院中带来的短诗了。我昨夜收到词选，珍重地一页一页地看着，一面想，难得我有个知心的小弟弟。

这部词，选得似乎稍偏于纤巧方面，错字也时时发现。但大体说起来，总算很好。

你问我去国前后，环境中诗意哪处更足？我无疑地要说，"自然是去国后！"在北京城里，不能晨夕与湖山相对，这是第一条件。再一事，就是客中的心情，似乎更容易融会诗句。

离开黄浦江岸，在太平洋舟中，青天碧海，独往独来之间，我常常忆起"海水直下万里深，谁人不言此离苦"两句。因为我无意中看到同舟众人，当倚阑俯视着船头飞溅的浪花的时候，眉宇间似乎都含着轻微的凄恻的意绪。

到了威尔斯利，慰冰湖更是我的唯一的良友。或是水边，或是

水上,没有一天不到的。母亲寿辰的前一日,又到湖上去了,临水起了乡思,忽然忆起左辅的"浪淘沙"词:

  水软橹声柔,草绿芳洲,碧桃几树隐红楼;者是春山魂一片,招入孤舟。  乡梦不曾休,惹甚闲愁?忠州过了又涪州;掷与巴江流到海,切莫回头!

觉得情景悉合,随手拾起一片湖石,用小刀刻上:"乡梦不曾休,惹甚闲愁?"两句,远远地抛入湖心里,自己便头也不回地走转来。这片小石,自那日起,我信它永在湖心,直到天地的尽头。只要湖水不枯,湖石不烂,我的一片寄托此中的乡心,也永古不能磨灭的!

美国人家,除城市外,往往依山傍水,小巧精致,窗外篱旁,杂种着花草,真合"是处人家,绿深门户"词意。只是没有围墙,空阔有余,深邃不足。路上行人,隔窗可望见翠袖红妆,可听见琴声笑语。词中之"斜阳却照深深院","庭院深深深几许","不卷珠帘,人在深深处","墙内秋千墙外道","银汉是红墙,一带遥相隔"等句,在此都用不着了!

田野间林深树密,道路也依着山地的高下,曲折蜿蜒的修来,天趣盎然。想春来野花遍地之时,必是更幽美的。只是逾山越岭地游行,再也看不见一带城墙僧寺。"曲径通幽处,禅房草木深","花宫仙梵远微微,月隐高城钟漏稀","一片孤城万仞山","饮将闷酒城头睡","长烟落日孤城闭","帘卷疏星庭户悄,隐隐严城钟鼓"等句,在此又都用不着了!

总之,在此处处是"新大陆"的意味,遍地看出鸿濛初辟的痕迹。国内一片苍古庄严,虽然有的只是颓废剥落的城垣宫殿,却都令人起一种"仰首欲攀低首拜"之思,可爱可敬的五千年的故国呵!

回忆去夏南下,晨过苏州,火车与城墙并行数里。城内湿烟濛濛,护城河里系着小舟,层塔露出城头,竟是一幅图画。那时我已想到出了国门,此景便不能再见了!

说到山中的生活,除了看书游山,与女伴谈笑之外,竟没有别的日课。我家灵运公的诗,如"寝瘵(zhài)谢人徒,绝迹入云峰,岩壑寓耳目,欢爱隔音容",以及"昔余游京华,未尝废丘壑,矧(shěn)乃归山川,心迹双寂寞……卧疾丰暇豫,翰墨时间作,怀抱观古今,寝食展戏谑……万事难并欢,达生幸可托"等句,竟将我的生活描写尽了,我自己更不须多说!

又猛忆起杜甫的"思家步月清宵立,忆弟看云白日眠"和苏东坡的"因病得闲殊不恶,安心是药更无方",对我此时生活而言,直是一字不可移易!青山满山是松,满地是雪,月下景物清幽到不可描画,晚餐后往往至楼前小立,寒光中自不免小起乡愁。又每日午后三时至五时是休息时间,白天里如何睡得着?自然只卧看天上云起,尤往往在此时复看家书,联带地忆到诸弟。——冰仲怕我病中不能多写通讯,岂知我病中较闲,心境亦较清,写的倒比平时多。又我自病后,未曾用一点药饵,真是"安心是药更无方"了。

多看古人句子,令自己少写好些。一面欣与古人契合,一面又有"恨不踊身千载上,趁古人未说吾先说"之叹。——说的已多了,都是你一部词选,引我掉了半天书袋,是谁之过呢?一笑!

青山真有美极的时候。二月七日,正是五天风雪之后,万株树上，都结上一层冰壳。早起极光明的朝阳从东方捧出，照得这些冰树玉枝，寒光激射。下楼微步雪林中曲折行来，偶然回顾，一身自冰玉丛中穿过。小楼一角，隐隐看见我的帘幕。虽然一般的高处不胜寒，而此琼楼玉宇，竟在人间，而非天上。

九日晨同女伴乘雪橇出游。双马飞驰，绕遍青山上下。一路林深处，冰枝拂衣，脆折有声。白雪压地，不见寸土，竟是洁无纤尘的世界。最美的是冰珠串结在野樱桃枝上，红白相间，晶莹向日，觉得人间珍宝，无此璀璨！

途中女伴遥指一发青山，在天末起伏。我忽然想真个离家远了，连青山一发，也不是中原了。此时忽觉悠然意远。——弟弟！我平日总想以"真"为写作的唯一条件，然而算起来，不但是去国以前的文字不"真"，就是去国以后的文字，也没有尽"真"的能事。

我深确地信不论是人情，是物景，到了"尽头"处，是万万说不出来，写不出来的。纵然几番提笔，几番欲说，而语言文字之间，只是搜寻不出配得上形容这些情绪景物的字眼，结果只是搁笔，只是无言。十分不甘泯没了这些情景时，只能随意描摹几个字，稍留些印象。甚至于不妨如古人之结绳记事一般，胡乱画几条墨线在纸上。只要他日再看到这些墨迹时，能在模糊缥缈的意境之中，重现了一番往事，已经是满足有余的了。

去国以前，文字多于情绪。去国以后，情绪多于文字。环境虽常是清丽可写，而我往往写不出。辛幼安的一支"罗敷媚"说：

少年不识愁滋味，爱上层楼；爱上层楼，为赋新词强说愁。　而今识尽愁滋味，欲说还休；欲说还休，却道"天

*凉好个秋*"。

真看得我寂然心死。他虽只说"愁"字，然已盖尽了其他种种一切！——真不知文字情绪不能互相表现的苦处，受者只有我一个人，或是人人都如此？

北京谚语说："八月十五云遮月，正月十五雪打灯。"去年中秋，此地不曾有月。阴历十四夜，月光灿然。我正想东方谚语，不能适用于西方天象，谁知元宵夜果然雨雪霏霏。十八夜以后，夜夜梦醒见月。只觉空明的枕上，梦与月相续。最好是近两夜，醒时将近黎明，天色碧蓝，弦金色的月，不远对着弦月凹处，悬着一颗大星。万里无云的天上，只有一星一月，光景真是奇丽。

元夜如何？——听说醉司命夜，家宴席上，母亲想我难过，你们几个兄弟倒会一人一句的笑话慰藉，真是灯草也成了拄杖了！喜笑之余，并此感谢。

纸已尽，不多谈。——此信我以为不妨转小朋友一阅。

冰心

一九二四年三月一日，青山沙穰。

## 通讯十七

小朋友：

健康来复的路上，不幸多歧，这几十天来懒得很；雨后偶然看见几朵浓黄的蒲公英，在匀整的草坡上闪烁，不禁又忆起一件事。

一月十九晨，是雪后浓阴的天。我早起游山，忽然在积雪中，看见了七八朵大开的蒲公英。我俯身摘下握在手里，——真不知这平凡的草卉，竟与梅菊一样的耐寒。我回到楼上，用条黄丝带将这几朵缀将起来，编成王冠的形式。人家问我做什么，我说："我要为我的女王加冕。"说着就随便的给一个女孩子戴上了。

大家欢笑声中，我只无言的卧在床上——我不是为女王加冕，竟是为蒲公英加冕了。蒲公英虽是我最熟识的一种草花，但从来是被人轻忽，从来是不上美人头的。今日因着情不可却，我竟让她在美人头上，照耀了几点钟。

蒲公英是黄色，叠瓣的花，很带着菊花的神意，但我也不曾偏爱她。我对于花卉是普遍的爱怜。虽有时不免喜欢玫瑰的浓郁，和桂花的清远，而在我忧来无方的时候，玫瑰和桂花也一样的成粪土。在我心情怡悦的一刹那顷，高贵清华的菊花，也不能和我手中的蒲公英来占夺位置。

世上的一切事物，只是百千万面大大小小的镜子，重叠对照，反射又反射；于是世上有了这许多璀璨辉煌，虹影般的光彩。没有蒲公英，显不出雏菊，没有平凡，显不出超绝。而且不能因为大家都爱雏菊，世上便消灭了蒲公英；不能因为大家都敬礼超人，世上便消灭了庸碌。即使这一切都能因着世人的爱憎而生灭，只恐到了满山满谷都是菊花和超人的时候，菊花的价值，反不如蒲公英，超人的价值，反不及庸碌了。

所以世上一物有一物的长处，一人有一人的价值。我不能偏爱，也不肯偏憎。悟到万物相衬托的理，我只愿我心如水，处处相平。我愿菊花在我眼中，消失了她的富丽堂皇，蒲公英也解除了她的局促羞涩，博爱的极端，翻成淡漠。但这种普遍淡漠的心，除了博爱的小朋友，有谁知道？

书到此，高天萧然，楼上风紧得很，再谈了，我的小朋友！

冰心

一九二四年五月九日，沙穰疗养院。

## 通讯十九

小朋友：

离青山已将十日了，过了这些天湖海的生涯，但与青山别离之情，不容不告诉你。

美国的佳节，被我在病院中过尽了！七月四号的国庆日，我还想在山中来过。山中自然没有什么，只儿童院中的小朋友，于黄昏时节，曾插着红蓝白三色的花，戴着彩色的纸帽子，举着国旗，整队出到山上游行，口里唱着国歌，从我们楼前走过的时候，我们曾鼓掌欢迎他们。

那夜大家都在我楼上话别，只是黯然中的欢笑。——睡下的时候，我忽然觉得上下的衾单上，满了石子似的多刺的东西，拿出一看，却是无数新生的松子，幸而针刺还软，未曾伤我，我不觉失笑。我们平时，戏弄惯了，在我行前之末一夜，她们自然要尽量地使一下促狭。

大家笑着都奔散了。我已觉倦，也不追逐她们，只笑着将松子纷纷的都掠在地下。衾枕上有了松枝的香气！怪不得她们促我早歇，原来还有这一出喜剧！我卧下，只不曾睡，看着沙穰村中喷起一丛一丛的烟火，红光烛天。今天可听见鞭炮了，我为之怡然。

第二天早起，天气微阴。我绝早起来，悄然的在山中周行。每一棵树，每一丛花，每一个地方，有我埋存手泽之处，都予以极诚恳爱怜之一瞥。山亭及小桥流水之侧，和万松参天的林中，我曾在此流过乡愁之泪，曾在此有清晨之默坐与诵读，有夫人履——(Lady Slipper)和露之采撷，曾在此写过文章与书函。沙穰在我，只觉得弥漫了闲散天真的空气。

黄昏时之一走，又赚得许多眼泪。我自己虽然未曾十分悲惨，也不免黯然。女伴们雁行站在门边，一一握手，纷纷飞扬的白巾之中，听得她们摇铃送我，我看得见她们依稀的泪眼。人生奈何到处是离别？

车走到山顶，我攀窗回望，绿丛中白色的楼屋，我的雪宫，渐从斜阳中隐过。病因缘从今斩断，我倏忽地生了感谢与些些"来日大难"的悲哀！

我曾对朋友说，沙穰如有一片水，我对她的留恋，必不止此。而她是单纯真朴，她和我又结的是护持调理的因缘，仿佛说来，如同我的乳母。我对她之情，深不及母亲，柔不及朋友，但也有另一种自然的感念。

沙穰还彻底地予我以几种从前未有的经验如下：

第一是"弱"。绝对的静养之中，眠食稍一反常，心理上稍有刺激，就觉得精神全隳(huī)，温度和脉跃都起变化。我素来不十分信"健康之精神寓于健康之身体"，尤往往从心所欲，过度劳乏了我的身躯。如今理会得身心相关的密切，和病弱扰乱了心灵的安全，我便心诚悦服地听从了医士的指挥。结果我觉得心力之来复，如水徐升。小朋友中有偏重心灵方面之发展与快意的么？望你听我，不蹈此覆辙！

第二是"冷"。冷得真有趣！更有趣的是我自己毫不觉得，只看来访的朋友们的瑟缩寒战，和他们对于我们风雪中户外生活之惊奇，才知道自己的"冷"。冷到时只觉得一阵麻木，眼珠也似乎在冻着，双手互握，也似乎没有感觉。然而我愿小朋友听得见我们在风雪中的欢笑！冻凝的眼珠，还是看书，没有感觉的手，还在写字。此外雪中的拖雪橇，逆风的游行，松树都弯曲着俯在地下，我们的脸上也戴上一层雪面具；自膝以下埋在雪里。四望白茫茫之中，我要骄傲的说："好的呀！三个月绝冷的风雪中的驱驰，我比你们温炉暖屋，'雪深三尺不知寒'的人，多练出一些勇敢！"

夜中月明，寒光浸骨，双颊如抵冰块。月下的景物都如凝住，不能转移。天上的冷月冻云，真冷得璀璨！重衾如铁，除自己骨和肉有暖意外，天上人间四围一切都是冷的。我何等的愿在这种光景之中呵，我以为惟有鱼在水里可以比拟。睡到天明，衾单近呼吸呵气处都凝成薄冰。掀衾起坐，雪纷纷坠，薄冰也迸折有声。真有趣呵，我了解"红泪成冰"的词句了。

第三是"闲"。闲得却有时无趣，但最难得的是永远不预想明日如何。我们的生活如印板文字，全然相同地一日一日地悠然过去。病前的苦处，是"预定"，往往半个月后的日程，早已安排就。生命中，岂容有这许多预定，乱人心曲？西方人都永远在预定中过生活，终日匆匆忙忙地，从容宴笑之间，往往有"心焉不属"的光景。我不幸也曾陷入这种旋涡！沙穰的半年，把"预定"两字，轻轻地从我的字典中删去，觉得有说不出的愉快。

"闲"又予我以写作的自由，想提笔就提笔，想搁笔就搁笔。这种流水行云的写作态度，是我一生所未经，沙穰最可纪念处也在此！

第四是"爱"与"同情"。我要以最庄肃的态度来叙述此段。同情和爱，在疾病忧苦之中，原来是这般地重大而慰藉！我从来以为同情是应得的,爱是必得的,便有一种轻藐与忽视。然而此应得与必得,只限于家人骨肉之间。因为家人骨肉之爱,是无条件的,换一句话说,是以血统为条件的。至于朋友同学之间,同情是难得的,爱是不可必得的,幸而得到,那是施者自己人格之伟大!此次久病客居,我的友人的馈送慰问,风雪中殷勤地来访,显然地看出不是敷衍,不是勉强。至于泛泛一面的老夫人们,手抱着花束,和我谈到病情,谈到离家万里,我还无言,她已坠泪。这是人类之所以为人类,世界之所以成世界呵!我一病何足惜?病中看到人所施于我,病后我知何以施于人。一病换得了"施于人"之道,我一病真何足惜!

"同病相怜"这一句话何等真切?院中女伴的互相怜惜,互相爱护的光景,都使人有无限之赞叹!一个女孩子体温之增高,或其他病情上之变化,都能使全院女伴起了吁嗟。病榻旁默默地握手,慰言已尽,而哀怜的眼里,盈盈地含着同情悲悯的泪光!来从四海,有何亲眷?只一缕病中爱人爱己,知人知己之哀情,将这些异国异族的女孩儿亲密地联在一起。谁道爱和同情,在生命中是可轻藐的呢?

爱在右,同情在左,走在生命路的两旁,随时撒种,随时开花,将这一径长途,点缀得香花弥漫,使穿枝拂叶的行人,踏着荆棘,不觉得痛苦,有泪可落,也不是悲凉。

初病时曾戏对友人说:"假如我的死能演出一出悲剧,那我的不死,我愿能演一出喜剧!"在众生的生命上,撒下爱和同情的种子,这是否演出喜剧呢,我将于此下深思了!

总之,生命路愈走愈远,所得的也愈多。我以为领略人生,要如滚针毡,用血肉之躯去遍挨遍尝,要它针针见血!离合悲欢,不尽其致时,觉不出生命的神秘和伟大。我所经历真不足道!且喜此关一过,来日方长,我所能告诉小朋友的,将来或不止此。

屋中有书三千卷,琴五六具,弹的拨的都有,但我至今未曾动它一动。与水久别,此十日中我自然尽量地过湖畔海边的生活。水上归来,只低头学绣,将在沙穰时淘气的精神,全部收起。我原说过,只有无人的山中,容得童心的再现呵!

大西洋之游,还有许多可纪。写的已多了,留着下次说罢。祝你们安乐!

冰心

一九二四年七月十四日,默特佛。

## 通讯二十

小朋友:

水畔驰车,看斜阳在水上泼散出的闪烁的金光,晚风吹来,春衫嫌薄。这种生涯,是何等的宜于病后呵!

在这里,出游稍远便可看见水。曲折行来,道滑如拭。重重的树荫之外,不时倏忽地掩映着水光。我最爱的是玷池(Spot pond),称她为池真委屈了,她比小的湖还大呢!——有三四个小岛在水中央,上面随意地长着小树。池四围是丛林,绿意浓极。每日晚餐后我便出来游散,缓驰的车上,湖光中看遍了美人芳草!——真是"水边多丽人"。看三三两两成群携手的人儿,男孩子都去领卷袖,女孩子穿着颜色极明艳的夏衣,短发飘拂,轻柔的笑声,从水面,从晚风中传来,非常地浪漫而潇洒。到此猛忆及曾皙对孔子言志,在"暮春者"之后,"浴乎沂风乎舞雩(yú)"之前,加上一句

"春服既成",遂有无限的飘扬态度,真是千古隽语!

此外的如玄妙湖(Mystic Lake),侦池(Spy pond),角池(Horn pond)等处,都是很秀丽的地方。大概湖的美处在"明媚"。水上的轻风,皱起万叠微波,湖畔再有芊芊的芳草,再有青青的树林,有平坦的道路,有曲折的白色阑干,黄昏时便是天然的临眺乘凉的所在。湖上落日,更是绝妙的画图。夜中归去,长桥上两串徐徐互相往来移动的灯星,颗颗含着凉意。若是明月中天,不必说,光景尤其宜人了!

前几天游大西洋滨岸(Revere Beach),沙滩上游人如蚁。或坐或立,或弄潮为戏,大家都是穿着泅水衣服。沿岸两三里的游艺场,乐声沨沨,人声嘈杂。小孩子们都在铁马铁车上,也有空中旋转车,也有小飞艇,五光十色的。机关一动,都纷纷奔驰,高举凌空。我看那些小朋友们都很欢喜得意的!

这里成了"人海",如蚁的游人,盖没了浪花。我觉得无味。我们捩(liè)转车来,直到娜罕(Nahant)去。

渐渐地静了下来。还在树林子里,我已迎到了冷意侵人的海风。再三四转,大海和岩石都横到了眼前!这是海的真面目呵。浩浩万里的蔚蓝无底的洪涛,壮厉的海风,蓬蓬地吹来,带着腥咸的气味。在闻到腥咸的海味之时,我往往忆及童年拾卵石贝壳的光景,而惊叹海之伟大。在我抱肩迎着吹人欲折的海风之时,才了解海之所以为海,全在乎这不可御的凛然的冷意!

在嶙峋的大海石之间,岩隙的树荫之下,我望着卵岩(Egg Rock),也看见上面白色的灯塔。此时静极,只几处很精致的避暑别墅,悄然地立在断岩之上。悲壮的海风,穿过丛林,似乎在奏"天风海涛"之曲。支颐凝坐,想海波尽处,是群龙见首的欧洲,我和平的故乡，比这可望不可即的海天还遥远呢！

故乡没有这明媚的湖光，故乡没有汪洋的大海，故乡没有葱绿的树林，故乡没有连阡的芳草。北京只是尘土飞扬的街道，泥泞的小胡同，灰色的城墙，流汗的人力车夫的奔走。我的故乡，我的北京，是一无所有！

小朋友，我不是一个乐而忘返的人，此间纵是地上的乐园，我却仍是"在客"。我寄母亲信中曾说：

……北京似乎是一无所有！——北京纵是一无所有，然已有了我的爱。有了我的爱，便是有了一切！灰色的城围里，住着我最宝爱的一切的人。飞扬的尘土呵，何时容我再嗅着我故乡的香气……

易卜生曾说过："海上的人，心潮往往和海波一般地起伏动荡。"而那一瞬间静坐在岩上的我的思想，比海波尤加一倍地起伏。海上的黄昏星已出，海风似在催我归去。归途中很怅惘。只是还买了一筐新从海里拾出的蛤蜊。当我和车边赤足捧筐的孩子问价时，他仰着通红的小脸笑向着我。他岂知我正默默地为他祝福，祝福他终身享乐此海上拾贝的生涯！

谈到水，又忆起慰冰来。那天送一位日本朋友回南那铁（South Natick）去，道经威尔斯利。车驰穿校址，我先看见圣卜生疗养院，门窗掩闭地凝立在山上。想起此中三星期的小住，虽仍能微笑，我心实凄然不乐。再走已见了慰冰湖上闪烁的银光，我只向她一瞥眼。闭璧楼塔院等等也都从眼前飞过。年前的旧梦重寻，中间隔以一段病缘，小朋友当可推知我黯然的心理！

又是在行色匆匆里，一两天要到新汉寿（New Hampshire）去。

似乎又是在山风松涛之中,到时方可知梗概。晚风中先草此,暑天宜习静,愿你们多写作!

冰心

一九二四年七月二十二日,默特佛。

## 通讯二十一

冰仲弟:

到自由(Freedom)又五六日了,高处于白岭(The White Mountains)之上,华盛顿(Mount Washington),戚叩落亚(Chocorua)诸岭都在几席之间。这回真是入山深了!此地高出海面一千尺,在北纬四十四度,与吉林同其方位。早晚都是凉飙袭人,只是树枝摇动,不见人影。

K教授邀我来此之时,她信上说:"我愿你知道真正新英格兰的农家生活。"果然的,此老屋中处处看出十八世纪的田家风味。古朴砌砖的壁炉,立在地上的油灯,粗糙的陶器,桌上供养着野花,黄昏时自提着罐儿去取牛乳,采蕈果佐餐。这些情景与我们童年在芝罘所见无异。所不同的就是夜间灯下,大家拿着报纸,纵谈共和党和民主党的总统选举竞争。我觉得中国国民最大的幸福,就是能居然脱离政府而独立。不但农村,便是去年的北京,四十日没有总统,而万民乐业。言之欲笑,思之欲哭!

屋主人是两个姊妹,是K教授的好友,只夏日来居在山上。听说山后只有一处酿私酒的相与为邻,足见此地之深僻了。屋前后怪石嶙峋。黑压压的长着丛树的层岭,一望无际。林影中隐着深谷。我总不敢太远走开去,似乎此山有藏匿虎豹的可能。千山草

燕京大学毕业照(1923年)

冰心(右)与燕大同学合影(1923年)

动,猎猎风生的时候,真恐自暗黑的林中,跳出些猛兽。虽然屋主人告诉我说,山中只有一只箭猪,和一只小鹿,而我终是心怯。

于此可见白岭与青山之别了。白岭妩媚处雄伟处都较胜青山,而山中还处处有湖,如银湖(Silver Lake),戚叩落亚湖(Lake Chocorua),洁湖(Purity Lake)等,湖山相衬,十分幽丽。那天到戚叩落亚湖畔野餐,小桥之外,是十里如镜的湖波,波外是突起矗立的戚叩落亚山。湖畔徘徊,山风吹面,情景竟是皈依而不是赏玩!

除了屋主人和K教授外,轻易看不见别一个人,我真是寂寞。只有阿历(Alex)是我唯一的游伴了!他才五岁,是纽芬兰的孩子。他母亲在这里佣工。当我初到之夜,他睡时忽然对他母亲说:"看那个姑娘多可怜呵,没有她母亲相伴,自己睡在大树下的小屋里!"第二天早起,屋主人笑着对我述说的时候,我默默相感,微笑中几乎落下泪来。我离开母亲将一年了,这般彻底的怜悯体恤的言词,是第一次从人家口里说出来的呵!

我常常笑对他说:"阿历,我要我的母亲。"他凝然的听着,想着,过了一会说:"我没有看见过你的母亲,也不知道她在哪里——也许她迷了路走在树林中。"我便说:"如此我找她去。"自此后每每逢我出到林中散步,他便遥遥的唤着问:"你找你的母亲去么?"

这老屋中仍是有琴有书,原不至太闷,而我终感着寂寞,感着缺少一种生活,这生活是去国以后就丢失了的。你要知道么?就是我们每日一两小时傻顽痴笑的生活!

飘浮着铁片做的战舰在水缸里,和小狗捉迷藏,听小弟弟说着从学校听来的童稚的笑话,围炉说些"乱谈",敲着竹片和铜茶盘,唱"数了一个一,道了一个一"的山歌,居然大家沉酣的过一两点钟。这种生活,似乎是痴顽,其实是绝对的需要。这种完全释放身心自由的一两小时,我信对于正经的工作有极大的辅益,使我解愠忘忧,使我活泼,使我快乐。去国后在学校中,病院里,与同伴谈笑,也有极不拘之时,只是终不能痴傻到绝不用点思想的地步。——何况我如今多居于教授,长者之间,往往是终日矜持呢!

真是说不尽怎样的想念你们!幻想山野是你们奔走的好所在,有了伴侣,我也便不怯野游。我何等的追羡往事!"当时语笑浑闲事,过后思量尽可怜。"这两语真说到入骨。但愿经过两三载的别离之后,大家重见,都不失了童心,傻顽痴笑,还有再现之时,我便万分满足了。

山中空气极好,朝阳晚霞都美到极处。身心均舒适,只昨夜有人问我:"听说泰戈尔到中国北京,学生们对他很无礼,他躲到西山去了。"她说着一笑。我淡淡的说,"不见得罢。"往下我不再说什么——泰戈尔只是一个诗人,迎送两方,都太把他看重了。……

于此收住了。此信转小朋友一阅。

冰心

一九二四年七月二十日,自由,新汉寿。

## 通讯二十七

小读者:

无端应了惠登大学(Wheaton College)之招,前天下午到梦野(Mansfield)去。

到了车站,看了车表,才知从波士顿到梦野是要经过沙穰的,我忽然起了无名的怅惘!

我离院后回到沙穰去看病友已有两次。每次都是很惘然，心中很怯，静默中强作微笑。看见道旁的落叶与枯枝，似乎一枝一叶都予我以"转战"的回忆！这次不直到沙穰去，态度似乎较客观些，而感喟仍是不免！我记得以前从医院的廊上，遥遥地能看见从林隙中穿过的白烟一线的火车。我记住地点，凝神远望，果然看见雪白的楼瓦，斜阳中映衬得如同琼宫玉宇一般……

清晨七时从梦野回来，车上又瞥见了！早春的天气，朝阳正暖，候鸟初来。我记得前年此日，山路上我的飘扬的春衣！那时是怎样的止水停云般的心情呵！

小朋友！一病算得什么？便值得这样的惊心？我常常这般地问着自己。然而我的多年不见的朋友，都说我改了。虽说不出不同处在哪里，而病前病后却是迥若两人。假如这是真的呢？是幸还是不幸，似乎还值得低徊罢！

昨天回来后，休息之余，心中只怅怅的，念不下书去。夜中灯下翻出病中和你们通讯来看。小朋友，我以一身兼作了得胜者与失败者，两重悲哀之中，我觉得我禁不住有许多欲说的话！

看见过力士搏狮么？当他屏息负隅，张空拳于狰狞的爪牙之下的时候，他虽有震恐，虽有狂傲，但他决不暇有萧瑟与悲哀。等到一阵神力用过，倏忽中掷此百兽之王于死的铁门之内以后，他神志昏聩地抱头颓坐。在春雷般的欢呼声中，他无力的抬起眼来，看见了在他身旁鬣毛森张，似余残喘的巨物。我信他必忽然起了一阵难禁的战栗，他的全身没在微弱与寂寞的海里！

一败涂地的拿破仑，重过滑铁卢，不必说他有无限的忿激，太息与激昂！然而他的激感，是狂涌而不是深微，是一个人都可抵挡得住。而建了不世之功，退老闲居的惠灵吞，日暮出游，驱车到此战争旧地，他也有一番激感！他仿佛中起了苍茫的怅惘，无主的伤神。斜阳下独立，这白发盈头的老将，在百番转战之后，竟受不住这闲却健儿身手的无边萧瑟！悲哀，得胜者的悲哀呵！

小朋友，与病魔奋战期中的我，是怎样地勇敢与喜乐！我作小孩子，我作 Eskimo，我"足踏枯枝，静听着树叶微语"，我"试揭自然的帘幕，蹑足走入仙宫"。如今呢，往事都成陈迹！我"终日矜持"，我"低头学绣"，我"如同缓流的水，半年来无有声响"。是的呵，"一回到健康道上，世事已接踵而来"！虽然我曾应许"我至爱的母亲"说："我既绝对地认识了生命，我便愿低首去领略。我便愿遍尝了人生中之各趣；人生中之各趣，我便愿遍尝！——我甘心乐意以别的泪与病的血为贽，推开了生命的宫门。"我又应许小朋友说："领略人生，要如滚针毡，用血肉之躯去遍挨遍尝，要它针针见血！……来日方长，我所能告诉小朋友的，将来或不止此。"而针针见血的生命中之各趣，是须用一片一片天真的童心去换来的。互相叠积传递之间，我还不知要预备下多少怯弱与惊惶的代价！我改了，为了小朋友与我至爱的母亲，我十分情愿屈服于生命的权威之下。然而我愿小朋友倾耳听一听这弱者，失败者的悲哀！

在我热情忠实的小朋友面前，略消了我胸中块垒之后，我愿报告小朋友一个大家欢喜的消息。这时我的母亲正在东半球数着月亮呢！再经过四次月圆，我又可在母亲怀里，便是小朋友也不必耐心地读我一月前，明日黄花的手书了！我是如何的喜欢呵！

小朋友，我觉得对不起！我又以悱恻的思想，贡献给你们。然而我的"诗的女神"只是一个

> 满蕴着温柔,
> 微带着忧愁

的,就让她这样地抒写也好。

敬祝你们的喜乐与健康!

冰心

一九二六年三月十二日,娜安辟迦楼。

# 山中杂记(节选)

## ——遥寄小朋友

大夫说是养病，我自己说是休息，只觉得在拘管而又浪漫的禁令下，过了半年多。这半年中有许多在童心中可惊可笑的事，不足为大人道。只盼他们看到这几篇的时候，唇角下垂，鄙夷的一笑，随手地扔下。而有两三个孩子，拾起这一张纸，渐渐地感起兴味，看完又彼此嘻笑，讲说，传递；我就已经有说不出的喜欢！本来我这两天有无限的无聊。天下许多事都没有道理，比如今天早起那样的烈日，我出去散步的时候，热得头昏。此时近午，却又阴云密布，大风狂起。廊上独坐，除了胡写，还有什么事可作呢？

一九二四年六月二十三日，沙穰。

### （七）说几句爱海的孩气的话

白发的老医生对我说："可喜你已大好了。城市与你不宜，今夏海滨之行，也是取销了为妙。"

这句话如同平地起了一个焦雷！

学问未必都在书本上。纽约，康桥，芝加哥这些人烟稠密的地方，终身不去也没有什么，只是说不许我到海边去，这却太使我伤心了。

我抬头张目地说："不，你没有阻止我到海边去的意思！"

他笑道："是的，我不愿意你到海边去，太潮湿了，于你新愈的身体没有好处。"

我们争执了半点钟，至终他说："那么你去一个礼拜罢！"他又笑说："其实秋后的湖上，也够你玩的了！"

我爱慰冰，无非也是海的关系。若完全地叫湖光代替了海色，我似乎不大甘心。

可怜，沙穰的六个多月，除了小小的流泉外，连慰冰都看不见！山也是可爱的，但和海比，的确比不起，我有我的理由！

人常常说："海阔天空。"只有在海上的时候，才觉得天空阔远到了尽量处。在山上的时候，走到岩壁中间，有时只见一线天光。即或是到了山顶，而因着天末是山，天与地的界线便起伏不平，不如水平线的齐整。

海是蓝色灰色的。山是黄色绿色的。拿颜色来比，山也比海不过，蓝色灰色含着庄严淡远的意味，黄色绿色却未免浅显小方一些。固然我们常以黄色为至尊，皇帝的龙袍是黄色的，但皇帝称为"天子"，天比皇帝还尊贵，而天却是蓝色的。

海是动的，山是静的；海是活泼的，山是呆板的。昼长人静的时候，天气又热，凝神望着青山，一片黑郁郁地连绵不动，如同病牛一般。而海呢，你看她没有一刻静止！从天边微波粼粼的直卷到岸边，触着崖石，更欣然地溅跃了起来，开了灿然万朵的银花！

四围是大海，与四围是乱山，两者相较，是如何滋味，看古诗便可知道。比如说海上山上看月出，古诗说："南山塞天地，日月石上生。"细细咀嚼，这两句形容乱山，形容得极好，而光景何等臃肿，崎岖，僵冷，读了不使人生快感。而"海上生明月，天涯共此时"，也是月出，光景却何等妩媚，遥远，璀璨！

原也是的，海上没有红白紫黄的野花，没有蓝雀红襟等等美丽的小鸟。然而野花到秋冬之间，便都萎谢，反予人以凋落的凄凉。

海上的朝霞晚霞，天上水里反映到不止红白紫黄这几个颜色。这一片花，却是四时不断的。说到飞鸟，蓝雀红襟自然也可爱，而海上的沙鸥，白胸翠羽，轻盈地飘浮在浪花之上，"凌波微步，罗袜生尘"。看见蓝雀红襟，只使我联忆到"山禽自唤名"，而见海鸥，却使我联忆到千古颂赞美人，颂赞到绝顶的句子，是"婉若游龙，翩若惊鸿"！

在海上又使人有透视的能力，这句话天然是真的！你倚阑俯视，你不由自主地要想起这万顷碧琉璃之下，有什么明珠，什么珊瑚，什么龙女，什么鲛纱。在山上呢，很少使人想到山石黄泉以下，有什么金银铜铁。因为海水透明，天然地有引人们思想往深里去的趋向。

简直越说越没有完了，总而言之，统而言之，我以为海比山强得多。说句极端的话，假如我犯了天条，赐我自杀，我也愿投海，不愿坠崖！

争论真有意思！我对于山和海的品评，小朋友们愈和我辩驳愈好。"人心之不同，各如其面"，这样世界上才有个不同和变换。假如世界上的人都是一样的脸，我必不愿见人。假如天下人都是一样的嗜好，穿衣服的颜色式样都是一般的，则世界成了一个大学校，男女老幼都穿一样的制服。想至此不但好笑，而且无味！再一说，如大家都爱海呢，大家都搬到海上去，我又不得清静了！

## （十）鸟兽不可与同群

女伴都笑菡玲是个傻子。而她并没有傻子的头脑，她的话有的我很喜欢。她说："和人谈话真拘束，不如同小鸟小猫去谈。它们不扰乱你，而且温柔地静默地听你说。"

我常常看见她坐在樱花下，对着小鸟，自说自笑。有时坐在廊上，抚着小猫，半天不动。这种行径，我并不觉得讨厌，也许就是因此，女伴才赠她以傻子的徽号，也未可知。

和人谈话未必真拘束，但如同生人，大人先生等等，正襟危坐地谈起来，却真不能说是乐事。十年来正襟危坐谈话的时候，一天比一天的多。我虽也做惯了，但偶有机会，我仍想释放我自己。这半年我就也常常做傻子了！

第一乐事，就是拔草喂马。看着这庞然大物，温驯地磨动它的松软的大口，和齐整的大牙，在你手中吃嚼青草的时候，你觉得它有说不尽地妩媚。

每日山后牛棚，拉着满车的牛乳罐的那匹斑白大马，我每日喂它。乳车停住了，驾车人往厨房里搬运牛乳，我便慢慢地过去。在我跪伏在樱花底下，拔那十样锦的叶子的时候，它便侧转那狭长而良善的脸来看我，表示它的欢迎与等待。我们渐渐熟识了，远远地看见我，它便抬起头来。我相信我离开之后，它虽不会说话，它必每日地怀念我。

还有就是小狗了。那只棕色的，在和我生分的时候，曾经吓过我。那一天雪中游山，出其不意在山顶遇见它，它追着我狂吠不止，我吓得走不动。它看我吓怔了，才住了吠，得了胜利似的，垂尾下山而去。我看它走了，一口气跑了回来。一夜没有睡好，心脉每分钟跳到一百十五下。

女伴告诉我，它是最可爱的狗，从来不咬人的。以后再遇见它，我先呼唤它的名字，它竟摇尾走了过来。自后每次我游山，它总是前前后后地跟着走。山林中雪深的时候，光景很冷静。它总算助了我不少的胆子。

此外还有一只小黑狗，尤其跳荡可爱。一只小白狗，也很驯良。

我从来不十分爱猫。因为小猫很带狡猾的样子，又喜欢抓人。医院中有一只小黑猫，在我进院的第二天早起刚开了门，它已从门隙塞进来，一跃到我床上，悄悄地便伏在我的怀前，眼睛慢慢地闭上，很安稳地便要睡着。我最怕小猫睡时呼吸的声音！我想推它，又怕它抓我。那几天我心里又难过，因此愈加焦躁。幸而看护妇不久便进来！我皱眉叫她抱出这小猫去。

以后我渐渐地也爱它了。它并不抓人。当它仰卧在草地上，用前面两只小爪，拨弄着玫瑰花叶，自惊自跳的时候，我觉得它充满了活泼和欢悦。

小鸟是怎样的玲珑娇小呵！在北京城里，我只看见老鸦和麻雀。有时也看见啄木鸟。在此却是雪未化尽，鸟儿已成群的来了。最先的便是青鸟。西方人以青鸟为快乐的象征，我看最恰当不过。因为青鸟的鸣声中，婉转地报着春的消息。

知更雀的红胸，在雪地上，草地上站着，都极其鲜明。小蜂雀更小到无可苗条，从花梢飞过的时候，竟要比花还小。我在山亭中有时抬头瞥见，只屏息静立，连眼珠都不敢动，我似乎恐怕将这弱不禁风的小仙子惊走了。

此外还有许多毛羽鲜丽的小鸟，我因找不出它们的中国名字，只得阙疑。早起朝日未出，已满山满谷地起了轻美的歌声。在朦胧的晓风之中，欹枕倾听，使人心魂俱静。春是鸟的世界，"以鸟鸣春"和"春眠不觉晓，处处闻啼鸟"，这两句话，我如今彻底地领略过了！

我们幕天席地的生涯之中，和小鸟最相亲爱。玫瑰和丁香丛中更有青鸟和知更雀的巢,那巢都是筑得极低,一伸手便可触到。我常常去探望小鸟的家庭,而我却从不做偷卵捉雏等等破坏它们家庭幸福的事。我想到我自己不过是暂时离家,我的母亲和父亲已这样地牵挂。假如我被人捉去,关在笼里,永远不得回来呢,我的父亲母亲岂不心碎?我爱自己,也爱雏鸟,我爱我的双亲,我也爱雏鸟的双亲!

而且是怎样有趣的事,你看小鸟破壳出来,很黄的小口,毛羽也很稀疏,觉得很丑。它们又极其贪吃,终日张口在巢里啾啾地叫!累得它母亲飞去飞回地忙碌。渐渐地长大了,它母亲领它们飞到地上。它们的毛羽很蓬松,两只小腿蹒跚地走,看去比它们的母亲还肥大。它们很傻的样子,茫然地跟着母亲乱跳。母亲偶然啄得了一条小虫,它们便纷然地过去,啾啾地争着吃。早起母亲教给它们歌唱,母亲的声音极婉转,它们的声音,却很憨涩。这几天来,它们已完全地会飞了,会唱了,也知道自己觅食,不再累它们的母亲了。前天我去探望它们时,这些雏鸟已不在巢里,它们已筑起新的巢了,在离它们的父母的巢不远的枝上,它们常常来看它们的父母的。

还有虫儿也是可爱的。藕合色的小蝴蝶,背着圆壳的蜗牛,嗡嗡的蜜蜂,甚至于水里每夜乱唱的青蛙,在花丛中闪烁的萤虫,都是极温柔,极其孩气的。你若爱它,它也爱你们。因为它们太喜爱小孩子。大人们太忙,没有工夫和它们玩。

# 第 二 辑

## 我的文学生活

我从来没有刊行全集的意思。因为我觉得：一，如果一个作家有了特殊的作风，使读者看了他一部分的作品之后，愿意读他作品的全部，他可以因着读者的要求，而刊行全集。在这一点上，我向来不敢有这样的自信。二，或是一个作家，到了中年，或老年，他的作品，在量和质上，都很可观。他自己愿意整理了，作一段结束，这样也可以刊行全集。我呢，现在还未到中年；作品的质量，也未有可观；更没有出全集的必要。

前年的春天，有一个小朋友，笑嘻嘻的来和我说："你又有新创作了，怎么不送我一本？"我问是哪一本。他说是《冰心女士第一集》。我愕然，觉得很奇怪！以后听说二三集陆续的也出来了。从朋友处借几本来看，内容倒都是我自己的创作。而选集之芜杂，序言之颠倒，题目之变换，封面之丑俗，使我看了很不痛快。上面印着上海新文学社，或是北平合成书社印行。我知道北平上海没有这些书局，这定是北平坊间的印本！

过不多时，几个印行我的作品的书局，如北新、开明等，来和我商量，要我控诉禁止。虽然我觉得我们的法律，对于著作权出版权，向来就没有保障，控诉也不见得有效力，我却也写了委托的信，请他们去全权办理。已是两年多了，而每次到各书店书摊上去，仍能看见红红绿绿的冰心女士种种的集子，由种种书店印行的，我觉得很奇怪。

去年春天，我又到东安市场去。在一个书摊上，一个年轻的伙计，陪笑的递过一本《冰心女士全集续编》来，说，"您买这么一本看看，倒有意思。这是一个女人写的。"我笑了，我说，"我都已看见过了。"他说，"这一本是新出的，您翻翻！"我接过来一翻目录，却有几段如《我不知为你洒了多少眼泪》，《安慰》，《疯了的父亲》，《给哥哥的一封信》等，忽然引起我的注意。站在摊旁，匆匆的看了一过，我不由得生起气来！这几篇不知是谁写的。文字不是我的，思想更不是我的，让我掠美了！我生平不敢掠美，也更不愿意人家随便借用我的名字。

北新书局的主人说：禁止的呈文上去了，而禁者自禁，出者自出！唯一的纠正办法，就是由我自己把作品整理整理，出一部真的全集。我想这倒也是个办法。真的假的，倒是小事，回头再出一两本三续编，四续编来，也许就出更大的笑话！我就下了决心，来编一本我向来所不敢出的全集。

感谢熊秉三先生，承他老人家将香山双清别墅在桃花盛开，春光漫烂的时候，借给我们。使我能将去秋欠下的序文，从容清付。

雄伟突兀的松干，撑着一片苍绿，簇拥在栏前。柔媚的桃花，含笑的掩映在松隙里，如同天真的小孙女，在祖父怀里撒娇。左右山嶂，夹着远远的平原，在清晨的阳光下，拥托着一天春气。石桌上，我翻阅了十年来的创作；十年前，二十年前的往事，都奔凑到眼前来。我觉得不妨将我的从未道出的，许多创作的背景，呈诉给读我"全集"的人。

我从小是个孤寂的孩子，住在芝罘东山的海边上，三四岁刚懂事的时候，整年整月所看见的：只是青郁的山，无边的海，蓝衣的水兵，灰白的军舰。所听见的，只是：山风，海涛，嘹亮的口号，清晨深夜的喇叭。生活的单调，使我的思想的发展，不和常态的小女孩，同其径路。我终日在海隅山陬奔游，和水兵们做朋友。虽然从四岁起，便跟着母亲认字片，对于文字，我却不发生兴趣。还记得有一次，母亲关我在屋里，叫我认字，我却挣扎着要出去。父亲便在外面，用马鞭子重重的敲着堂屋的桌子，吓唬我。可是从未打到过我头上的马鞭子，也从未把我爱跑的癖气吓唬回去！

刮风下雨，我出不去的时候，便缠着母亲或奶娘，请她们说故事。把"老虎姨"，"蛇郎"，"牛郎织女"，"梁山伯祝英台"等，都听完之后，我又不肯安分了。那时我已认得二三百个字，我的大弟弟已经出世，我的老师，已不是母亲，而是我的舅舅——杨子敬先生——了。舅舅知道我爱听故事，便应许在我每天功课做完，晚餐之后，给我讲故事。头一部书讲的，便是《三国志》。三国的故事比"牛郎织女"痛快得多。我听得晚上舍不得睡觉。每夜总是奶娘哄着，脱鞋解衣，哭着上床。而白日的功课，却做得加倍勤奋。舅舅是有职务的人，公务一忙，讲书便常常中止。有时竟然间断了五六天。我便急得热锅上的蚂蚁一般。天天晚上，在舅舅的书桌边徘徊。然而舅舅并不接受我的暗示！至终我只得自己拿起《三国志》来看，那时我才七岁。

我囫囵吞枣，一知半解的，直看下去。许多字形，因着重复呈现的关系，居然字义被我猜着。我越看越了解，越感着兴趣，一口气看完《三国志》，又拿起《水浒传》，和《聊斋志异》。

那时，父亲的朋友，都知道我会看《三国志》。觉得一个七岁的孩子，会讲"董太师大闹凤仪亭"，是件好玩有趣的事情。每次父亲带我到兵船上去，他们总是把我抱坐在圆桌子当中，叫我讲《三国》。讲书的报酬，便是他们在海天无际的航行中，唯一消遣品的小说。我所得的大半是商务印书馆出版的林译说部。如《孝女耐儿传》,《滑稽外史》,《块肉余生述》之类。从船上回来,我欢喜的前面跳跃着;后面白衣的水兵,抱着一大包小说,笑着,跟着我走。

这时我自己偷偷的也写小说。第一部是白话的《落草山英雄传》,是介乎《三国志》,《水浒传》中间的一种东西。写到第三回,便停止了。因为"金鼓齐鸣,刀枪并举",重复到几十次,便写得没劲了。我又换了《聊斋志异》的体裁,用文言写了一部《梦草斋志异》。"某显者,多行不道",重复的写了十几次,又觉得没劲,也不写了。

此后便又尽量的看书。从《孝女耐儿传》等书后面的"说部丛书"目录里,挑出价洋一角两角的小说,每早送信的马夫下山的时候,便托他到芝罘市唯一的新书店明善书局(?)去买。——那时我正学造句,做短文。做得好时,先生便批上"赏小洋一角",我为要买小说,便努力作文——这时我看书看迷了,真是手不释卷。海边也不去了,头也不梳,脸也不洗;看完书,自己喜笑,自己流泪。母亲在旁边看着,觉得忧虑;竭力的劝我出去玩,我也不听。有一次母亲急了,将我手里的《聊斋志异》卷一,夺了过去,撕成两段。我趄趄的走过去,拾起地上半段的《聊斋》来又看,逗的母亲反笑了。

舅舅是老同盟会会员。常常有朋友从南边,或日本,在肉松或茶叶罐里,寄了禁书来,如《天讨》之类。我也学着他们,在夜里无人时偷看。渐渐的对于国事,也关心了,那时我们看的报,是上海《神州日报》,《民呼报》。于是旧小说,新小说,和报纸,同时并进。到了十一岁,我已看完了全部"说部丛书",以及《西游记》,《水浒传》,《天雨花》,《再生缘》,《儿女英雄传》,《说岳》,《东周列国志》等等。其中我最不喜欢的是《封神演义》。最觉得无味的是《红楼梦》。

十岁的时候,我的表舅父王夆逢先生,从南方来。舅舅把老师的职分让给了他。第一次他拉着我的手,谈了几句话,便对父亲夸我"吐属风流"。——我自从爱看书,一切的字形,我都注意。人家堂屋的对联;天后宫,龙王庙的匾额,碑碣;包裹果饵的招牌纸;香烟画片后面,格言式的短句子;我都记得烂熟。这些都能助我的谈锋。——但是上了几天课,多谈几次以后,表舅发现了我的"三教九流"式的学问;便委婉的劝诫我,说读书当精而不滥。于是我的读本,除了《国文教科书》以外,又添了《论语》,《左传》,和《唐诗》。(还有种种新旧的散文,旧的如《班昭女诫》,新的如《饮冰室自由书》。)直至那时,我才开始和经诗接触。

夆逢表舅是我有生以来,第一个好先生!因着他的善诱,我发疯似的爱了诗。同时对于小说的热情,稍微的淡了下去。我学对对子,看诗韵。父亲和朋友们,开诗社的时候,也许我旁听。我要求表舅教给我做诗,他总是不肯,只许我做论文。直到我在课外,自己做了一二首七绝,呈给他看,他才略替我改削改削。这时我对于课内书的兴味,最为浓厚。又因小说差不多的已都看过,便把小说无形中丢开了。

辛亥革命起,我们正在全家回南的道上。到了福州,祖父书房里,满屋满架的书,引得我整天黏在他老人家身边,成了个最得宠的孙儿。但是小孩子终是小孩子,我有生以来,第一次和姊妹们接触。(我们大家庭里,连中表,有十来个姊妹。)这调脂弄粉,添香焚麝的生活,也曾使我惊异沉迷。新年,元夜,端午,中秋的烛光灯影,使我觉得走入古人的诗中!玩的时候多,看书的时候便少。此外因为我又进了几个月的学校,——福州女师——开始接触了种种的浅近的科学,我的注意范围,无形中又加广了。

一九一三年(民国二年),全家又跟着父亲到北京来。这一年中没有正式读书。我的生活,是:弟弟们上课的时候,我自己看杂志。如母亲定阅的《妇女杂志》,《小说月报》之类。从杂志后面的"文苑栏",我才开始知道"词",于是又开始看各种的词。等到弟弟们放了学,我就给他们说故事。不是根据着书,却也不是完全杜撰。只是将我看过的新旧译著几百种的小说,人物布局,差来错去的胡凑,也自成片段,也能使小孩子们,聚精凝神,笑啼间作。

一年中,讲过三百多段信口开河的故事,写过几篇从无结局的文言长篇小说——其中我记得有一篇《女侦探》,一篇《自由花》,是一个女革命家的故事——以后,一九一四年的秋天,我便进了北京贝满女中。教会学校的课程,向来是严紧的,我的科学根底又浅;同时开始在团体中,发现了竞争心,便一天到晚的,尽做功课。

中学四年之中,没有显著的看什么课外的新小说(这时我爱看笔记小说,以及短篇的旧小说,如《虞初志》之类)。我所得的只是英文知识,同时因着基督教义的影响,潜隐的形成了我自己的"爱"的哲学。

我开始写作,是一九一九年,五四运动以后。——那时我在协和女大,后来并入燕京大学,称为燕大女校。——五四运动起时,我正陪着二弟,住在德国医院养病,被女校的学生会,叫回来当文书。同时又选上女学界联合会的宣传股。联合会还叫我们将宣传的文字，除了会刊外，再找报纸去发表。我找到《晨报副刊》，因为我的表兄刘放园先生，是《晨报》的编辑。那时我才正式用白话试作，用的是我的学名谢婉莹，发表的是职务内应作的宣传的文字。

放园表兄，觉得我还能写，便不断的寄《新潮》，《新青年》，《改造》等，十几种新出的杂志，给我看。这时我看课外书的兴味，又突然浓厚起来，我从书报上，知道了杜威和罗素；也知道了托尔斯泰和泰戈尔。这时我才懂得小说里有哲学的，我的爱小说的心情，又显著的浮现了。我酝酿了些时，写了一篇小说《两个家庭》，很羞怯的交给放园表兄。用冰心为笔名。一来是因为冰心两字，笔画简单好写，而且是莹字的含义。二来是我太胆小，怕人家笑话批评；冰心这两个字，是新的，人家看到的时候，不会想到这两字和谢婉莹有什么关系。

稿子寄去后，我连问他们要不要的勇气都没有！三天之后，居然登出了。在报纸上看到自己的创作，觉得有说不出的高兴。放园表兄，又竭力的鼓励我再作。我一口气又做了下去，那时几乎每星期有出品，而且多半是问题小说，如《斯人独憔悴》，《去国》，《庄鸿的姊姊》之类。

这时做功课，简直是敷衍！下了学，便把书本丢开，一心只想做小说。眼前的问题做完了，搜索枯肠的时候，一切回忆中的事物，都活跃了起来。快乐的童年，大海，荷枪的兵士，供给了我许多的单调的材料。回忆中又渗入了一知半解，肤浅零碎的哲理。第二期——一九二〇至一九二一——的作品，小说便是《国旗》，《鱼儿》，《一个不重要的兵丁》等等，散文便是《无限之生的界线》，《问答词》等等。

谈到零碎的思想,要联带着说一说《繁星》和《春水》。这两本"零碎的思想",使我受了无限的冤枉!我吞咽了十年的话,我要倾吐出来了。《繁星》,《春水》不是诗。至少是那时的我,不在立意做诗。我对于新诗,还不了解,很怀疑,也不敢尝试。我以为诗的重心,在内容而不在形式。同时无韵而冗长的诗,若是不分行来写,又容易与"诗的散文"相混。我写《繁星》,正如跋言中所说,因着看泰戈尔的《飞鸟集》,而仿用他的形式,来收集我零碎的思想(所以《繁星》第一天在《晨副》登出的时候,是在"新文艺"栏内。登出的前一夜,放园从电话内问我,"这是什么?"我很不好意思的,说:"这是小杂感一类的东西……")。

我立意做诗,还是受了《晨报副刊》记者的鼓励。一九二一年六月二十三日,我在西山写了一段《可爱的》,寄到《晨副》去,以后是这样的登出了,下边还有记者的一段按语:

> 可爱的,
> 除了宇宙,
> 最可爱的只有孩子。
> 和他说话不必思索,
> 态度不必矜持。
> 抬起头来说笑,
> 低下头去弄水。
> 任你深思也好,
> 微讴也好;
> 驴背上,
> 山门下,

偶一回头望时，

总是活泼泼地，

笑嘻嘻地。

这篇小文，很饶诗趣，把它一行行的分写了，放在诗栏里，也没有不可。（分写连写，本来无甚关系，是诗不是诗，须看文字的内容。）好在我们分栏，只是分个大概，并不限定某些必当登载怎样怎样一类的文字，杂感栏也曾登过些极饶诗趣的东西，那么，本栏与诗栏，不是今天才打通的。

记者

于是畏怯的我，胆子渐渐的大了，我也想打开我心中的文栏与诗栏。几个月之后，我分行写了几首《病的诗人》。第二首是有韵的。因为我终觉得诗的形式，无论如何自由，而音韵在可能的范围内，总是应该有的。此后陆续的又做了些。但没有一首，自己觉得满意的。

那年，文学研究会同人，主持《小说月报》。我的稿子，也常在那上面发表。那时的作品，仍是小说居多，如《笑》，《超人》，《寂寞》等，思想和从前差不了多少。在字句上，我自己似乎觉得，比从前凝炼一些。

一九二三年秋天，我到美国去。这时我的注意力，不在小说，而在通讯。因为我觉得用通讯体裁来写文字，有个对象，情感比较容易着实。同时通讯也最自由，可以在一段文字中，说许多零碎的有趣的事。结果，在美三年中，写成了二十九封寄小读者的信。我原来是想用小孩子口气，说天真话的，不想越写越不像！这是个不能避免的失败。但是我三年中的国外的经历，和病中的感想，却因此能很自由的速记了下来，我觉得欢喜。

这时期中的作品，除通讯外，还有小说，如《悟》,《剧后》等。诗则很少，只有《赴敌》,《赞美所见》等。还有《往事》的后十则，——前二十则，是在国内写的。——那就是放大的《繁星》,和《春水》,不知道读者觉得不觉得？——在美的末一年，大半的光阴，用在汉诗英译里。创作的机会就更少了。

一九二六年，回国以后直至一九二九年，简直没有写出一个字。若有之，恐怕只是一两首诗如《我爱，归来吧，我爱》,《往事集自序》等。缘故是因为那时我忙于课务，家又远在上海，假期和空下来的时间，差不多都用在南下北上之中，以及和海外的藻通信里。如今那些信件，还堆在藻的箱底。现在检点数量，觉得那三年之中，我并不是没有创作！

一九二九年六月，我们结婚以后，正是两家多事之秋。我的母亲和藻的父亲相继逝世。我们的光阴，完全用在病苦奔波之中。这时期内我只写了两篇小说，《三年》,和《第一次宴会》。

此后算是休息了一年。一九三一年二月，我的孩子宗生便出世了。这一年中只写了一篇《分》,译了一本《先知》(The Prophet),写了一篇《南归》,是纪念我的母亲的。

以往的创作，原不止这些，只将在思想和创作的时期上，有关系的种种作品，按着体裁，按着发表的次序，分为三部：一，小说之部，共有《两个家庭》等二十九篇。二，诗之部，有《迎神曲》等三十四首，附《繁星》和《春水》。三，散文之部，有《遥寄印度哲人泰戈尔》,《梦》,《到青龙桥去》,《南归》等十一篇,附《往事三十则》,寄小读者的信二十九封,《山中记事》十则。开始写作以后的作品,值得道及的,尽于此了!

从头看看十年来自己的创作和十年来国内的文坛,我微微的起了感慨,我觉得我如同一个卖花的老者,挑着早春的淡弱的花朵,歇担在中途。在我喘息挥汗之顷,我看见许多少年精壮的园丁,满挑着鲜艳的花,葱绿的草,和红熟的果儿,从我面前如飞的过去。我看着只有惊讶,只有艳羡,只有悲哀。然而我仍想努力!我知道我的弱点,也知我的长处。我不是一个有学问的人,也没有喷溢的情感,然而我有坚定的信仰和深厚的同情。在平凡的小小的事物上,我仍宝贵着自己的一方园地。我要栽下平凡的小小的花,给平凡的小小的人看!

我敬谨致谢于我亲爱的读者之前!十年来,我曾得到许多褒和贬的批评。我惭愧我不配受过分的赞扬。至于对我作品缺点的指摘,虽然我不曾申说过半句话,只要是批评中没有误会,在沉默里,我总是满怀着乐意在接受。

我也要感谢许多小读者!年来接到你们许多信函,天真沉挚的言词,往往使我看了,受极大的感动。我知道我的笔力,宜散文而不宜诗。又知道我认识孩子烂漫的天真,过于大人复杂的心理。将来的创作,仍要多在描写孩子上努力。

重温这些旧作,我又是如何的追想当年戴起眼镜,含笑看稿的母亲!我虽然十年来讳莫如深,怕在人前承认,怕人看见我的未发表的稿子。而我每次做完一篇文字,总是先捧到母亲面前。她是我的最忠实最热诚的批评者,常常指出了我文字中许多的牵强与错误。假若这次她也在这里,花香鸟语之中,廊前倚坐,听泉看山。同时守着她唯一爱女的我,低首疾书,整理着十年来的乱稿,不知她要如何的适意,喜欢!上海虹桥的坟园之中,数月来母亲温静的慈魂,也许被不断的炮声惊碎!今天又是清明节,二弟在北平城里,陪着父亲;大弟在汉口;三弟还不知在大海的哪一片水上;一家子飘萍似的分散着!不知上海兵燹之余,可曾有人在你的坟头,供上花朵?……安眠罢,我的慈母!上帝永远慰护你温静的灵魂!

最后我要谢谢纪和江,两个陪我上山,宛宛婴婴的女孩子。我写序时,她们忙忙的抄稿。我写倦了的时候,她们陪我游山。花里,泉边,她们娇脆的笑声,唤回我十年前活泼的心情,予我以无边的快感。我一生只要孩子们追随着我,我要生活在孩子的群中!

一九三二年清明节,香山,双清别墅

(本文最初发表于《青年界》1932年10月20日第2卷第3号)

# 新年试笔

新年试笔。

因为是"试"笔,所以要拿起笔来再说。

拿起笔来仍是无话可话;许多时候不说了,话也涩,笔也涩,连这时扫在窗上的枯枝也作出"涩——涩"的声音。

我愿有十万斛的泉水,湖水,海水,清凉的,碧绿的,蔚蓝的,迎头洒来,泼来,冲来,洗出一个新鲜,活泼的我。

这十万斛的水,不但洗净了我,也洗净了宇宙间山川人物。——如同太初洪水之后,有只雪白的鸽子,衔着嫩绿的叶子,在响晴的天空中飞翔。

大地上处处都是光明,看不见一丝云影。山上没有一棵被吹断的树,没有一片焦黄的叶;一眼望去是参天的松柏,树下随意的乱生着紫罗兰,雏菊,蒲公英。松径中,石缝中,飞溅着急流的泉水。

江河里也看不见黄泥,也不飘浮着烂纸和瓜皮;只有朝霭下的轻烟,濛濛的笼罩着这浩浩的流水。江河两旁是沃野千里,阡陌纵横,整齐的灰瓦的农舍,家家开着后窗,男耕女织,歌声相闻。

城市像个花园,大树的浓荫护着杂花。整洁的道路上,看不见一个狂的男人,妖的女人,和污秽的孩子。上学的,上工的,个个挺着胸走,容光焕发,用着掩不住的微笑,互相招呼,似乎人人都彼此认识。

黄昏时从一座一座的建筑物里,涌出无数老的,少的,村的,俏的人来。一天结实的有成绩的工作，在他们脸上，映射出无限的快慰和满足。回家去，家家温暖的灯光下，有着可口的晚餐，亲爱的谈话。

蓝天隐去，星光渐生，孩子们都已在温软的床上，大开的窗户之下，在梦中向天微笑。

而在书室里，廊上，花下，水边都有一对或一对以上的人儿，在低低的或兴高采烈的谈着他们的过去，现在，将来所留恋，计划，企望的一切。

平凡人的笔下，只能抽出这平凡的希望。
然而这平凡的希望——
洪水，这迎头冲来的十万斛的洪水，何时才来到呢？

（最初发表于《文学》1934年1月1日第2卷第1期）

# 默庐试笔

## 一

刚到呈贡时节,秧针方才出水,现在已经是一片橙黄,因风生浪了。

坐在书案前外望,眼前便是一幅绝妙的画图,近处是一方菜畦,畦外一道榷枒的仙人掌短墙,墙外是一片青绒绒的草地。斜坡下去,是一簇松峦,掩映着几层零零落落的灰色黄色的屋瓦。再下去,城墙以外,是万顷的整齐的稻田,直伸到湖边。湖边还有一层丛树。湖水是有时明蓝,有时深紫,匹练似的,拖过全窗。湖水之上,便是层峦叠翠的西山。西山之上,常常是万里无云的空碧的天。这是每天眼前的境界,但一有晦明风雨的变幻,就又不同了。

早起西窗满眼的朝霞,总使人不忍再睡,披衣起立,只见湖上笼着一层薄薄的朝霭,渔舟初出,三三两两的扯满了风帆,朝阳下几点绯红,点缀在淡蓝的微波上,造成一种极娇嫩的鲜明,西山在朝霭中有时全现,有时只露出一层,两层,三层。这一切都充满着惺忪,柔媚,清澈,使人欢喜,使人长吁,使人兴奋。

黄昏时候,红日半落,新月初上,满城暖暖的炊烟,湖水如同一片冻凝的葡萄浆酪,三三两两的白鹭,在湖光中横过稻田南飞。古城村降龙寺大道两旁的柏树,顷刻栖满,如同忽然开了满树的灿白的花。这时若有晚霞,这光艳落在天南的梁峰上,染成了浓紫,落在北峰外的文笔山塔上,染成了灿黄,落在人的衣上颊上,染成淡红，落在文庙的丛柏上，染成了深黑，这一切，极复杂又极调和的合奏着夕阳的交响乐，四山回应着这交响的乐音！

　　有时遇到月夜，要悄悄的叫，轻轻地说呵，这月夜最光明的是湖水，轻盈，闪烁的一片，告诉人这一切都在梦里，西山在几条黑影中睡去了，他不管人间凄清的事。满城满村的人，也都睡去了罢？只有一点两点淡黄的灯影，在半山中，田野上飘着，是在读书？是在织布？四山濛然而又廓然，此时忽有一两声鹰鸣，猛抬头的人，便陡然的感到看到了光雾中分明而又隐约的一切，松峦，山岭，田陇，城墙，高高下下的，还有在草地上几条修长的人影。低声说，低声笑罢，宇宙在做着光明的梦呢，小心惊醒了她！

　　写了这一大篇，究竟说了多少？这些字都未曾描写到早晚风光的千分之一，万分之一。我只能说呈贡三台山上的一切，是朴素，静穆，美妙，庄严，好似华茨华斯的诗。

## 二

　　刚到呈贡时候，从万丈尘嚣的城市里，投身到华茨华斯的诗境中来，一天到晚，好像是在做梦。最难受的是，半夜醒来，一天月色，隔着帐儿，倾泻在床上，西窗外吹扑着呜呜的湖风，正是"满地西风天欲曙，半帘残月梦初回，十年消息上心来"，此时情绪，不是凄婉，不是喜悦，不是企望，不是等待，不是忏悔，不是恋爱，唇边没有笑，眼角没有泪，抚着雪白的枕头，久久不能捉摸自己的感觉……是的，这两年来，笑既不真，哭亦无泪，心灵上划上了缕缕腥红重叠的伤痕，这创痕，一条是羞辱，一条是悲愤，一条是抑郁，一条是惊讶，一条是灰心，一条是失望，一条是兴奋，

青年冰心

冰心在威尔斯利女子大学的草坪上

一条是狂欢……创痕划多了,任何感觉都变成肤浅,模糊,凝涩。这静妙的诗境,太静了,太妙了,竟不能鼓舞起这麻木的心灵。

抚着雪白的枕头,静静的想到天明,忽然觉悟到这时情绪,也是凄婉,也是喜悦,也是企望,也是等待,也是忏悔,也是恋爱。不是少年人的飞跃,而是中年人的深沉,我不但是在恋爱,而且是在失恋,我是潜意识的在恋着那恝然舍去,凄然生恨,别后不曾一梦见的北平!

## 三

有几个朋友到默庐来,凭了半天的西窗,又在东廊上喝茶,他们说我的东廊像南京,西窗像西湖。真倒有几分像。呈贡是个"城压半山头"的小城,默庐是在山巅上,城墙从楼廊前高冈上蜿蜒而下,城内外都是田陇,文笔山上的塔和并立的碉堡从重重松影中掩映进来,好似南京和平门一带。西窗呢,上面已说过,昆明湖上山水是明媚,并不下于西湖。我听了微笑觉得很满意,而我的潜意识在心里向他们呼唤着说:"请说罢,这里可有一两处像北平的呢!"

南京,西湖,我都去过,每处都只玩过七八天,如同看见一本好书,一幅好画,一尊好雕刻,一个投机的新朋友,观者赞叹,不能忘情,但印象虽深,日子则浅,究竟不是青梅竹马耳鬓厮磨的伴侣,"物不如新,人不如故",这里有什么地方可以仿佛一二我深深恋着的北平呢?

这里完全是江南风味,柔媚的湖水,无际的稻田,青翠的山,斗笠,水牛,以及一切的一切,都在表现着南国的风光。像北平的,只有山外蔚蓝碧晴的天,但这也太微少了,义大利,瑞士,不也有蔚蓝碧晴的天!

真的,离开北平一年多了,我别时不曾留恋,别后不曾做梦,只一次梦见大雪,万山俱白,雪珠在脚下戛戛有声,雪的背景,说不出是在那里,而醒来却有无限的低回和怅惘,我战栗的知道,我的心里无时不在留恋着北平!

## 四

到默庐来过的朋友,都说:"在这样静美的环境里,你真应该写点东西了。"真的,我早应该写点东西了!我回答不来,只有惭愧。这里,美自然不必说,静也是真静。往往黄昏时送客下山回来,在山头平台上小立,"人散后,一钩新月天如水",黄昏以后的时光,就都是我一个人的了。每晚七时以后,群鸡杂乱的喔喔的争入窠巢,小孩子们在倦极了的山头奔走之后,也都先后的渐入浓睡。这时常常是满庭的月色,四围的虫籁和松涛。西窗之下,书架上一枝红烛,书案上一枝红烛,两重荧荧的烛光之中,我往往在独坐。默庐的四个月,一百二十个夜晚,虽然有客的时间占了大半,而其余独在的光阴,也不算少,而我却只在烛影下看看书,写写短信,作作活计,再也提不起笔来,无他,我只觉得心乱,腕也酸,眼也倦,笔也涩,写了几次,总写不出条理来。感谢几位朋友的催迫,为了怕见他们的面,赶紧在未见面之先,在静夜里试着运用我的笔,因名这篇文字为"默庐试笔"。

## 五

我的不写，难道是没有材料？两年前国外的旅行，两年来国家的遭遇，朋友的遭遇，一身的遭遇，死生流转之中，几乎每一段见闻，每日每夜和不同的人物的谈话；船上，车上，在极喧嚣的旅舍驿站中，在极悄静的农舍草棚里，清幽月影下，黯淡的灯光中，茶余，酒后，新的脸，旧的脸，老年人，中年人，少年人，男人，女人的悲哀感慨，愤激和奋兴，静静听来，危涕断肠，惊心动魄，不必引申，无须渲染，每一段，每一个，都是极精彩、极紧凑的每一个人格、每一个心性对这大时代的反应与呼叫！在这些人的自述和述事之中，再加以自己的经历和观察，都能极有条理有摆布的写出这全面抗战的洪涛怒吼的雷声！

这洪涛冲决了万丈堤防，挟滚滚泥沙而俱下。涛声里夹杂着万种的声音：有枪声，炸弹声，水雷爆发声，宫殿倒塌声，夜禽惊起声，战马鸣嘶声，进行曲合唱声，铁蹄下的呻吟声，战壕中的泥水声，婴儿寻母声，飞机振翼声，火炬燃烧声，宣誓声，筑路声，切齿声，赞叹声，……北平景山上的古柏，和天安门两旁的华表，我也看见他们在狂风中伸着巨指，指着天，听见他们发出如雷的洪声，说，"中华的儿女那里去了？没有北平无宁死！"

岂止北平？南京，西湖，广州，东四省……

这洪涛冲决了万丈堤防，冲洗出我中华三千年来一切组织、制度、习惯的一切强点和弱点，暴露出每一个人格的真力量和真面目。在这洪涛激荡，泥沙流走之中，大时代又捏成形成万般的情境和局势：拆散，摄合，沉迷，醒悟，坠落，奋兴，决绝，牵缠，误会，了解，怨毒，宽恕，挣扎，屈服，……这其间有万千不同的人物，万千不同的局境，是诗，是戏剧，是小说，拿得起笔儿的人，那会没有材料可写？

细细想来，是自己的心太乱了，洪涛激荡之中，自己先攀援不及，站立不住。雷轰电掣，神眩目夺，感觉不能深刻，观察不能缜密，描写不能细腻，结果只能以一位朋友所说，"这是酝酿的时候，不是写作的时候"的两句话，以自宽慰，以自解嘲。

## 六

我怎知自己心乱？呈贡四月的山居，健康渐渐恢复，生活渐渐就绪，每天的日程，几乎像十五年前海外养病时光，那样的纪律，呆板。在这清静幽闲的情境之中，似乎随时可以提笔，随时可以写出几百字，几千字，而实际上，在静境中，我常常觉着自己心思之飘忽与迷茫。最实在的是：我每夜都在做着杂乱无凭的乱梦，梦里没有一个熟识的脸，没有一处旧游的地方，没有一串连贯的事实。乱梦醒时，在惺忪朦胧之中，往往不知自己身在何处！

我常常凭着梦，来推测自己潜在的意识，断定自己真正心思之所寄。这习惯在十九年前，已经养成了，在《繁星》中，我记得曾说道：

> 梦儿是最瞒不过的，
> 他清清楚楚的
> 告诉你灵魂里的蜜意和隐忧。

因着我的心乱,梦乱,我至少断定了,对于这伟大的神圣的抗战,我是太柔弱,太微小了,抬头我望不着边际,张口我哽咽着叫不出赞颂的声音,低头我便重重的被压在这"伟大"底下,挣扎着也不得翻身。

于是我伏在"伟大"的脚下等,我只幽幽的吐了人云亦云敷衍随和的话语……

我在等——但要等到几时?我要等什么?等自己的了解?等时代的划分?等……?

于是我不顾自己的渺小,我试,试着拿起笔,试着写,凭着笔儿的奔放,我试出了一种情绪,万千人格,万千情绪之一种,是我自己在潜意识中苦恋着北平。

(以上最初发表于香港《大公报》文艺副刊 1940 年 1 月 1 日第 763 期,由解志熙收集、注校)

## 七

我为什么潜意识的苦恋着北平?我现在真不必苦恋着北平,呈贡山居的环境,实在比我北平西郊的住处,还静,还美。我的寓楼,前廊朝东,正对着城墙,雉堞蜿蜒,松影深青,雾天空阔。最好是在廊上看风雨,从天边几阵白烟,白雾,雨脚如绳,斜飞着直洒到楼前,越过远山,越过近塔,在瓦檐上散落出错落清脆的繁音。还有清晨黄昏看月出,日上。晚霞,朝霭,变幻万端,莫可名状,使人每一早晚,都有新的企望,新的喜悦。下楼出门转向东北,松林下参差的长着荇菜,菜穗正红,而红穗颜色,又分深浅,在灰墙，黄土，绿树之间，带映得十分悦目。出荆门北上斜坡，便到川台寺东首，栗树成林，林外隐见湖影和山光，林间有一片广场，这时已在城墙之上，登墙，外望，高岗起伏，远村隐约。我最爱早起在林中携书独坐，淡云来往，秋阳暖背，爽风拂面，这里清极静极，绝无人迹，只两个小女儿，穿着橘黄水红的绒衣，在广场上游戏奔走，使眼前宇宙，显得十分流动，鲜明。

我的寓楼，后窗朝西，书案便设在窗下，只在窗下，呈贡八景，已可见其三，北望是"凤岭松峦"，前望是"海潮夕照"，南望是"渔浦星灯"。窗前景物在第一段已经描写过，一百二十日夜之中，变化无穷，使人忘倦。出门南向，出正面荆门，西边是昆明西山。北边山上是三台寺。走到山坡尽处，有个平台，松柏丛绕，上有石磴和石块，可以坐立，登此下望，可见城内居舍，在树影中，错落参差。南望城外又可见三景，是龙街子山上之"龙山花坞"，罗藏山之"梁峰兆雨"；和城南印心亭下之"河洲月渚"。其余两景是白龙潭之"彩洞亭鱼"，和黑龙潭之"碧潭异石"，这两景非走到潭边是看不见的，所以我对于默庐周围的眼界，觉得爽然没有遗憾。

平台的石磴上，客来常在那边坐地，四顾风景全收。年轻些的朋友来，就欢喜在台前松柏荫下的草坡上，纵横坐卧，不到饭时，不肯进来。平台上四无屏障，山风稍劲。入秋以来，我独在时，常走出后门北上，到寺侧林中，一来较静，二来较暖。

回溯生平郊外的住宅，无论是长居短居，恐怕是默庐最惬心意。国外的如伍岛（Five Islands）白岭（White Mountains）山水不能两全，而且都是异国风光，没有亲切的意味。国内如山东之芝罘，如北平之海甸，芝罘山太高，海太深，自己那时也太小，时常迷茫消失于旷大寥阔之中,觉得一身是客,是奴,凄然怔忡,不能自主。海甸楼窗,只能看见西山,玉泉山塔,和西苑兵营整齐的灰瓦,以及颐和园内之排云殿和佛香阁。湖水是被围墙全遮,不能望见。论山之青翠,湖之涟漪,风物之醇永亲切,没有一处赶得上默庐。我已经说过,这里整个是一首华茨华斯的诗!

## 八

在这里住得妥帖,快乐,安稳,而旧友来到,欣赏默庐之外,谈锋又往往引到北平。

人家说想北平大觉寺的杏花,香山的红叶,我说我也想;人家说想北平的笔墨笺纸,我说我也想;人家说想北平的故宫北海,我说我也想;人家说想北平的烧鸭子涮羊肉,我说我也想;人家说想北平的火神庙隆福寺,我说我也想;人家说想北平的糖葫芦,炒栗子,我说我也想。而在谈话之时,我的心灵时刻的在自警说:"不,你不能想,你是不能回去的,除非有那样的一天!"

我口说在想,心里不想,但看我离开北平以后,从未梦见过北平,足见我控制得相当之决绝——

而且我试笔之顷,意马奔驰,在我自己惊觉之先,我已在纸上写出我是在苦恋着北平。

我如今镇静下来,细细分析:我的一生,至今日止在北平居住的时光,占了一生之半,从十一二岁,到三十几岁,这二十年是生平最关键,最难忘的发育,模塑的年光,印象最深,情感最浓,关系最切。一提到北平,后面立刻涌现了一副一副的面庞,一幅一幅的图画:我死去的母亲,健在的父亲,弟,侄,师,友,车夫,佣人，报童，店伙……剪子巷的庭院，佟府堂前的玫瑰，天安门的华表，"五四"的游行，"九一八"黄昏时的卖报声，"国难至矣"的大标题，……我思潮奔放，眼前的图画和人面，也突兀变换，不可制止，最后我看见了景山最高顶，"明思宗殉国处"的方亭阑干上，有灯彩扎成的六个大字，是"庆祝徐州陷落"！

北平死去了！我至爱苦恋的北平，在不挣扎不抵抗之后，断续呻吟了几声，便恹然死去了！

二十六年七月二十八早晨，十六架日机，在晓光熹微中悠悠的低飞而来；投了三十二颗炸弹，只炸得西苑一座空营。——但这一声巨响，震得一切都变了色。海甸被砍死了九个警察，第二天警察都换了黑色的制服，因为穿黄制服的人，都当做了散兵，游击队，有砍死刺死的危险。

四野的炮声枪声，由繁而稀，由近而远，声音也死去了！

五光十色的旗帜都高高的悬起了：日本旗，义大利旗，美国旗，英国旗，黄卐字旗，红十字旗，……只看不见了青天白日旗。

西直门楼上，深黄色军服的日兵，箕踞在雉堞上，倚着枪，咧着厚厚的嘴唇，露着不整齐的牙齿，下视狂笑。

街道上死一般的静寂，只三三两两褴褛趑趄的人，在仰首围读着"香月入城司令"的通告。

晴空下的天安门，饱看过千万青年摇旗呐喊，高呼"打倒日本帝国主义"的，如今只镇定的在看着一队一队零落的中小学生的行列，拖着太阳旗，五色旗，红着眼，低着头，来"庆祝"保定陷落，南京陷落……后面有日本的机关枪队紧紧地监视跟随着。

日本的游历团一船一船一车一车的从神户横滨运来，挂着旗号的大汽车，在景山路东长安街横冲直撞的飞走。东兴楼，东来顺挂起日文的招牌，欢迎远客。

故宫北海颐和园看不见一个穿长褂和西服的中国人，只听见橐橐的军靴声，木屐声。穿长褂和西服的中国人都羞的藏起了，恨的溜走了。

街市忽然繁荣起来了，尤其是米市大街，王府井大街，店面上安起木门，挂上布帘，无线电机在广播着友邦的音乐。

我想起东京神户，想起大连沈阳，……北平也跟着大连沈阳死去了，一个女神王后般美丽尊严的城市，在蹂躏侮辱之下，怃然地死去了。

我恨了这美丽尊严的皮囊，躯壳！我走，我回顾这尊严美丽，瞠目瞪视的皮囊，没有一星留恋。在那高山丛林中，我仰首看到了一面飘扬的旗帜，我站在旗影下，我走，我要走到天之涯，地之角，抖拂身上的怨尘恨土，深深的呼吸一下兴奋新鲜的朝气；我再走，我要捐着这方旗帜，来招集一星星的尊严美丽的灵魂，杀入那美丽尊严的躯壳！

（七、八最初发表于香港《大公报》，1940年2月28日）

## 从昆明到重庆

喜欢北平的人，总说昆明像北平，的确地，昆明是像北平。第一件，昆明那一片蔚蓝的天，春秋的太阳，光煦的晒到脸上，使人感觉到故都的温暖。近日楼一带就很像前门，闹烘烘的人来人往。近日楼前就是花市，早晨带一两块钱出去，随便你挑，茶花、杜鹃花、菊花，……还有许多不知名的热带的鲜艳的花。抱着一大捆回来，可以把几间屋子摆满。昆明还有些朋友，大半是些穷教授，北平各大学来的，见过世面，穷而不酸。几两花生，一杯白酒，抵掌论天下事，对于抗战有信念，对于战后的回到北平，也有相当的把握。他们早晨起来是豆腐浆烧饼，中饭有个肉丝炒什么的，就算是荤菜。一件破蓝布大褂，昂然上课，一点不损教授的尊严。他们也谈穷，谈轰炸谈的却很幽默，而不悲惨，他们会给防空壕门口贴上"见机而作，入土为安"的春联。他们自比为落难的公子，曾给自己刻上一颗"小姐赠金"的图章。他们是抗战建国期中最结实最沉默最中坚的分子。昆明还有个西山，也有个黑龙潭，还有很大的寺院，如太华寺、华林寺等。周末和朋友们出去走走，坐船坐车，都可到山边水侧。总之昆明生活，很自由，很温煦，"京派的"——当然轰炸以后又不同一点了。

一种因缘，我从昆明又到了重庆。

从昆明机场起飞，整个机身浴在阳光里，下面是山村水郭，一小簇一小簇的结聚在绕烟之下。过不多时，下面就只见一片云海，白茫茫的，飞过了可爱的云南。

钻过了云海，机身不住的下沉，淡雾里看见两条大江，围抱住一片山地，这是重庆了，我觉得有点兴奋。"战时的首都，支持了三年的抗战，而又被敌机残忍的狂炸过的。"倚窗下望，我看见林立的颓垣破壁，上上下下的夹立在马路的两旁，我几乎以为是重游了罗马的废墟。这是敌人残暴与国人英勇的最好的纪录。

　　飞机着了地，踏过了沙滩上的大石子，迎头遇见了来接的友人。

　　我的朋友们都瘦了，都老了，然而他们是瘦老而不是颓倦。他们都很快乐，很兴奋，争着报告我以种种可安慰的消息。他们说忙，说躲警报，说找不着房子住，说看不见太阳，说话的态度却仍是幽默，而不是悲伤。在这里我又看见一种力量，就是支持了三年多的骆驼般的力量。

　　如今我们也是挤住在这断井颓垣中间。今年据说天气算好，有几天淡淡的日影，人们已有无限的感谢，这使我们这些久住北平而又住过昆明的人，觉得"寒伧"。然而这里有一种心理上的太阳，光明灿烂是别处所不及的，昆明较淡，北平就几乎没有了。

　　重庆是忙，看在淡雾里奔来跑去的行人车轿。重庆是挤，看床上架床的屋子。重庆是兴奋，看那新年的大游行，童子军的健壮活泼和龙灯舞手的兴高采烈。

　　我渐渐的爱了重庆，爱了重庆的"忙"，不讨厌重庆的"挤"，我最喜欢的还是那些和我在忙中挤中同工的兴奋的人们，不论是在市内，在近郊，或是远远的在生死关头的前线。我们是疲乏，却不颓丧，是痛苦却不悲哀，我们沉静的负起了时代的使命，我们向着同一的信念和希望迈进，我们知道那一天，就是我们自己，和全世界爱好正义和平的人们，所共同庆祝的一天，将要来到。我们从淡雾里携带了心上的阳光,以整齐的步伐,向东向北走,直到迎见了天上的阳光。

(最初发表于《妇女新运通讯》1941年1月第3卷第1、2期合刊)

# 再寄小读者(节选)

## 通讯 二

小朋友:

今天让我们来谈"友谊"。

友谊是人我关系中最可宝贵的一段因缘——朋友虽列于五伦之末,而朋友的范围却包括得最广,你的君,臣,(现在可以说是领袖,上司)父,子,兄,弟,夫,妇,同时都可以是你的朋友。

朋友是不分国籍,不限年龄,不拘性别的;只要理想相同,兴趣相近,情感相洽,意气相投的人,都可以很坚固的联结在一起。世界上有多少崇高理想的实现,艰巨事业的创立,伟大艺术的产生,都是一班志同道合的朋友,共同努力,相互切磋的结果。这种例子,在中外古今的历史上,是到处可以找到的。

同时,不但相似相同的人格,容易成为朋友,而朋友往往还是你空虚的填满,缺憾的补足,心灵的加深——你自己率直豪爽,你更佩服你朋友的谦退深沉;你自己热情好动,你更欣赏你朋友的冲淡静默;你自己多愁善病,你更羡慕你朋友的健硕欢欣。各种不同的人格,如同琴瑟上不同的弦子,和谐合奏,就能发出天乐般悦耳的共鸣。

交友是一种艺术。

热情,活泼,而富于同情心的人,常常能吸引许多朋友,而磁石只吸引着钢铁，月亮只吸引着海潮。

你能择友，则你的朋友将加倍的宝贵你的友情。

不要只想你能从朋友那里得到什么，也要想你的朋友能从你这里得到什么。

肯耕种的才有收获，能贡献的才配接受。

友谊是宁神药，是兴奋剂。

使你堕落，消沉的，不是你的好朋友。同时也要警惕，你是否在使你的朋友奋兴，向上？

友谊是大海中的灯塔，沙漠里的绿洲。

当你的心帆飘流于"理""欲"的三叉江口，波涛汹涌，礁石嶙峋，你要寻望你朋友的一点隐射的灵光，来照临，来指引。当你颠顿在人生枯燥炎热的旅途上，你的辛劳，你的担负，得不到一些酬报和支持的时候，你要奔憩在你朋友的亭亭绿阴之下，就饮于荡涤烦秽的甘泉。

古人有句说："最难风雨故人来"，——不但气候上有风雨，心灵上也有风雨！

你的心灵曾否走失于空山荒野之中，风吹雨打，四顾茫茫，忽然有你的朋友，开启了"同情"的柴扉，延请你进入他"爱"的茅庐，卸去你劳苦的蓑衣，拭去你脸上的泪雨，而把你推坐在"友情"的温暖炉火之前。

同时你也常常开着同情的心门，生起友爱的炉火，在屋前望瞭。

友谊中只有快乐，只有慰安，只有奋兴，只有连结。

友谊中虽然也有痛苦，古人的诗文中，不少伤逝惜别之句，然而友谊是不死的，友谊是不因离别而断隔的。"海内存知己，天涯若比邻","得一知己，可以无恨"，这痛苦里是没有"寂寞"的，因为我们已经享有了那些朋友的友情！"寂寞"——心灵上的孤独，才是世界上最可怕的东西！

　　小朋友，在人生路上，我们虽然是孤身启程，而沿途却逐渐加入了许多同行的好伴，形成了一个整齐的队伍，并肩携手，载欣载奔，使我们克服了世路的险峻崎岖，忘却了长行的疲乏劳顿，我们要如何感谢人世间有这一种关系，这一段因缘？

　　愿你们永远是我的好朋友，假如我配，就请你们也让我做你们的好朋友。

冰心<br>一九四二年十二月二十二日，重庆。

## 通 讯 四

亲爱的小朋友：

　　一位从军的小朋友，要我谈生命，这问题很费我思索。

　　我不敢说生命是什么，我只能说生命像什么。

　　生命像向东流的一江春水，它从最高处发源，冰雪是它的前身。它聚集起许多细流，合成一股有力的洪涛，向下奔注，它曲折的穿过了悬岩削壁，冲倒了层沙积土，挟卷着滚滚的沙石，快乐勇敢的流走，一路上它享乐着它所遭遇的一切——

　　有时候它遇到巉岩前阻，它愤激的奔腾了起来，怒吼着，回旋着，前波后浪的起伏催逼，直到它涌过了，冲倒了这危崖，它才心平气和的一泻千里。

有时候它经过了细细的平沙，斜阳芳草里，看见了夹岸红艳的桃花，它快乐而又羞怯，静静地流着，低低地吟唱着，轻轻的度过这一段浪漫的行程。

有时候它遇到暴风雨，这激电，这迅雷，使它心魂惊骇，疾风吹卷起它，大雨击打着它，它暂时浑浊了，扰乱了，而雨过天晴，只加给它许多新生的力量。

有时候它遇到了晚霞和新月，向它照耀，向它投影，清冷中带些幽幽的温暖：这时它只想憩息，只想睡眠，而那股前进的力量，仍催逼着它向前走……

终于有一天，它远远地望见了大海，呵！它已到了行程的终结，这大海，使它屏息，使它低头。她多么辽阔，多么伟大！多么光明，又多么黑暗！大海庄严的伸出臂儿来接引它。它一声不响的流入她的怀里。它消融了，归化了，说不上快乐，也没有悲哀！

也许有一天，它再从海上蓬蓬的雨点中升起，飞向西来，再形成一道江流，再冲倒两旁的石壁，再来寻夹岸的桃花。

然而我不敢说来生，也不敢信来生！

生命又像一棵小树，它从地底里聚集起许多生力，在冰雪下欠伸，在早春润湿的泥土中，勇敢快乐的破壳出来。它也许长在平原上，岩石中，城墙里，只要它抬头看见了天，呵，看见了天！它便伸出嫩叶来吸收空气，承受日光，在雨中吟唱，在风中跳舞。它也许受着大树的荫遮，也许受着大树的覆压，而它青春生长的力量，终使它穿枝拂叶的挣脱了出来，在烈日下挺立抬头！

它过着骄奢的春天，它也许开出满树的繁花，蜂蝶围绕着它飘翔喧闹，小鸟在它枝头欣赏唱歌，它会听见黄莺清吟，杜鹃啼血，也许还听见枭鸟的怪嗥。

它长到最茂盛的中年,它伸展出它如盖的浓荫,来荫庇树下的幽花芳草,它结出累累的果实,来呈现大地无尽的甜美与芳馨。

秋风起了,将它的叶子,由浓绿吹到绯红,秋阳下它再有一番的庄严灿烂,不是开花的骄傲,也不是结果的快乐,而是成功后的宁静的怡悦!

终于有一天,冬天的朔风,把它的黄叶干枝,卷落吹抖,它无力的在空中旋舞,在根下呻吟。大地庄严的伸出手儿来接引它,它一声不响的落在她的怀里。它消融了,归化了,它说不上快乐,也没有悲哀!

也许有一天,它再从地下的果仁中,破裂了出来,又长成一棵小树,再穿过丛莽的严遮,再来听黄莺的歌唱。

然而我不敢说来生,也不敢信来生。

宇宙是一个大生命,我们是宇宙大气中之一息。江流入海,叶落归根,我们是大生命中之一叶,大生命中之一滴。

在宇宙的大生命中,我们是多么卑微,多么渺小,而一滴一叶,也有它自己的使命!

要知道:生命的象征是活动,是生长,一滴一叶的活动生长,合成了整个宇宙的进化运行。

要记住:不是每一道江流都能入海,不流动的便成了死湖;不是每一粒种子都能成树,不生长的便成了空壳!

生命中不是永远快乐,也不是永远痛苦,快乐和痛苦是相生相成的。等于水道要经过不同的两岸,树木要经过常变的四时。

在快乐中我们要感谢生命,在痛苦中我们也要感谢生命。快乐固然兴奋,苦痛又何尝不美丽?我曾读到一个警句,是:"愿你生命中有够多的云翳，来造成一个美丽的黄昏。"——( May there be enough clouds in your life to make a beautiful sunset.)

世界，国家和个人生命中的云翳，没有比今天再多的了。

小朋友，我们愿不愿意有一个成功后快乐的回忆，就是这位诗人所谓之"美丽的黄昏"？

祝福你的朋友　冰心

一九四四年十二月一日，雨夜，歌乐山。

# 力构小窗随笔

## 力构小窗

"力构小窗"是潜庐里一间屋子的向东的窗户。这间屋子就算是书房罢，因为里面有几只书架，两张书桌，架上有些书籍报章，桌上也有些笔墨纸砚。不过西墙下还放着一张床，床下还有书箱，床边还有衣架。这床常常是不空着，周末回家的学生，游山而不能回去的客人，都在那里睡下，因此这书房常常变成客室，可用的时候，也不算多。

在北平的时候，曾给我们的书房起了一个名字，是"难为春室"，那时正是"九一八"之后，满目风云，取"四海皆秋气，一室难为春"之意。还请我们的朋友容希白先生，用甲骨文写了一张小横披。南下之后，那小横披也不知去向。前年在迁入潜庐之先，曾另请一位朋友再写这四个字的横额，这位先生嫌"难为春"三个字太衰飒，他再三迁延推托，至终这间书房兼客室的屋子，还没有名字。

中国人喜欢给亭台楼阁，屋子，房子，起些名字，这些名字，不但象形，而且会意，往往将主人的心胸寄托，完全呈露——当然用滥了之后，也往往不能代表——这种例子俯拾即是，不须多说。

潜庐只是歌乐山腰，向东的一座土房，大小只有六间屋子，外面看去四四方方的，毫无风趣可言！倒是屋子四围那几十棵松树，三年来拔高了四五尺，把房子完全遮起，无冬无夏，都是浓荫逼人。房子左右，有云顶兔子二山当窗对峙，无论从哪一处外望，都有峰峦起伏之胜。房子东面松树下便是山坡，有小小的一块空地，站在那里看下去，便如同在飞机里下视一般，嘉陵江蜿蜒如带，沙磁区各学校建筑，都排列在眼前。隔江是重庆，重庆山外是南岸的山，真是"蜀江水碧蜀山青"，重庆又常常阴雨，淡雾之中，碧的更碧，青的更青，比起北方山水，又另是一番景色。

潜庐不曾挂牌，也不曾悬匾，只有主人同客人提过这名字，客人写信来的时候，只要把主人名字写对了，房子的名字，也似乎起了效用。四川歌乐山的潜庐和云南三台山的默庐一样，都是主人静伏的意思。因此这房子里常常很静，孩子们一上学，连笑声都听不见。只主人自己悄悄的忙，有时写信，有时记账，有时淘米，洗菜，缝衣裳，补袜子……却难得写写文章！

如今再回到"力构小窗"——这间书客室既是废名，而且环顾室中，也实在不配什么高雅的名字，只有这个窗子，窗前的一张书桌，两张藤椅，窗外一片浓荫，当松树抽枝的时候，桌上落下一层黄粉，山中浓雾，云气飞涌入帘，这些光景，都颇有点诗意。夜中一灯如豆，也有过亲戚的情话，朋友的清谈，有时雨声从窗外透入，月色从窗外浸来，都可以为日后追忆留恋的资料。尤其在当编辑的朋友，苦苦索稿的时候，自己一赌气拉过椅子坐下，提笔构思，这面窗子便横在眼前，排除不掉。

一个朋友说："你知道不？写作是一分靠天才，九分靠逼迫……"如今这一分天才，已消磨殆尽，而逼迫却从九分加到十分，我向来所坚持的"须其自来，不以力构"的写作条件，已不能存在了。忙病相连，忙中病中所偶得的一点文思，都在过眼云烟中消逝，人生几何？还是靠逼迫来乱写吧，于是乎名吾窗曰"力构小窗"，也是老牛破车，在鞭策下勉强前进的意思！

冰心在慰冰湖畔

冰心(左)与林徽因于美国绮色佳(1925年夏)

## 探　病

因为自己常常生病，也常常伺候生病的人，冷静旁观，觉得探病实在是一种艺术！

探病有几种条件：第一，这病人是否你所十分关怀的人？第二，这病人是否会因为你的探视，而觉得愉快，欢喜？第三，探病时的谈话；第四，探病时所携带赠送病人的物品，如书籍，花朵，糖果，及其他的用具和食物。

探病不是一件"面子事"，譬如某人病了，某人某人都已去看过，我同他也还算是朋友，不好意思不去走走，而你探望时的态度往往拘束，谈话往往勉强，比平常寒暄，更不自然，结果使病人也拘束，也勉强，因此而使他生出乏倦和厌烦，这种探病，于病人实在是有损无益。假如你觉得他会因你之不去而见怪，则不妨写一封小启，纸短情长，轻描淡写，自此而止。或者送一束鲜花，一本闲书，一袋糖果，附以小小的卡片，心到神知，也还不俗。

假如这病人是你的至友，他无时无刻不在悬盼你的来临，你准知道你推门进去，立刻会遇到他惊奇的笑容；但你也要防备到他会因着你的探视，而过度兴奋，谈话太多，休息不足。在这种情况之下，你最好有时送花，有时赠果，有时介绍一两本装潢轻巧的书本或闲书，然后特别在风雨之日，别人不大出门的时候，去看他一看。那时你会发现病室很冷清，病人很寂寞，正在他转侧无聊的时候，你轻轻进去，和他独对，这样，病人既无左右酬应之烦，又有静坐谈心之乐。如中间又有别人来看，你坐坐就走，既予别人以慰问的机会，又减少病人的困惫，这种探病，往往是病人所最欢迎的。

有的人是自己闲着没事，又找不着闲人来共同消磨时间，忽然想到某人正在养病，何不去找他谈谈？这种探病的人，最是可怕！他会因着你的肠炎，而提到他自己的回归热，他的太太的斑疹伤寒，他的孩子的破伤风，缕缕不倦，如数家珍，直闹到病人头昏脑热，觉得屋角床头，尽是病鬼！或则对病人感世忧时，大发牢骚，怀家念乡，聊抒抑郁，结果使病人也抑郁牢骚，不能自制，这种探病的人，最为医生及侍疾者所厌恶。所以对病人宜用轻松愉快的谈话，报告以亲友间可喜可笑的消息，使他喜悦，使他发笑。假如他是喜好文艺的人，不妨告诉他，你最近看到的诗文中的警句。假如他是关心音乐或体育的人，你也可以报告他以时下什么精彩的音乐演奏，或球类比赛。临走时你还可以给他点喜悦的希望，比如你说"下次我再来时，可以陪你散散步了"。或者说："下星期日晚上，我可以陪你去听听音乐了。"这都使他在幽闲的病榻上，有许多快乐的希冀与憧憬。最要紧的还是想法子减轻病人心中的负担，例如你可以替他写几封信，办几件事，看几个人，这些负担，都可以从谈话里探问出来的。

至于礼物的赠送，花朵当然最为适宜，鲜花是病人最大的安慰和喜乐。但花的种类，颜色和香味，都应当有个拣选。最好要知道病人平时所喜爱的花草和颜色，而且合他的欢心。有的人不喜欢浓郁的花香，气息太微的人，香花也会引起他的头痛。花的香要甜而清，如兰花，桂花，莲花，玫瑰花，香豆花，都是属于清甜一路。否则有色无香的花，如海棠，杜鹃，山茶，石竹，都是艳而不香，最合于病人的观赏。假如可能，花瓶也要送者配置，妥帖古雅，捧供床侧，不但受者欢欣，送者也会高兴。还有一件，送花要在病者床侧无花的时候，否则和许多别的花束，参在一起，不但显得喧闹，颜色也许还有不调和之处。

书籍的性质要轻松，文章要简短，使病人可以随时拿起放下，不费脑力，书的装潢要小而轻，不费病人的臂力腕力，字体要大而清楚，不费病人的眼力，画册也最适宜，如美术画，风景画等，使病人可以时常卧游。至于购送食品，要先得医生的许可，再适合病人的嗜好，果品常是有益无害的，如橙橘，苹果之类。自己烹调的菜肴，会引起病人的食欲，清淡整洁，而在医生许可之列者，也不妨随时致送。

生病是件苦事，但如有知心着意的人，来侍疾探病，生病不但变成件乐事，并且还是个福气。因病得闲，心境最清，文思诗情，都由此起，"维摩一室常多病，赖有天花作道场"。等到病室变成道场的时候，生病真是最甜柔最幸福的一件事了。

## 做　梦

重庆是个山城，台阶特别的多，有时高至数百级。在市内走路，走平地的时候就很少，在层阶中腰歇下，往上看是高不可攀，往下看是下临无地，因此自从到了重庆以后，就常常梦见登山或上梯。

去年的一个春夜，我梦见在一条白石层阶上慢慢地往上走，两旁是白松和翠竹，梦中自己觉得是在爬北平西山碧云寺的台阶，走到台阶转折处，忽然天崩地陷的一声巨响，四周的松针竹叶都飞舞起来，阶旁的白石阑干，也都倾斜摧折。自上面涌下一大片火水，烘烘的在层阶上奔流燃烧。烟火弥漫之中，我正在惊惶失措的时候，忽然听见上面有极清朗嘹亮的声音，在唤我的名字，抬头却只看见半截隐在烟云里的台阶。同时下面也有个极熟习的声音，在唤我的名字，往下看是一团团红焰和黑烟。在梦里我却欣然的，不犹疑的往下奔走，似乎自己是赤着脚，踏着那台阶上流走燃烧的水火，飘然的直走到台阶尽处，下面是一道长堤，堤下是充塞的更浓厚的红焰和黑烟，黑烟中有个人在伸手接我，我叫着说："我走不下去了！"他说："你跳！"这一跳，我就跳回现实里来了！心还在跳，身子还觉得虚飘飘的，好像在烟云里。

这真是春梦！都是重庆的台阶和敌人的轰炸，交织成的一些观念。但当我同时听见两个声音在呼唤的时候，为什么不往上走到白云中，而往下走入黑烟里？也许是避难就易，下趋是更顺更容易的缘故！

做梦本已荒唐，解说梦就更荒唐。我一生喜欢做梦，缘故是我很少做可怕的梦。我从小不怕鬼怪，大了不怕盗贼，没有什么神怪或侦探的故事，能以扰乱我的精神。我睡时开窗，而且不盖得太热，睡眠中清凉安稳，做的梦也常常是快乐光明的，虽然有时乱得不可言状，但决不可怕。

记得我母亲常常笑着同我说："我死后一定升天，因为我常梦见住着极清雅舒适的房子。"这样说，我死后也一定升天，因为我所看过的最美妙的山水，所住过的最爽适的房子，都是在梦里看过住过的。而且山水和房屋都是合在一起。比如说，我常常梦见独自在一个读书楼上，书桌正对着一扇极大的玻璃窗，这扇窗几乎是墙壁的全面，窗框是玲珑雕花的。窗外是一片湖水，湖上常有帆影，常有霞光。这景象，除了梦里，连照片图画上，我也不曾看见过——我常常想请人把我的梦，画成图画。

我还常梦见月光：有一次梦见在潜庐廊下，平常是山的地方，忽然都变成水，月光照在水上，像一片光明的海。在水边仿佛有个渔夫晒网。我说："这渔夫在晒网呢……"身边忽然站着一位朋友，他笑了，说："月光也可以晒网么？"在他的笑声中，我又醒了，真的，月光怎可以晒网？

"梦是心中想"，小时常常梦见考书，题目发下来，一个也不会，一急就醒了。旅行的时候，常常梦见误车误船，眼看着车开出站外，船开出口外，一急也就醒了。体弱的时候，常常梦见抱个极胖的孩子，双臂无力，就把他摔在地上。或是梦见上楼，走到中间，楼梯断了，这楼梯又仿佛是橡皮做的，把我颤摇摇的悬在空中。但是，在我的一生中，最常梦见的，还是山水，楼阁，月光……

单调的生活中，梦是个更换；乱离的生活中，梦是个慰安；困苦的生活中，梦是个娱乐；劳瘁的生活中，梦是个休息——梦把人们从桎梏般的现实中，释放了出来，使他自由，使他在云中翱翔，使他在山峰上奔走。能做梦便是快乐，做的痛快，更是快乐。现实的有余不尽之间，都可以"留与断肠人做梦"。但梦境也尽有挫折，"可怜梦也不分明"，"梦怕悲中断"，"怎不思量，除梦里有时曾去。无据，和梦也新来不做。"等到"和梦也新来不做"的时候，生活中还有一丝诗意么!？

## 给日本的女性

去年秋天,八月十日夜,战争结束的电讯,像旋风似的,迅速的传布到中国的每一个角落。我自己是在四川的一座山头,望着满天的繁星,和山下满地的繁灯,听到这盼望了八年的消息!在这震撼如狂潮之中,经过了一阵昏乱的沉默,就有几个小孩子放声大笑,有几个大孩子放声大哭,有几个男客人疯狂似的围着我要酒喝!没有笑,没有哭,也没有喝酒的,只有我一个人,我一直沉默着!

这沉默从去年八月十日夜一直绵延着。我一直苦闷,一直不安,那时正在复员流转期中,我不但没有时间同别人细谈,也没有时间同自己检讨。能够同自己闲静的会晤,是一件绝顶艰难的事!

在离开中国的前一星期,我抽出万忙的三天,到杭州去休息。秋阳下的西湖景物,唤起了我一种轻松怡悦的心情,但我心中潜在的烦闷,却没有一刻离开我。终于在一夜失眠之后,我忽然在第二天早晨悄然走出我的住处,绕过了西泠桥,面迎着淡雾下一片涟漪的湖光,踏着芳草上零零的露珠,走上"一株杨柳一株桃"的苏堤,无目的地向着无尽的长堤走……

如同妆束梳洗拜访贵宾一般,我用湖光山色来浸洗我重重的尘秽,低头迎接我内在的自己。

堤上几乎是断绝行人。在柳枝低拂的水边,有几个小女孩子,在高声背诵她们的书本。远山近塔,在一切光明迷濛之中,都显得十分庄严,十分流丽。

无目的地顺着长堤向前走着，走着；我渐渐的走近了我自己，开始作久别后的寒暄。出乎意外的，我发现八年的痛苦流离，深忧痛恨，我自己仍旧保存着相当的淳朴、浅易和天真。

她——我的"大我"，很稳重和蔼的告诉我：

世界上最大的威力，不是旋风般的飞机，巨雷般的大炮，鲨鱼般的战舰，以及一切摧残毁灭的战器——因为战器是不断的有突飞猛进的新发明。拥有最大威力的，还是飞机大炮后面，沉着的驾驶射击的，有血，有肉，有情感，有理智的人类。

机器是无知的，人类是有爱的。

人类以及一切生物的爱的起点，是母亲的爱。

母亲的爱是慈蔼的，是温柔的，是容忍的，是宽大的；但同时也是最严正的，最强烈的，最抵御的，最富有正义感的！

她看见了满天的火焰，满地的瓦砾，满山满谷的枯骨残骸，满城满乡的啼儿哭女……她的慈蔼的眼睛，会变成锐明的闪电，她的温柔的声音，会变成清朗的天风，她的正义感，会飞翔到最高的青空，来叫出她严厉的绝叫！

她要阻止一切侵略者的麻醉蒙蔽的教育，阻止一切以神圣科学发明作为战争工具的制造，她要阻止一切使人类互相残杀毁灭的错误歪曲的宣传。

因为在战争之中，受最大痛苦的，乃是最伟大的女性！

在战争里，她要送她千辛万苦扶持抚养的丈夫和儿子，走上毁灭的战场；她要在家里田间，做着兼人的劳瘁的工作；她要舍弃了自己美丽整洁的家，拖儿带女的走入山中谷里；或在焦土之上，瓦砾场中，重新搭起一个聊蔽风雨的小篷。她流干了最后一滴泪，洒尽了最后一滴血，在战争的悲惨昏黑的残局上面……含辛茹苦再来拾收，再来建设，再来创造。

全人类的母亲，全世界的女性，应当起来了！

我们不能推诿我们的过失，不能逃避我们的责任，在信仰我们的儿女抬头请示我们的时候，我们是否以大无畏的精神，凛然告诉他们说，战争是不道德的，仇恨是无终止的，暴力和侵略，终究是失败的？

我们是否又慈蔼温柔的对他们说：世界是和平的，人类是自由的，民族与民族，国家与国家之间，只有爱，只有互助，才能达到永久的安乐与和平？

猛抬头，原来我已走到苏堤的终点，折转回来，面迎着更灿烂的湖光，晨雾完全消隐，我眼里忽然满了泪，我的"大我"轻轻地对我说：

"做子女的时候，承受着爱，只感觉着爱的伟大；做母亲的时候，赋予着爱，却知道了爱的痛苦！"

这八年，我尝尽了爱的痛苦！我不知道在全世界——就是我此刻所在地的东京，有多少女性，也尝着同我一样的爱的痛苦。

让我们携起手来罢，我们要领导着我们天真纯洁的儿女们，在亚东满目荒凉的瓦砾场上，重建起一座殷实富丽的乡村和城市，隔着洋海，同情和爱的情感，像海风一样，永远和煦地交流！

一九四六年十一月二十九日夜，于东京

（由须田译为日文，最初发表于《朝日新闻》，后刊于《世纪评论》1947年3月8日第1卷第10期）

## 丢不掉的珍宝

文藻从外面笑嘻嘻的回来，胁下夹着一大厚册的《中国名画集》。是他刚从旧书铺里买的，花了六百日圆！

看他在灯下反复翻阅赏玩的样子，我没有出声，只坐在书斋的一角，静默的凝视着他。没有记性的可爱的读书人，他忘掉了他的伤心故事了！

我们两个人都喜欢买书，尤其是文藻。在他做学生时代，在美国，常常在一月之末，他的用费便因着恣意买书而枯竭了。他总是欢欢喜喜地以面包和冷水充饥，他觉得精神食粮比物质的食粮还要紧。在我们做朋友的时代，他赠送给我的，不是香花糖果或其他的珍品，乃是各种的善本书籍，文学的，哲学的，艺术的不朽的杰作。

我们结婚以后，小小的新房子里，客厅和书斋，真是"满壁琳琅"。墙上也都是相当名贵的字画。

十年以后，书籍越来越多了，自己买的，朋友送的，平均每月总有十本左右，杂志和各种学术刊物还不在内。我们客厅内，半圆雕花的红木桌上的新书，差不多每星期便换过一次。朋友和学生们来的时候，总是先跑到这半圆桌前面，站立翻阅。

同时，十年之中我们也旅行了不少地方，照了许多有艺术性的相片，买了许多古董名画，以及其他纪念品。我们在自己和朋友们赞叹赏玩之后，便珍重的将这些珍贵的东西，择起挂起或是收起。

民国二十六年六月二十九日，我们从欧洲，由西伯利亚铁路经过东三省，进了山海关，回到北平。到车站来迎接我们的家人朋友和学生，总有几十人，到家以后，他们争着替我们打开行李，抢着看我们远道带回的东西。

七月七日，芦沟桥上，燃起了战争之火……为着要争取正义与和平，我们决定要到抗战的大后方去。尽我们一分绵薄的力量，但因为我们的小女儿宗黎还未诞生，同时要维持燕京大学的开学，我们在北平又住了一学年。这一学年之中，我们无一日不作离开北平的准备：一切陈设家具，送人的送人，捐的捐了，卖的卖了，只剩下一些我们认为最宝贵的东西，不舍得让它与我们一同去流亡冒险的，我们就珍重的装起寄存在燕京大学课堂的楼上。那就是文藻从在清华做学生起，几十年的日记；和我在美国三年的日记；我们两人整齐冗长六年的通信，我的母亲和朋友，以及许多不知名的"小读者"的来信，其中有许许多多，可以拿来当诗和散文读的，还有我的父亲年轻在海上时代，给母亲写的信和诗，母亲死后，由我保存的。此外还有作者签名送我的书籍，如泰戈尔《新月集》及其他；Virginia Wolfe 的 *To The Light House* 及其他；鲁迅，周作人，老舍，巴金，丁玲，雪林，淑华，茅盾……一起差不多在一百本以上，其次便是大大小小的相片，小孩子的相片，以及旅行的照片，再就是各种善本书，各种画集，笺谱，各种字画，以及许许多多有艺术价值的纪念品……收集起来，装了十五只大木箱。文藻十五年来所编的，几十布匣的笔记教材，还不在内！

收拾这些东西的时候，总是有许多男女学生帮忙，有人登记，有人包裹，有人装箱。……我们坐在地上忙碌地工作，累了就在地上休息吃茶谈话。我们都痛恨了战争！战争摧残了文化，毁灭了艺术作品，夺去了我们读书人研究写作的时间，这些损失是多少物质上的获得，都不能换取补偿的，何况侵略争夺，决不能有永久的获得！

在这些年轻人叹恨纵谈的时候，我每每因着疲倦而沉默着。这时我总忆起宋朝金人内犯的时候，我们伟大的女诗人李易安，和她的丈夫赵明诚，仓皇避难，把他们历年收集的金石字画，都丢散失了。李易安在她的《金石录后序》中，描写他们初婚贫困的时候，怎样喜爱字画，又买不起字画！以后生活转好，怎样地慢慢收集字画，以及金石艺术品，为着这些宝物，他们盖起书楼，来保存，来布置；字里行间，横溢着他们同居的快乐与和平的幸福。最后是金人的侵略，丈夫的死亡，金石的散失，老境的穷困……充分的描写呈露了战争期中，文化人的末路！

我不敢自拟于李易安，但我的确有一个和李易安一样的，喜好收集的丈夫！我和李易安不同的，就是她对于她的遭遇，只有愁叹怨恨，我却从始至终就认为战争是暂时的，正义和真理是要最后得胜的。以文物惨痛的损失，来换取人类最高的理智的觉悟，还是一件值得的事！

话虽如此说，我总不能忘情于我留在北平的"珍宝"。今年七月，在我得到第一次飞回北平的机会，我就赶紧回到燕京大学去。在那里，我发现校景外观，一点没有改变，经过了半年的修缮，仍旧是富丽堂皇；树木比以前更葱郁了，湖水依旧涟漪！走到我的住宅院中，那一架香溢四邻的紫藤花，连架子都不在了，廊前的红月季与白玫瑰，也一株无存！走上阁楼，四壁是空的，文藻几十盒的笔记教材都不见了！

我心中忽然有说不出的空洞无着，默然的站了一会，就转身下来。

遇到了当年的工友,提起当年我们的房子,在日美宣战,燕大被封以后,就成了日本宪兵的驻在所,文藻的书室,就是拷问教授们的地方。那些笔记匣子,被日本兵运走了,不知去向。

两天以后,我才满怀着虚怯的心情,走上存放我们书箱的大楼顶阁上去——果然像我所想到的,那一间小屋是敞开的,捻开电灯一看,只是空洞的四壁!我的日记,我的书信,我的书籍,我的……一切都丧失了!

白发的工友,拿着钥匙站在门口,看见我无言的惨默,悄悄地走了过来,抱歉似的安慰我说:"在珍珠港事变的第二天清早,日本兵就包围燕京大学,学生们都撵出去了,我们都被锁了起来。第二天我们也被撵了出去,一直到去年八月,我们回来的时候,发现各个楼里都空了,而且楼房拆改得不成样子。……您的东西……大概也和别人的一样,再也找不转来了。不过……我真高兴……这几年您倒还健康。"

我谢了他,眼泪忽然落了下来,转身便走下楼去。

迂缓的穿过翠绿的山坡,走到湖畔。远望岛亭畔的石船,我绕着湖走了两周,心里渐渐从荒凉寂寞,变成觉悟与欢喜。

从古至今,从东到西,不知道有多少人,占有过比我多上几百倍几千倍的珍宝。这些珍宝,毁灭的不必说了,未毁灭的,也不知已经换过几个主人!我的日记,我的书信,描写叙述当年当地的经过与心情的,当然可贵,但是,正如那老工友所说的,我还健在!我还能叙述,我还能描写,我还能传播我的哲学!

战争夺去了毁灭了我的一部分的珍宝,但它增加了我的最宝贵的,丢不掉的珍宝,那就是我对于人类的信心!

人类是进步的,高尚的,他会从无数的错误歪曲的小路上,慢慢的走回康庄平坦的大道上来。总会有一天,全世界的学校里又住满了健康活泼的学生,教授们的书室里,又垒着满满的书,他们攻读,他们研究,为全人类谋求福利。

人类也是善忘的,几年战争的惨痛,不能打消几十年的爱好。这次到了日本,我在各风景区旅行,对于照相和收集纪念品,都淡然不感兴趣,而我的书呆子的丈夫,却已经超过自己经济能力的,开始买他的书了!

一九四六年十二月四日于东京

# 从去年到今年的圣诞节

在我拿起笔来的时候，正是东京的一个恬静的夜晚，一圈灯影之外，播音机中，在奏着柔和的圣诞节的音乐。回忆起去年的圣诞节，不禁有无限的欢欣，与万千的感慨。

去年的今夜，我正在准备一篇演讲，是应中国重庆郊外歌乐山礼拜堂之请，去给山上一班居民和学生们讲话。在我们装点起一棵很大的圣诞树之后，小孩子们逐个就寝，我才带着纸笔，去到圣诞树下的一张小桌上，仰望着树尖那一颗金星，凝神思索。

窗外正下着碎雪，隔窗听得见松梢簌簌的细响、桌边炭盆里爆出尖锐的火花。万静之中这一声细响、这一道火光，都似乎在歌唱着说"天上的荣耀归与上帝，地上的平安、喜乐归与人"！

经过了八年为争真理求自由的苦战之后，平安与喜乐，对于劳瘁，困苦的人，是太需要的了！但胜利的歌声，潮水般卷过之后，人们的心里，似乎反感觉着空虚，一方面又似乎加上了无量的负担。是的，解除痛苦，本已困难，建立起快乐与平安，是更不容易的呵！

快乐和平安都是由伟大的爱心中出发，只有怀着伟大的爱心的人，才会憎恨强权，喜爱真理，也只有怀着伟大的爱心的人，才会把爱和憎分得清楚分明！我们所憎恨的是一个暴力的集团，一个强权的主义，我们所喜爱的是一般驯良和善心人民。

耶稣基督便是一切伟大爱心的结晶，他憎恶税吏，憎恶文士，和一切假冒为善的人。他憎恨一切以人民为对象的暴力，但对于自己所身受的凌虐毒害，却以最宽容伟大的话语、祷告着说"愿天父赦免他们、因为他们所作的、他们自己不知道"。

多么伟大的一个爱的人格！瞻仰了这种人格，怎能不把荣耀归于上帝！

世界上没有一国比我们中国的人民，更知道和平的可贵可爱。世界上也没有一国比我们中国的人民更知道和平建立的困难，因为建立和平的事功，不能单独的由某一国或某一般人民，单独担负起来，过去我们已经光荣地尽了最大的宽容，此后我们更要勇敢地尽最大努力。我们要以基督之心为心，仿效他伟大的人格，在争到自由，辨明真理之后，我们要"以德报怨"用仁爱柔和的心，携带着全世界的弟兄，走上和平建设的道路。

以上是我向歌乐山会众演词的大意，那时我决没有想到今年的今日我会到日本东京，也没有想到会得机会向中华的同胞们，在纸上讲话！我的思想是一贯的，我始终相信暴力是暂时的，和平是永远的。抗战八年中、无论在怎样痛苦的环境里，圣诞的前夕，我总为孩子们装点起一棵圣诞树，那怕树小到像一根细草！我要告诉我的孩子们说，我决不灰心，决不失望，只要世界上有个伟大的爱的人格，那怕这人格曾被暴力钉在十字架上，而这爱的伟大的力量，会每年在这时期爆发了出来，充满了全世界！

中华民国三十五年十二月廿三夜东京

（最初发表于东京《中华日报》1946 年 12 月 29 日）

## 从破旧的信说起

——在东京大学讲台上

我从幼年时候起就知道著名的"红门"了。——这"红门"日语叫"赤门"。亲戚或长辈中来过日本和由东京帝国大学毕业的人们,都是夸耀自己的"红门"出身的,可见东京帝国大学的地位——它已在外国人中有相当高的评价了。

我自己在四年前就到过东京,首先参观的是东大。那郁郁葱葱的林荫道,庄严古雅的校舍,那许多往来的学生,都使我心中不觉涌出兴奋而愉快的感情。

前年夏,应东大中国文学科的聘请讲学,我感到荣幸。今春又再次被邀请来讲学。我不止是最早来的外国女性,而且也是最初在东大讲学的外国妇女,这更使我感到兴奋。

我从事教学有二十多年了。对我来说,最令人愉快、令人激奋的,莫过于接触男女青年。过去的同事和我这样说:

"我们教师过去没有正确的思想引导学生,那时也不可能。但是今后,我们应当努力引导学生的思想走向正确的方向。"

我记住了这句名言。在过去二十年的经验中,学生们给予我无数的激励,无数的劝勉和无数的批评;他们是那样的热情,那样的严谨,那样的坦率和天真。这给了我勇气,使我充满了青春的活力。他们希望我不要停止,不要后退。特别在抗战期间,学生们对我的照料和关怀,给我以无限的鼓励和鞭策。记得一九三九年(或一九四○年)春,在华北的广播中说我故去了,据说日本报纸也登载了这样的消息。在此三四个月之后,我的丈夫吴文藻收到了在华北打游击的一位学生的信。这信不知经过了几个月,通过了几个战区,才辗转送来的,当拿到信时,已破旧不堪了。

这信中写道:

> 在战地,有位外国记者送我一本《幻想评论》,其中记载有谢先生故去的新闻,我们无限悲伤。我还清楚地记得,谢先生喜欢穿蓝布衣服,谢先生的那温柔的笑脸……谢先生一直是主张民主、拥护民主的,现在我们正需要建设最民主的时候,她却突然离开我们去世了,我们怎能不悲痛呢!我们希望与您和您的孩子们一起,为完成谢先生未完成的大业而努力……

这封信使我感动,使我伤心!我多次地流下了热泪。以后这个学生在华北战场上壮烈地牺牲了,而我仍留在人间。但他对我所怀的印象和深挚之情,却长久留在我的心里。我该如何去努力呢!

我在东大的教室和校园里,看到这儿的学生的脸上的表情和眼睛里的神情,和我在中国所看到的完全一样。同样是朴素的服装,饱满的热情,追求知识的眼神,敏捷天真的动作;同样地激发了我。遗憾的是因我没有学过日语,不能随意畅谈。我对日本一切的理解,实在肤泛浅薄。如果我能和学生们随意畅谈,我相信能有更多的东西贡献于诸位面前。亚洲的和平和民主,是需要我们不懈的努力,中日两国国民需要我们真正的理解与合作。

我们追悔过去沉痛的教训,需要重新展望未来!东大的学生们以我做为"红门"的客人接待,我希望在得到互相理解、共同合作的良机中不断前进!

一九五〇年十月三日东京

(最初发表于《东大学生新闻》1950年10月26日)

# 观 舞 记

## ——献给印度舞蹈家卡拉玛姐妹

我应当怎样地来形容印度卡拉玛姐妹的舞蹈？

假如我是个诗人，我就要写出一首长诗，来描绘她们的变幻多姿的旋舞。

假如我是个画家，我就要用各种的彩色，渲点出她们的清扬的眉宇，和绚丽的服装。

假如我是个作曲家，我就要用音符来传达出她们轻捷的舞步，和细响的铃声。

假如我是个雕刻家，我就要在玉石上模拟出她们的充满了活力的苗条灵动的身形。

然而我什么都不是！我只能用我自己贫乏的文字，来描写这惊人的舞蹈艺术。

如同一个婴儿，看到了朝阳下一朵耀眼的红莲，深林中一只旋舞的孔雀，他想叫出他心中的惊喜，但是除了咿哑之外，他找不到合适的语言！

但是，朋友，难道我就能忍住满心的欢喜和激动，不向你吐出我心中的"咿哑"？

我不敢冒充研究印度舞蹈的学者，来阐述印度舞蹈的历史和派别，来说明她们所表演的婆罗多舞是印度舞蹈的正宗。我也不敢像舞蹈家一般，内行地赞美她们的一举手一投足，是怎样的"出色当行"。

我只是一个欣赏者，但是我愿意努力地说出我心中所感受的飞动的"美"！

朋友，在一个难忘的夜晚——

帘幕慢慢地拉开，台中间小桌上供养着一尊湿婆天的舞像，两旁是燃着的两盏高脚铜灯，舞台上的气氛是静穆庄严的。

卡拉玛·拉克希曼出来了。真是光艳的一闪！她向观众深深地低头合掌，抬起头来，她亮出了她的秀丽的面庞，和那能说出万千种话的一对长眉，一双眼睛。

她端凝地站立着。

笛子吹起，小鼓敲起，歌声唱起，卡拉玛开始舞蹈了。

她用她的长眉，妙目，手指，腰肢；用她髻上的花朵，腰间的褶裙；用她细碎的舞步，繁响的铃声，轻云般慢移，旋风般疾转，舞蹈出诗句里的离合悲欢。

我们虽然不晓得故事的内容，但是我们的情感，却能随着她的动作，起了共鸣！我们看她忽而双眉颦蹙，表现出无限的哀愁，忽而笑颊粲然，表现出无边的喜乐；忽而侧身垂睫表现出低回宛转的娇羞；忽而张目嗔视，表现出叱咤风云的盛怒；忽而轻柔地点额抚臂，画眼描眉，表演着细腻妥帖的梳妆；忽而挺身屹立，按箭引弓，使人几乎听得见铮铮的弦响！像湿婆天一样，在舞蹈的狂欢中，她忘怀了观众，也忘怀了自己。她只顾使出浑身解数，用她灵活熟练的四肢五官，来讲说着印度古代的优美的诗歌故事！

一段一段的舞蹈表演过（小妹妹拉达，有时单独舞蹈，有时和姐姐配合，她是一只雏凤！形容尚小而功夫已深，将来的成就也是不可限量的），我们发现她们不但是表现神和人，就是草木禽兽：如莲花的花开瓣颤,小鹿的疾走惊跃,孔雀的高视阔步,都能形容尽致,尽态极妍!最精彩的是"蛇舞",颈的轻摇,肩的微颤:一阵一阵的柔韧的蠕动,从右手的指尖,一直传到左手的指尖!我实在描写不出,只能借用白居易的两句诗:"珠缨炫转星宿摇,花鬘斗薮龙蛇动"来包括了。

看了卡拉玛姐妹的舞蹈,使人深深地体会到印度的优美悠久的文化艺术:舞蹈、音乐、雕刻、图画……都如同一条条的大榕树上的树枝,枝枝下垂,入地生根。这许多树枝在大地里面,息息相通、吸收着大地母亲给予它的食粮的供养,而这大地就是有着悠久历史的印度的广大人民群众。

卡拉玛和拉达还只是这棵大榕树上的两条柔枝。虽然卡拉玛以她的二十二年华,已过了十七年的舞台生活;十二岁的拉达也已经有了四年的演出经验,但是我们知道印度的伟大的大地母亲,还会不断地给她们以滋润培养的。

最使人惆怅的是她们刚显示给中国人民以她们"游龙"般的舞姿,因着她们祖国广大人民的需求,她们又将在两三天内"惊鸿"般地飞了回去!

北京的早春,找不到像她们的南印故乡那样的丰满芬芳的花朵,我们只能学她们的伟大诗人泰戈尔的充满诗意的说法:让我们将我们一颗颗的赞叹感谢的心,像一朵朵的红花似地穿成花串,献给她们挂在胸前,带回到印度人民那里去,感谢他们的友谊和热情,感谢他们把拉克希曼姐妹暂时送来的盛意!

(本篇最初发表于《人民日报》1957年4月6日,后收入散文集《归来以后》。)

# 樱 花 赞

樱花是日本的骄傲。到日本去的人，未到之前，首先要想起樱花；到了之后，首先要谈到樱花。你若是在夏秋之间到达的，日本朋友们会很惋惜地说："你错过了樱花季节了！"你若是冬天到达的，他们会挽留你说："多呆些日子，等看过樱花再走吧！"总而言之，樱花和"瑞雪灵峰"的富士山一样，成了日本的象征。

我看樱花，往少里说，也有几十次了。在东京的青山墓地看，上野公园看，千鸟渊看……；在京都看，奈良看……；雨里看，雾中看，月下看……日本到处都有樱花，有的是几百棵花树拥在一起，有的是一两棵花树在路旁水边悄然独立。春天在日本就是沉浸在弥漫的樱花气息里！

我的日本朋友告诉我，樱花一共有三百多种，最多的是山樱、吉野樱和八重樱。山樱和吉野樱不像桃花那样地白中透红，也不像梨花那样地白中透绿，它是莲灰色的。八重樱就丰满红润一些，近乎北京城里春天的海棠。此外还有浅黄色的郁金樱，花枝低垂的枝垂樱，"春分"时节最早开花的彼岸樱，花瓣多到三百余片的菊樱……掩映重叠、争妍斗艳。清代诗人黄遵宪的樱花歌中有：

墨江波绿水微波
万花掩映江之沱
倾城看花奈花何

> 人人同唱樱花歌
> ……………
> 花光照海影如潮
> 游侠聚作萃渊薮
> ……………
> 十日之游举国狂
> 岁岁欢虞朝复暮
> ……………

这首歌写尽了日本人春天看樱花的举国若狂的胜况。"十日之游"是短促的，连阴之后，春阳暴暖，樱花就漫山遍地的开了起来，一阵风雨，就又迅速地凋谢了，漫山遍地又是一片落英！日本的文人因此写出许多"人生短促"的凄凉感喟的诗歌，据说樱花的特点也在"早开早落"上面。

也许因为我是个中国人，对于樱花的联想，不是那么灰黯。虽然我在一九四七年的春天，在东京的青山墓地第一次看樱花的时候，墓地里尽是些阴郁的低头扫墓的人，间以喝多了酒引吭悲歌的醉客，当我穿过圆穹似的莲灰色的繁花覆盖的甬道的时候，也曾使我起了一阵低沉的感觉。

今年春天我到日本，正是樱花盛开的季节，我到处都看了樱花，在东京，大阪，京都，箱根，镰仓……但是四月十三日我在金泽萝香山上所看到的樱花，却是我所看过的最璀璨、最庄严的华光四射的樱花！

四月十二日，下着大雨，我们到离金泽市不远的内滩渔村去访问。路上偶然听说明天是金泽市出租汽车公司工人罢工的日子。金泽市有十二家出租汽车公司,有汽车二百五十辆,雇用着几百名的司机和工人。他们为了生活的压迫,要求增加工资,已经进行过五次罢工了,还没有达到目的,明天的罢工将是第六次。

那个下午,我们在大雨的海滩上和内滩农民的家里,听到了许多工农群众为反对美军侵占农田作打靶场,奋起斗争终于胜利的种种可泣可歌的事迹。晚上又参加了一个情况热烈的群众欢迎大会,大家都兴奋得睡不好觉,第二天早起,匆匆地整装出发,我根本就把今天汽车司机罢工的事情,忘在九霄云外了。

早晨八点四十分,我们从旅馆出来,十一辆汽车整整齐齐地摆在门口。我们分别上了车,徐徐地沿着山路,曲折而下。天气晴明,和煦的东风吹着,灿烂的阳光晃着我们的眼睛……

这时我才忽然想起,今天不是汽车司机们罢工的日子么?他们罢工的时间不是从早晨八时开始么?为着送我们上车,不是耽误了他们的罢工时刻么?我连忙向前面和司机同坐的日本朋友询问究竟。日本朋友回过头来微微地笑说:"为着要送中国作家代表团上车站,他们昨夜开个紧急会议,决定把罢工时间改为从早晨九点开始了!"我正激动着要说一两句道谢的话的时候,那位端详稳静、目光注视着前面的司机,稍稍地侧着头,谦和地说:"促进日中人民的友谊,也是斗争的一部分呵!"

我的心猛然地跳了一下,像点着的焰火一样,从心灵深处喷出了感激的漫天灿烂的火花……

清晨的山路上,没有别的车辆,只有我们这十一辆汽车,沙沙地飞驰。这时我忽然看到,山路的两旁,簇拥着雨后盛开的几百树几千树的樱花!这樱花,一堆堆,一层层,好像云海似地,在朝阳下绯红万顷,溢彩流光。当曲折的山路被这无边的花云遮盖了的时

新婚夫妇(1929年)

新婚后的冰心夫妇,到上海拜见冰心的双亲时合影

候，我们就像坐在十一只首尾相接的轻舟之中，凌驾着驰荡的东风，两舷溅起哗哗的花浪，迅捷地向着初升的太阳前进!

下了山，到了市中心，街上仍没有看到其他的行驶的车辆，只看到街旁许多的汽车行里，大门敞开着，门内排列着大小的汽车，门口插着大面的红旗，汽车工人们整齐地站在门边，微笑着目送我们这一行车辆走过。

到了车站，我们下了车，以满腔沸腾的热情紧紧地握着司机们的手，感谢他们对我们的帮助，并祝他们斗争的胜利。

热烈的惜别场面过去了，火车开了好久，窗前拂过的是连绵的雪山和奔流的春水，但是我的眼前仍旧辉映着这一片我所从未见过的奇丽的樱花！

我回过头来，问着同行的日本朋友："樱花不消说是美丽的，但是从日本人看来，到底樱花美在哪里？"他搔了搔头，笑着说："世界上没有不美的花朵……至于对某一种花的喜爱，却是由于各人心中的感触。日本文人从美而易落的樱花里，感到人生的短暂，武士们就联想到捐躯的壮烈。至于一般人民，他们喜欢樱花，就是因为它在凄厉的冬天之后，首先给人民带来了兴奋喜乐的春天的消息。在日本，樱花就是多！山上、水边、街旁、院里，到处都是。积雪还没有消融，冬服还没有去身，幽暗的房间里还是春寒料峭，只要远远地一丝东风吹来，天上露出了阳光，这樱花就漫山遍地的开起！不管是山樱也好，吉野樱也好，八重樱也好……向它旁边的日本三岛上的人民，报告了春天的振奋蓬勃的消息。"

这番话，给我讲明了两个道理。一个是：樱花开遍了蓬莱三岛，是日本人民自己的花，它永远给日本人民以春天的兴奋与鼓舞；一个是：看花人的心理活动，形成了对于某些花卉的特别喜爱。金泽的樱花,并不比别处的更加美丽。汽车司机的一句深切动人的、表达日本劳动人民对于中国人民的深厚友谊的话,使得我眼中的金泽的漫山遍地的樱花,幻成一片中日人民友谊的花的云海。让友谊的轻舟,激箭似地,向着灿烂的朝阳前进!

　　深夜回忆,暖意盈怀,欣然提笔作《樱花赞》。

一九六一年五月十八日夜。

# 一只木屐

淡金色的夕阳,像这条轮船一样,懒洋洋地停在这一块长方形的海水上。两边码头上仓库的灰色大门,已经紧紧地关起了。一下午的嘈杂的人声,已经寂静了下来,只有乍起的晚风,在吹卷着码头上零乱的草绳和尘土。

我默默地倚伏在船栏上,周围是一片的空虚——沉重,时间一分一分地过去,苍茫的夜色,笼盖了下来。

猛抬头,我看见在离船不远的水面上,飘着一只木屐,它已被海水泡成黑褐色的了。它在摇动的波浪上,摇着、摇着,慢慢地往外移,仿佛要努力地摇到外面大海上去似的!

啊!我苦难中的朋友!你怎么知道我要悄悄地离开?你又怎么知道我心里丢不下那些把你穿在脚下的朋友?你从岸上跳进海中,万里迢迢地在船边护送着我?

过去几年的、在东京的苦闷不眠的夜晚——相伴我的只有瓦檐上的雨声,纸窗外的月色,更多的是空虚——沉重的、黑魆魆的长夜;而每一个不眠的夜晚,我都听到戛达戛达的木屐声音,一阵一阵的从我楼前走过。这声音,踏在石子路上,清空而又坚实;它不像我从前听过的、引人憎恨的、北京东单操场上日本军官的军靴声,也不像北京饭店的大厅上日本官员、绅士的皮鞋声。这是日本劳动人民的、风里雨里寸步不离的、清空而又坚实的木屐的声音……

我把双手交叉起,枕在脑后,随着一阵一阵的屐声,在想象中从穿着木屐的双脚，慢慢地向上看，我看到悲哀憔悴的穿着外褂、套着白罩衣的老人、老妇的脸；我看到痛苦愤怒的穿着工裤、披着蓑衣的工人、农民的脸；我看到忧郁徬徨的戴着四角帽、穿着短裙的青年、少女的脸……这些脸，都是我白天在街头巷尾不断看到的，这时都汇合了起来，从我楼前戛达戛达地走过。

"苦难中的朋友！在这黑魆魆的长夜，希望在哪里？你们这样戛达戛达地往哪里走呢？"在失眠的辗转反侧之中，我总是这样痛苦地想。

但是鲁迅的几句话，也常常闪光似地刺进我黑暗的心头，"我想：希望是本无所谓有，无所谓无的。这正如地上的路；其实地上本没有路，走的人多了，也便成了路。"

就这样，这清空而又坚实的木屐声音，一夜又一夜地从我的乱石嶙峋的思路上踏过；一声一声、一步一步地替我踏出了一条坚实平坦的大道，把我从黑夜送到黎明！

事情过去十多年了，但是我还常常想起那日那时日本横滨码头旁边水上的那只木屐。对于我，它象征着日本劳动人民，也使我回忆起那几年居留日本的一段生活，引起我许多复杂的情感。

从那日那时离开日本后，我又去过两次。这时候，日本人民不但是我的苦难中的朋友，也是我的斗争中的朋友了，我心中的苦乐和十几年前已大不相同。但是，当同去的人们，珍重地带回了些与富士山或樱花有关的纪念品的时候，我却收集一些小小的、引人眷恋的玩具木屐……

一九六二年六月八日，北京。

# 第三辑

# 腊 八 粥

从我能记事的日子起,我就记得每年农历十二月初八,母亲给我们煮腊八粥。

这腊八粥是用糯米、红糖和十八种干果掺在一起煮成的。干果里大的有红枣、桂圆、核桃、白果、杏仁、栗子、花生、葡萄干等等,小的有各种豆子和芝麻之类,吃起来十分香甜可口。母亲每年都是煮一大锅,不但合家大小都吃到了,有多的还分送给邻居和亲友。

母亲说:这腊八粥本来是佛教寺煮来供佛的——十八种干果象征着十八罗汉,后来这风俗便在民间通行,因为借此机会,清理橱柜,把这些剩余杂果,煮给孩子吃,也是节约的好办法。最后,她叹一口气说:"我的母亲是腊八这一天逝世的,那时我只有十四岁。我伏在她身上痛哭之后,赶忙到厨房去给父亲和哥哥做早饭,还看见灶上摆着一小锅她昨天煮好的腊八粥,现在我每年还煮这腊八粥,不是为了供佛,而是为了纪念我的母亲。"

我的母亲是一九三〇年一月七日逝世的,正巧那天也是农历腊八!那时我已有了自己的家,为了纪念我的母亲,我也每年在这一天煮腊八粥。虽然我凑不上十八种干果,但是孩子们也还是爱吃的。抗战后南北迁徙,有时还在国外,尤其是最近的十年,我们几乎连个"家"都没有,也就把"腊八"这个日子淡忘了。

今年"腊八"这一天早晨,我偶然看见我的第三代几个孩子,围在桌旁边,在洗红枣,剥花生,看见我来了,都抬起头来说:

"姥姥，以后我们每年还煮腊八粥吃吧！妈妈说这腊八粥可好吃啦。您从前是每年都煮的。"我笑了，心想这些孩子们真馋。我说："那是你妈妈们小时候的事情了。在抗战的时候，难得吃到一点甜食，吃腊八粥就成了大典。现在为什么还找这个麻烦？"

他们彼此对看了一下，低下头去，一个孩子轻轻地说："妈妈和姨妈说，您母亲为了纪念她的母亲，就每年煮腊八粥，您为了纪念您的母亲，也每年煮腊八粥。现在我们为了纪念我们敬爱的周总理，周爷爷，我们也要每年煮腊八粥！这些红枣、花生、栗子和我们能凑来的各种豆子，不是代表十八罗汉，而是象征着我们这一代准备走上各条战线的中国少年，大家紧紧地、融洽地、甜甜蜜蜜地团结在一起……"他一面从口袋里掏出一小张叠得很平整的小日历纸，在一九七六年一月八日的下面，印着"农历乙卯年十二月八日"字样。他把这张小纸送到我眼前说："您看，这是妈妈保留下来的。周爷爷的忌辰，就是腊八！"

我没有说什么，只泫然地低下头去，和他们一同剥起花生来。

*一九七九年二月三日凌晨*

## 天南地北的花

我从小爱花,因为院里、屋里、案头经常有花,但是我从来没有侍弄过花!对于花的美的享受,我从来就是一个"不劳而获"者。

我的父亲,业余只喜欢种花,无论住到哪里,庭院里一定要开辟一个花畦。我刚懂事时,记得父亲在烟台海军学校职工宿舍院里,就开辟几个花坛,花坛中间种的是果木树,有桃、李、杏、梨、苹果、花红等。春天来了,这些果树就一批一批地开起灿若云锦的花。在果树周围还种有江西腊,秋天就有各种颜色的菊花。到了冬天,就什么花也没有了。辛亥革命那年,全家回到福州去,季节已是初冬,却是绿意迎人,祖父的花园里,还开着海棠花!春天来到,我第一次看到了莲花和兰花。莲花是种在一口一口的大缸里,莲叶田田,莲花都是红色的,不但有并蒂的,还有三蒂和四蒂的,也不知道祖父是怎样侍弄出来的?兰花还最娇贵,一盆一盆地摆在一条长凳上,凳子的四条腿下各垫着一个盛满水的小盘子,为的是防止蚂蚁爬上去吃花露。兰花的肥料,是很臭的黑豆水,剪兰花必须用竹剪子,对于这些,祖父都不怕臭也很耐烦!祖父一辈子爱花,我看他一进花园,就卷起袖子,撩起长衫,拿起花铲或花锄,蹲下去松土、除虫、施肥,又站起拿起喷壶,来回浇灌。那动作神情,和父亲一模一样,应该说父亲的动作神情和祖父一模一样!我曾看见过他的老友送给他的一首回文诗,是:

最高华独羡君家，
独羡君家爱种花；
家爱种花都似画，
花都似画最高华。

画出来便是这样的：

```
        最  高
      画      华
    似          独
  都              羡
    花          君
      种      家
        爱
```

我记得为了祖父汲水方便，父亲还请了打井师傅在花园里掘了一口井。打井时我们都在旁边看着。掘到深处，那位老师傅只和父亲坐在井边吸着水烟袋，一边闲谈。那个小伙子徒弟在井下一锄一锄地掘着，那口并不浅，井里面一定很凉，他却很高兴地不停唱着民间小调。我记得他唱"腊梅姐呵腊梅姐！落井凄凉呵，腊梅姐。"——"落井"是福州方言"下井"的意思——那位老师傅似怜似惜地笑着摇头，对父亲说："到底是后生仔，年轻呵！"

一年后到了北京，父亲又在很小的寓所院子里，挖了花坛，种了美人蕉、江西腊之类很一般的花。后来这个花的园地，一直延伸到大门外去。他在门外的大院里、我们的家门口种着蜀葵、野茉莉等等更是平凡的花，还立起一个秋千架。虽然也有一道篱笆，而到这大院里来放风筝、抖空竹、练自行车的小孩子们，还都来看花、打秋千，和我的弟弟们一块儿玩耍。

二十年代初，我入了协和女子大学，一进校门，便看见大礼堂门前两廊下开满了大红的玫瑰花，这是玫瑰花第一次打进了我的眼帘！我很奇怪我的祖父和父亲为什么都没有种过玫瑰？从那时起我觉得在百花之中，我最喜欢的是玫瑰花，她不但有清淡的香气，明艳的颜色，而且还有自卫的尖硬的刺！

三十年代初，我有自己的家了。我在院子里种上丁香、迎春和珍珠梅，搭了一个藤萝花架，又在廊前种上两行白玫瑰花。但是我还是没有去侍弄她们！因为文藻的母亲——我的婆母，她也十分爱花，又闲着没事，便把整天的光阴都消磨在这小院里，她还体谅我怕殢人的花香，如金银花、丁香花、夜来香、白玉兰之类，于是在剪花插花的时候，她也只挑些香气清淡的或色无香的花，如玫瑰花、迎春花之类。这就使我想起从前我的父亲只在我的屋里放上一盆桂花或水仙，而给桂花浇水或替水仙洗根，还是他的工作——至于兰花，是离开福州之后，我就无福享受这"王者之香"了。

四十年代初，我住在四川的歌乐山。我的那座土房子，既没有围墙，周围也没有一块平地，那时只能在山坡上种上些佐餐的瓜菜。然而山上却有各种颜色的野杜鹃花，在山中散步时，随手折了些来，我的案头仍旧是五彩缤纷。这是大自然的赐予，这是天公侍弄的花！

五十年代直到现在，我住的都是学校宿舍，又在楼上，没有属于我的园地；但幸运也因之而来！这座大楼里有几位年轻的朋友，都在自己屋前篱内种上我最喜爱的玫瑰花。他们看到我总在他们篱外流连忘返,便心领神会地在每天清早浇花之后,给我送几朵凝香带露的玫瑰花来,使得我的窗台和书桌上,经常有香花供养着。

八十年代初,我四次住进了医院,这些年轻人还把花送到医院里。如今呢,他们大展鸿图,创办了"东方玫瑰花公司",每星期一定给我送两次花来,虽然我要求他们公事公办,他们还只让我付出极少的象征性的买花钱。我看我这不劳而获的剥削者的帽子,是永远也摘不掉的了!

1984 年 8 月 17 日

(最初发表于《旅游》1984 年 12 月第 6 期)

# 读了《北京城杂忆》

读了萧乾的《北京城杂忆》，他那流利而俏皮的京白，使得七十年前的北京城的色、香、味，顿时萦绕而充满了我的感官，引起我长时间的含泪的微笑！

萧乾是我小弟弟谢为楫的小学同学。他十几岁时就常到我家来玩。一九二六年我从美国学习回来，那时他是北新书局的小职员，常来给我送稿费。他一面从拴在手腕上的手绢里拿出钱来，一面还悄悄地告诉我，这一版实在的印数不止三千册……此后他还在燕京大学上过学，在《大公报》当过记者。这几十年来，无论我们在国内或海外，都没有停止过通信。他算是和我相识时间最长的老朋友了。

他在《北京城杂忆》里，所谈到的七十年前北京的吃的、喝的、玩的、乐的，凡是老北京一般的孩子所能享受到的，他都满怀眷恋地写到了。但是孩子和孩子又有不同。那时的"姑娘"和"男生"，就没有同等的权利！他和我小弟坐过的"叮当车"——有轨电车，我就没有为了尝试而坐过。我也没有在路边摊上吃过东西。我在上学路上看到最香的烤白薯和糖炒栗子，也是弟弟们买来分给我吃的。

谈到"吆喝"，至今还使我动心的，就是北京的市声！夜深时的算命锣声，常使我怔忡不宁。而"硬面饽饽"、"猪头肉"和"赛梨的萝卜"，也往往引起我的食欲，而我只吃到"赛梨的萝卜"，也还不是自己出去买的。

谈到"布局与街名",我很有兴趣。我童年住过的中剪子巷,我认为一定曾是个很大的剪子作坊,因为在这条巷的前后,还有"北剪子巷"和"南剪子巷";还有我上中学时的"灯市口",上大学时的"佟府夹道"和"盔甲厂",这都是与住户的社会身份或职业有关的命名。这时我忽然想起在东城有紧挨着的"东厂胡同"和"奶子府",一定是明太监魏忠贤和皇帝的奶妈客氏的第宅所在地。

谈到"游乐",我连天桥和厂甸都没去过!我只逛过隆福寺庙会,因为它离我们家最近,是我舅舅带我去的。在人群里挤来挤去,我什么也没看清,只在卖棕人的铜盘边留连了一会儿,看那些戏装的武将,在盘子上旋转如飞,刀来枪往,十分有趣。

总起来说,我对老北京的印象,并不像萧乾那么好,因为它和我童年住过的海阔天空的烟台,山清水秀的福州,都比不了。我在《寄小读者》通讯二十里曾写过:

> 北京只是尘土飞扬的街道,泥泞的小胡同,灰色的城墙,流汗的人力车夫的奔走。我的故乡,我的北京,是一无所有!

当然我也写了我仍热爱北京!因为这座城里住着我所眷爱的人。今天呢,大街小巷都铺上了柏油,尘土和泥泞没有了,灰色的城墙不见了,流汗奔走的人力车夫也改行了。因此我说,我对北京的喜爱是与日俱增的。

只有一事,我和萧乾有深切的同感,就是在礼貌和语言上,现在的北京人的"文明"程度,比七十年前的北京人就低多了!

还有就是在招徕旅客方面，我也觉得让外国客人住四合院，吃中国饭，比让他们住上"惟妙惟肖"的洋式饭店、吃西餐，更有吸引力。君不见，到蒙古旅游的人，都喜欢住蒙古包、喝奶茶、吃羊肉嘛？

1985 年 12 月 27 日

（最初发表于《中国建设》1986 年第 3 期）

## 两栖动物

一九一一年冬,我们从烟台回到福建福州的大家庭里。以一个从小在山边海隅度过寂寞荒凉日子的孩子,突然进到一个笑语喧哗、目迷五色的青少年群里,大有"忘其所以"的飘飘然的感觉。

我的父亲有一个姐姐,四个弟兄。这五个小家庭,逢年过节便都有独自的或共同的种种亲戚,应酬来往;尤其在元旦到元宵这半个月之间,更是非常热闹。我记得一九一二年元旦那天早上,在我家大厅堂上给祖父拜年的,除了自己的堂兄弟姐妹之外,在大厅廊上还站着一大群等着给祖父鞠躬的各个小家庭的,我要称他们为表兄表姐的青少年们。这一天从祖父手里散发出来的压岁钱的红纸包,便不知有多少!

表姐们来了,都住在伯叔父母的居住区——东院。她们在一起谈着做活绣花,擦什么脂粉,怎样梳三股或五股辫子;怎样在扎红头绳时,扎上一圈再挑起几绺头发来再扎上一圈,这样就会在长长的一段红头绳上,呈现出"寿"字或"喜"字等花样等等;有时也在西院后花园里帮助祖父修整浇灌些花草。

表兄们呢,是每天从自己家里,到我们西院客厅一带来聚集。他们在那里吹弹歌唱,下棋做"诗"。我那年才十二岁,虽然换上女装,还是一股野孩子的脾气,祖父和父母都不大管我。我就像两栖动物一样,穿行于这两群表兄姐之间。他们都比我大七八岁,都不拿我当回事,都不拒绝我,什么事也不避我。我还特喜欢往表兄们的群里跑,因为那边比较热闹,表兄们也比较欢迎我,因为我可

抗日战争时期在云南呈贡

冰心全家在云南呈贡的住所"默庐"

以替他们传书递简。现在回忆起来，他们也是在"起哄"，并不严肃。某一个表兄每一张纸条或一封信给某个表姐时，写好多半在弟兄中公开地笑着传看。我当然也都看过，这些信的文字不一定都通顺，诗也多半是歪诗，不但平仄不对，连韵也没有押对。我前一年在烟台时，受过王逢逢表舅的教导，不但会对三个字、五个字、七个字的对子，并且已经写过几首七绝了，我的鉴赏力还是不低的！

这些纸条或诗，到了表姐们手里，并没有传看，大都是自己看完一笑，撕了或是烧了，并嘱咐我不必向大人报告。我倒是背下了一封比较通顺的信，还不完全：

×妹妆次，自违雅教，不胜怀念，咫尺天涯，未得畅谈，梦寐萦思，曷胜惆怅，造府屡遭白眼，不知有何开罪，唯鄙人愚蠢，疑云难破……

还有一位表兄写的一首七律诗，我觉得真是不错的：

此生幽愿可能酬，
未敢将情诉蹇修，
半晌沉吟曾露齿，
一年消受几回眸，
迷茫意绪心相印，
细腻风月梦借游，
妄想自知端罪过，
泥犁甘坠未甘休。

这首我认为很好的诗,也不曾得到那位表姐的青睐!后来在我十七八岁时,在我小舅舅杨子玉先生的书桌上,看到清代专写香奁诗的王次回的《疑雨集》中,就有这首诗。原来就以为很有诗才的那位表兄,也是一个"文抄公"!

　　现在回忆起来,那时男女还没有同学,社交也没有公开。青年人对异性情感的表示,只能在有机会接触的中表之间,怪不得像《红楼梦》那种的爱情故事,都是"兄妹为之"。

一九八六年三月二十八日

## 我 请 求

我请求我们中国每一个知书识字的公民，都来读读今年第九期的《人民文学》的第一篇报告文学，题目是《神圣忧思录》，副题是《中小学教育危机纪实》。

我每天都会得到好几本文艺刊物，大概都是匆匆过目，翻开书来，首先注意的是作者名字，再就是文章的题目。但对于《人民文学》，因为过去曾参加过一段时间的编辑工作，因此看得比较仔细。不料第九期来了，我一看第一篇文章的题目和副题，就使我动心而且惊心。虽然这两位作者我都不认识，这题目使我专心致志地一直看下去，看得我泪如雨下！真是写得太好了，太好了！

我一向关心着中小学教师的一切：如他们的任务之重，待遇之低，生活之苦，我曾根据我耳闻目睹的一点事实，写了一篇小说《万般皆上品……》。委婉地、间接地提到一位副教授的厄运，而这篇"急就章"，差点被从印版上撤了下来——这是我六十年创作生涯中所遇到的第一次"挫折"。据说是"上头"有通知下来，说是不许在报刊上讲这种问题。若不是因为组稿的编辑据理力争，说这是一篇小说，又不是报告文学，为什么登不得？此后又删了几句刺眼的句子，才勉强登上了。因为有这一段"经验"，使我不能不对勇敢的报告文学的两位作者和《人民文学》的全体编辑同志致以最崇高的敬礼！

这篇《神圣忧思录》广闻博采，字字沉痛，可以介绍给读者的句子，真是抄不胜抄。对于这一件有关于我们国家、民族前途的头等大事的"报告"文章，我还是请广大读者们自己仔细地去考虑、思索，不过我还想引几段特别请读者注意的事实：

"小平同志讲：实现四化，科学是关键，教育是基础，但这个精神，并没有被人们认识，理解，接受。往往安排计划，总是先考虑工程，剩下多少钱，再给教育……日本人说，现在的教育，就是十年后的工业。我们是反过来……教师特别是小学教师工资太低，斯文扫地呵！世界银行派代表团来考察对中国的贷款，他们不能理解：你们这么低的工资，怎么能办好教育？可是我们同人家谈判时，最初提的各个项目，没有教育方面的，人家说，你们怎么不提教育？人的资源开发是重要的，原来人家把教育摆在优先援助地位，列为第一个项目。我们要等人家来给我们上课！"

作为一个中国人，我们不感到"无地自容"吗？我忆起抗战胜利后一九四六年的冬天，我们是第一拨到日本去的，那时的日本，真是遍地瓦砾，满目疮痍。但是在此后的几次友好访问中，我看到日本是一年比一年地繁荣富强，今天已成为世界上的经济大国。为什么？理由是再简单不过！因为日本深深懂得"教育是只母鸡"！

香港的中小学教师也亲口对我说，他们的待遇也比一般公务人员高。

一九八四年底新华通讯社发出通稿——教育部长何东昌在接受本社记者访问的时候非常高兴地指出："党中央和国务院一直在关怀和研究教师的问题，教师将逐步成为社会最使人羡慕的职业之一。"

但是，真是说来容易，听来兴奋，事实上："一九五七年反右以后知识分子就瘪了，后来闹'文革'，教师的罪比谁都多，从此地位一落千丈。后来拨乱反正了，世道清明了，是不幸中之大幸，可是教师的地位，恕我直言，名曰升，实则降。其它行业的待遇上去了，教师上得慢……就是中学一二级的老教师，月薪也不过百十块，还不抵大宾馆里的服务员，这到底是怎么个事？"

这是一位中学老教师提出的问题！还有一位老师充满着感情说："教师职业是神圣的，这神圣就在于甘愿吃亏。可是如果社会蔑视这种吃亏的人，神圣就消失了。作教师的有许多人不怕累和苦，也不眼红钱财，但唯有一条，他们死活摆脱不了，那就是对学生的爱。除了学生四大皆空。他们甚至回到家里对自己的孩子都没有耐心，不愿再扮演教师这个社会角色，但无论心情多坏，一上讲台什么都扔了，就入境了。这种心态，社会上有多少人了解？……"

这种心态，我老伴和我都能彻底地了解：死活摆脱不了的，就是对学生的爱。但也像另一位教师说的："像我们当年，社会那么污浊，自个儿还能清高，有那份高薪水撑着呢……"

不过如今我们的两个女儿（她们还都是大学教师），没有像我们当时那样高薪水撑着，她们也摆脱不了教师的事业。她们有了对学生的爱，也像我们一样得到了学生的爱。

"爱"是伟大的，但这只能满足精神上的需要，至于物质方面呢，就只能另想办法了。

办法有多种多样，是不是会有人"跳出"，离开教师的队伍？

大家都来想想办法嘛，我只能回到作者在文前的题记："我们从来都有前人递过来的一个肩膀可以踩上去的，忽然，那肩膀闪开了，叫我们险些儿踩个空。"

一九八七年十月十日浓阴之晨写到阳光满室

## 病榻呓语

忽然一觉醒来,窗外还是沉黑的,只有一盏高悬的路灯,在远处爆发着无数刺眼的光线!

我的飞扬的心灵,又落进了痛楚的躯壳。

我忽然想起老子的几句话:

吾有大患,及吾有身;及吾无身,吾有何患。

这时我感觉到了躯壳给人类的痛苦。而且人类也有精神上的痛苦:大之如国忧家难,生离死别……小之如伤春悲秋……

宇宙内的万物,都是无情的:日月经天,江河行地,春往秋来,花开花落,都是遵循着大自然的规律。只在世界上有了人——万物之灵的人,才会拿自己的感情,赋予在无情的万物身上!什么"感时花溅泪,恨别鸟惊心"这种句子,古今中外,不知有千千万万。总之,只因有了有思想、有情感的人,便有了悲欢离合,便有了"战争与和平",便有了"爱和死是永恒的主题"。

我羡慕那些没有人类的星球!

我清醒了。

我从高烧中醒了过来,睁开眼看到了床边守护着我的亲人的宽慰欢喜的笑脸。侧过头来看见了床边桌上摆着许多瓶花:玫瑰、菊花、仙客来、马蹄莲……旁边还堆着许多慰问的信……我又落进了爱和花的世界——这世界上还是有人类才好!

一九八八年三月十五日晨

# 一颗没人肯刻的图章

我每天都会得到一两封信,而每当"作协"的信使来时,更会得到一大捆小朋友的信,这些信有的是从同一个小学校来的,大概是这班小朋友在课本上读到我的一封《寄小读者》,于是老师就让他们来写回信。总之,无论是老、中、青或小朋友的信,信末总是祝我"健康长寿"!

我活了八十八岁,寿是不短了,但是健康呢?

我不能和健康的老人一样,不用说国内国外地旅行访问,就连"闲庭信步"也做不到。八年前我的右腿摔折了,虽然做过手术,但仍只能扶着"助步器",至多到隔壁我的小女儿住的单元去坐一坐。每月到医院检查时,是要下楼坐车的,也是靠我的外孙或司机同志背我下楼,再塞进汽车里。总之,我是个废人!

每天,天还未明,我就醒得双眸炯炯了,我一想到又得过一天"废人"的生活,就恨不得甩掉这一个沉重痛楚的躯壳!

但是我的儿女们和大夫们还千方百计地保我"永远健康"!

可见甩掉一个躯壳也不是一件容易的事。

我想起至圣先师孔子有过一句"骂人"的话:"老而不死是为贼。"

我就想刻一颗"是为贼"的闲章来嘲弄自己。

我请了一向替我刻闲章的朋友王世襄,他笑着摇头不干!我又请别的许多朋友,他们也都是笑着摇头。我只好请我的老朋友胡絜青大姐去请一个职业的刻图章的人来做这受酬的工作,没想到她倒请到了一位王老先生替我刻了,还亲自送来,我真是喜出望外。

现在这颗闲章,已经用过几次了,是几位年轻的朋友,向我索赠近作的时候,在书上印上了我的所有的图章,其中自然也包括所有的闲章,"是为贼"是最后的一颗!

我替团体或个人题字的时候,却从来不用它,因为这颗图章,"不恭"的意味太重。

一九八八年十一月六日晨

## 无士则如何

前几年，不少领导人常说：无农不稳，无工不富，无商不活。其后，又有人加了一句：无兵不安。这些话都对，概括得也非常准确。可惜尚缺一个重要方面——无士怎么样呢？

士，就是知识、文化、科学、教育，就是知识分子、人才。

几个月前，我曾向一些同志提出这个问题。后来有的报刊将我这问题公开发表了。我想，发表也好，让社会上各方有识之士来一起思索吧。

果然，半个月中，我就收到有全国政协转来三封信件，都是"无士则如何"的回响。即使是微弱的回响，也比石沉大海要好。恕我没有征求他们的同意，将三封信的内容摘录如下。因为我觉得信虽是写给我个人的，而谈论的却是全社会、全民族所关心和应该关心的大事。

江西南昌油脂化工厂陈水根的信中说：

"我个人认为答案应是无士不兴。兴者，旺盛之谓也。'没有文化的军队是愚蠢的军队'，同样，没有文化的群体是愚蠢的群体。无士，我们的事业就不会兴旺发达。

"我是一个普通老百姓，接触的是大众的实践。我认为，要实现四个现代化，不提高全民族的文化素质是不可思议的。无论在国际还是在国内，吃亏在文化素质低的例子俯拾皆是。您老知道的比我更多(这倒未必。——冰心注)。这要引起领导们的重视，尤其是决策者的重视，要把提高全民族的文化素质提到重要议事日程上来议议。

"任何民族都需要有一精神支柱,尤其是当今改革开放的时代,尤显重要。这支柱的建造需要全民族的文化素质与道德修养凝聚。舍此别无他路。因此,要重视文化知识,重视道德修养,重视知识分子、提高教师的社会地位是势在必行、理所当然的事。"

黑龙江齐齐哈尔市求是新能源研究所杨俊宇同志信中说:

"目前我们国家正在进行四化建设,目的是要建成文明昌盛的国家。否则,我们就有被开除'球籍'的危险了。因此,我悟出了你所提的问题的答案,这就是'无士不昌'。加上这句,就完整了。是否有当,请您及政协委员们给以指正。"

四川成都513信箱余人同志对这个问题更作了详尽的阐述。他说:

"士者,知识分子也。它是和知识、科学、社会文明紧密联系的代名词。中国要富强,中华要振兴,一要靠民主,二要靠科学。但归根到底是要靠科学。因为民主也是一种科学,它属于社会科学范畴。一切事物,党也好,政也好,农也好,工也好,商也好,教也好,如果违背了科学而行事,必将受到应有的惩罚,产生阻碍社会发展的破坏力量。很难想象,在一个文盲充塞、科学文化落后、社会道德水平低下的国度能建设现代化的国家。靠缺乏教育和文化修养的人不能搞好现代化事业;靠杂乱无章的管理不能建立社会主义经济新秩序;靠投机诈骗、阿谀奉承、以权谋私之徒,只能搞乱整个社会。这是再明显不过的道理。我们中国在世界民族之林中还处于落后地位,究其原因,不是因为懒惰,也不是因为贫穷,而是长时期缺乏民主和不重视科学所造成的恶果。缺乏民主制度和民主观念,必然阻碍科学文化的发展和社会的进步,而科技落后、文化素质低，社会生产力低下，又维持了不民主制度的延续。如此恶性循环，就使社会停滞不前。

"要促进民主化进程，促进科学技术发展，首先就要培养更多的士，造成更多的有用之材。而教育，又是振兴中华的基础工程，切不可认为办教育不但不赚钱、反而花大钱而丢了这项千年大计的根本，去办那些急功近利的蠢事；更不要只把重视教育挂在口头上，写在文件中，而不去办一件两件实实在在的事。

"所以，对冰心老前辈所提问题，我这个后生小子的答案，只有一句话：无士不兴！"

他们三位身在天南地北，却不约而同地说了同一个意思。可见人同此心，心同此理，我也似乎无需再多说什么了。我只希望领导者和领导部门谛听一下普通群众、普通知识分子的心声，更要重视"无士"的严重而深远的后果。"殷鉴不远"，只要回想一下十年大乱中践踏知识、摧残知识分子、大革文化命所造成的灾难，还不清楚吗？

岁月易逝，"五四"运动七十周年就在眼前。七十年前，一批思想界、文化界的先锋人物，于国事蜩螗之时高举民主和科学大旗，向封建势力、军阀势力和帝国主义势力冲击，揭开中国的现代史页。时隔七十年，我们今天还是要大声疾呼：要让德先生、赛先生在中国这个古老的土地上生根、发芽、开花、结果。如果不重视"士"，不重视科学、教育、文化，德先生和赛先生就成了空谈，现代化也会流于纸上谈兵。

一九八八年十一月

# 我喜爱小动物

我喜爱小动物。这个传统是从谢家来的,我的父亲就非常地喜爱马和狗,马当然不能算只小动物了,自从1913年我们迁居北京以后,住在一所三合院里,马是养不起的了,可是我们家里不断地养着各种的小狗——我的大弟弟为涵在他刚会写作文的年龄,大约是12岁吧,就写了一本《家犬列传》,记下了我家历年来养过的几只小狗。狗是一种最有人情味的小动物,和主人亲密无间,忠诚不贰,这都不必说了,而且每只狗的性格、能耐、嗜好也都不相同。比如"小黄",就是只"爱管闲事"的小狗,它专爱抓老鼠,夜里就蹲在屋角,侦伺老鼠的出动。而"哈奇"却喜欢泅水。每逢弟弟们到北海划船,它一定在船后泅水跟着。当弟弟们划完船从北海骑车回家,它总是浑身精湿地跟在车后飞跑。惹得我们胡同里倚门看街的老太太们喊:"学生!别让你的狗跑啦,看它跑得这一身大汗。"我的弟弟们都笑了。

我家还有一只很娇小又不大活动的"北京狗",那是一位旗人老太太珍重地送给我母亲的。这个"小花"有着黑白相间的长毛,脸上的长毛连眼睛都盖住了。母亲便用红头绳给它梳一根"朝天杵"式的辫子,十分娇憨可爱,它是唯一的被母亲许可走近她身边的小狗,因为母亲太爱干净了。当1927年我们家从北京搬到上海时,父亲买了两张半价车票把"哈奇"和"小花"都带到上海,可是到达的第二天,"小花"就不见了,一般"北京狗"十分金贵,一定是被人偷走了,我们一家人,尤其是母亲,难过了许多日子!

　　谢家从来没养过猫。人家都说"狗投穷,猫投富"。因为猫会上树、上房,看见哪家有好吃的便向哪家跑。狗就不是这样!我永远也忘不了,40年代我们住在重庆郊外歌乐山时,我的小女儿吴青从山路上抱回一只没人要的小黄狗,那时我们人都吃不好,别说喂狗了。抗战胜利后我们离开重庆时,就将这只小黄狗送给山上在金城银行工作的一位朋友。后来听我的朋友说,它就是不肯吃食——金城银行的宿舍里有许多人养狗,他们的狗食,当然比我们家的丰富得多,然而那只小黄狗竟然绝粒而死在"潜庐"的廊上!写到此我不禁落下了眼泪。

　　1947年后,我们到了日本,我的在美国同学的日本朋友,有一位送了一只白狗,有一位送了一只黑猫,给我们的孩子们。这两只良种的狗和猫,不但十分活泼,而且互相友好,一同睡在一只大篮子里,猫若是出去了很晚不回来,狗也不肯睡觉。1951年我们回国来,便把这两只小动物送给了儿女们的小朋友。

　　现在我们住的是学院里的楼房,北京又不许养狗。我们有过养猫的经验,知道了猫和主人也有很深的感情,我的小吴青十分兴奋地从我们的朋友宋蜀华家里抱了三只新生的小白猫让我挑,我挑了"咪咪",因为它有一只黑尾巴,身上有三处黑点,我说:"这猫是有名堂的,叫'鞭打绣球'。就要它吧。"关于这段故事,我曾在小说《明子和咪子》中描写过了。咪咪不算是我养的,因为我不能亲自喂它,也不能替它洗澡,——它的毛很长又厚,洗澡完了要用大毛巾擦,还得用吹风机吹。吴青夫妇每天给它买小鱼和着米饭喂它,但是它除了三顿好饭之外,每天在我早、午休之后还要到我的书桌上来吃"点心",那是广州精制的鱼片。只要我一起床,就看见它从我的窗台上跳下来，绕着我在地上打滚，直到我把一包鱼片撕碎喂完，它才乖乖地顺我的手势指向，跳到我的床上蜷卧下来，一直能睡到午间。

近来吴青的儿子陈钢，又从罗慎仪——我们的好友罗莘田的女儿——家里抱来一只纯白的蓝眼的波斯猫，因为它有个"奔儿头"，我们就叫它"奔儿奔儿"。它比"咪咪"小得多而且十分淘气，常常跳到蜷卧在我床上的咪咪身上，去逗它，咬它！咪咪是老实的，实在被咬急了，才弓起身来回咬一口，这一口当然也不轻！

我讨厌"奔儿奔儿"，因为它欺负咪咪，我从来不给它鱼片吃。吴青他们都笑说偏心！

1989年3月9日晨

（最初发表于《新观察》1989年第7期）

## 市场上买不到一尊女寿星

今年我的生日时,我的小老弟萧乾送来了一尊寿星,还附了一张条子,大意说:这世界上真不公平,我走遍了市场竟买不到一尊女寿星,只好送你一尊寿翁。小朋友李小雨送我贺寿的礼物,也是一尊小寿翁。

这便是数千年来重男轻女的一个铁证!虽然不但在中国,在全世界上妇女的寿命一般也长过于男子。

我想这可能是塑像或捏像的工匠都是男人,他们不会想起去塑或捏一尊女像。

我把人家送我的大小寿星,都转送给了过生日的男性朋友。我感谢我的朋友们对我的祝福,但却不大愿意把寿翁摆在我的玻璃书柜里。一来因为我从来不信神佛,二来我相信"天助自助者",没有神佛的保佑,我也挣扎着活到了九十岁!

1989 年 11 月 16 日<br>(最初发表于《随笔》1990 年第 2 期)

# 故乡的风采

1911年冬天当我从波澜壮阔的渤海边的山东烟台，回到微波粼粼的碧绿的闽江边的福建福州时，我曾写过这样的惊喜的话：我只知道有蔚蓝的海/却原来还有这碧绿的江/这是我的父母之乡！

在这山青水秀，柳绿花红的父母之乡的大家庭温暖热闹的怀抱里，我度过了新年、元宵、端午、中秋等绚烂节日，但是使我永远不忘的却是端午节。

我的曾祖父是在端午那一天逝世的，所以在我们堂屋后厅的墙上，高高地挂着曾祖父的画像，两旁挂着一副祖父手书的对联是：

　　谁道五丝能续命
　　每逢佳节倍思亲

虽然每年的端午节，我们四房的十几个堂兄弟姐妹，总是互相炫示从自己的外婆家送来的红兜肚五色线缠成的小粽子和绣花的小荷包等，但是一看到祖父在这一天却是特别地沉默时，我们便悄悄地躲到后花园里去纵情欢笑。

对于我，故乡的"绿"，最使我倾倒！无论是竹子也好，榕树也好……其实最伟大的还是榕树。它是油绿油绿的，在巨大的树干之外，它的繁枝，一垂到地上，就入土生根。走到一棵大榕树下，就像进入一片凉爽的丛林，怪不得人称福州为榕城，而我的二堂姐的名字，也叫做"婉榕"。

福州城内还有三座山：乌石山、于山和屏山。（1936年我到意大利的罗马时，当罗马友人对我夸说罗马城是建立在七座山头时，我就笑说：在我们中国的福建省小小的围墙内，也就有三座山。）我只记得我去过乌石山，因为在那座山上有两块很平滑的大石头，相倚而立，十分奇特，人家说这叫做"桃瓣李片"，因为它们像是一片桃子和一片李子倚在一起，这两片奇石给我的印象很深。

现在我要写的是："天下之最"的福州的健美的农妇！我在从闽江桥上坐轿子进城的途中，向外看时惊喜地发现满街上来来往往的尽是些健美的农妇！她们皮肤白皙，乌黑的头发上插着左右三条刀刃般雪亮的银簪子，穿着青色的衣裤，赤着脚，袖口和裤腿都挽了起来，肩上挑的是菜筐、水桶以及各种各色可以用肩膀挑起来的东西，健步如飞，充分挥洒出解放了的妇女的气派！这和我在山东看到的小脚女人跪在田地里做活的光景，心理上的苦乐有天壤之别。我的心底涌出了一种说不出来的痛快！在以后的几十年中，我也见到了日本、美国、英国、法国和苏联的农村妇女，觉得天下没有一个国家的农村妇女，能和我故乡的"三条簪"相比，在俊俏上，在勇健上，在打扮上，都差得太远了！

我也不要光谈故乡的妇女，还有几位长者，是我祖父的朋友，在国内也是名人：第一位是严复老先生，就是他把我的十七岁的父亲带到他任教的天津水师学堂去的。我在父亲的书桌上看到了严老先生译的英国名家斯宾塞写的《群学肆言》和穆勒写的《群己权界论》等等。这些社会科学的名著，我当然看不懂，但我知道这都是风靡一时的新书，在社会科学界评价很高。

在祖父的书桌上，我还看到一本线装的林纾译的《茶花女遗事》。那是一本小说，林纾老先生不懂外文，都是别人口述，由他笔译的。我非常喜欢他的文章，只要书店里有林译小说，我都去买来看。他的译文十分传神，以后我自己能读懂英文原著时，如《汤姆叔叔的小屋》，林译作《黑奴吁天录》，我觉得原文就不如译本深刻。

关于林纾（琴南）老先生，我还从梅兰芳先生那里听到一些轶事，那是五十年代中期，我们都是人大代表的时候，梅先生说：他和福芝芳女士结婚时，林老先生曾送他们一条横幅，"芝兰之室"。还有一次是为福建什么天灾（我记得仿佛那是我十三四岁时的事）募捐在北京演戏，梅先生不要报酬，只要林琴南老先生的一首诗，当时梅先生曾念给我听，我都记不完全了，记得是：

雪作精神玉不瑕
××××鬓堆鸦
剧怜宝月珠灯夜
吹彻银笙演葬花

此外还有林则徐老先生，他的丰功伟业，如毅然火烧英商运来的鸦片，以及贬谪后到了伊犁，为吐鲁番农民掘"坎儿井"的事，几乎家弦户诵不必多说了。我却记得我福州家里有他写的一副对联：

海纳百川有容乃大
壁立千仞无欲则刚

比他们年轻的一代，如在黄花岗七十二烈士碑上，我找到已知是福建人的有三位：方声洞，林觉民，陈可钧，而陈可钧还得叫我表姑呢。

　　一提起我的父母之乡，我的思绪就纷至沓来，不知从哪里说起，我的客人又多，这篇文章不知中断了几次，就此搁笔吧。在此我敬祝我的人杰地灵的父母之乡，永远像现在这样地繁荣富强下去！

1990 年 4 月 29 日

（最初发表于《福建文学》1990 年第 8 期）

# 我梦中的小翠鸟

六月十五夜,在我两次醒来之后,大约是清晨五时半吧,我又睡着了,而且做了一个使我永不忘怀的梦。

我梦见:我仿佛是坐在一辆飞驰着的车里,这车不知道是火车?是大面包车?还是小轿车?但这些车的坐垫和四壁都是深红色的。我伸着左掌,掌上立着一只极其纤小的翠鸟。

这只小翠鸟绿得夺目,绿得醉人!它在我掌上清脆吟唱着极其动听的调子。那高亢的歌声和它纤小的身躯,毫不相称。

我在梦中自己也知道这是个梦。我对自己说,醒后我一定把这个神奇的梦,和这个永远铭刻在我心中的小翠鸟写下来……这时窗外啼鸟的声音把我从双重的梦中唤醒了,而我的眼中还闪烁着那不可逼视、翠绿的光,耳边还缭绕着那动人的吟唱。

做梦总有个来由吧?是什么时候、什么回忆、什么所想,使我做了这么一个翠绿的梦?我想不出来了。

一九九〇年六月十六日响晴之晨

## 谈孟子和民主

听说日本著名作家井上靖先生，写了一本叫作《孔子》的书，在日本大受欢迎，成了畅销书之一。对于至圣先师孔子，我当也极尊崇。我小时候在私塾里，也读过背过一部《论语》，以后又读、背过《孟子》，可惜只读了一章，我便进了学校，改读"国文教科书"了。

前年我托朋友买了一本《十三经》，想自己阅读古人的书，以补我的对于祖国古典经史知识之不足。这十三经是：1. 周易，2. 尚书，3. 毛诗，4. 周礼，5. 仪礼，6. 礼记，7. 春秋左传，8. 春秋公羊传，9. 春秋穀梁传，10. 论语，11. 孝经，12. 尔雅，13. 孟子。

我不厌其烦地写出了《十三经》每一卷的名字，因为我读了前几卷，有的不懂，如《周易》，有的太繁琐了，如《礼记》之类，只有《毛诗》还看得进去。一直看到第十三卷《孟子》，我心里忽然感到豁然开朗，没想到两千多年以前的古人，就主张"民主"，且言论精辟深刻！我希望读者们都自己去找出这本古书来，细细地读它一遍！在这里我只能举出一些给我印象最深的几点：

他主张"与民同乐"，他处处重视"人民"，把"人民"放在"君主"之上。

他说，国人皆曰可用，则用之；国人皆曰可杀，则杀之。这里的"国人"，就是"老百姓"，就是"人民"。凡事不能由"君王"擅自作主。

他主张君臣平等，他说君之视臣如土芥，则臣视君如寇仇。意思是当君王把人民踩在脚下的时候，人民就可以把君王当做敌人。这话说得多么直接痛快！

他的"大丈夫"的定义，也是极其深刻的。"大丈夫"用现代的话说，就是"堂堂男子汉"，是个极其自豪的名词。孟子说："富贵不能淫，贫贱不能移，威武不能屈，此之谓大丈夫。"他把"富贵不能淫"放在首位，足见"贫贱不能移，威武不能屈"凡是有操守的人都还容易做到，富贵了而能不被淫是比较困难的。因为富贵了必然有权，有权就有了一切，"一朝权在手，便把令来行"；有了权就可以胡作非为，什么民意，都可以不顾了！这些都是富贵能淫的人。富贵了而能不被淫的人，从我国几千年的封建历史上看，几乎数不出几个来！

一九八九年十一月二十九日

## 玻璃窗内外的喜悦

我的"堂屋",南方人叫做"大厅"的,外面没有凉台,阳光直射,而且那扇大玻璃窗,大得几乎占了半片南墙,因此非常明亮。

三天以来,每晨七时,我吃早饭的时候,窗外一定有只黄豆大小的蜘蛛,挂在窗前上部,我看不见那纤细的蛛网,只看到那只不时蠕动着的蜘蛛,它是昨夜在我窗外吃蚊蝇的,早晨还来不及走,我觉得它非常、非常的可爱。可是早晨一过它便不见了,大概太阳一出来,它又回到窗外墙角窝里去了吧。总之,从此每天早晨一见到它,我这半天就感到高兴。

在这个窗台上,我还摆上一大盆向阳花,若是阴天下雨,盆里就只见满盆的细叶,只要有一点阳光。这一满盆的橘黄和浅红的五瓣的小花,立刻一齐开放出来,争妍斗艳,也使我非常非常的喜悦!

我喜欢阳光!天气的阴晴总会影响我的情绪,阴天或下雨,我的心情就不开朗,无端地惆怅抑郁。可是太阳花一开始开放,我就知道太阳一定出来,我这一天就欢畅了起来。

这时忽然想起:古人有句云:"有好友来如对月,得奇书读胜看花。"我曾在朋友留字的本子上题过它,也有朋友替我找出了这两句诗的出处,我到底还是忘了是哪位古人写的,现在细细品味起来,这两句诗并不怎么好!月光比较清冷,它引起的联想,多半是忧愁感喟。看月都是在夜里,这时人们多是情静孤独,如李白之

于日本东京(1947年)

冰心夫妇在日本东京寓所前

"举头望明月,低头思故乡"这种的诗,中国是太多了,不必多引。至于写太阳的诗呢,我所知道的,就是"锄禾日当午,汗滴禾下土,谁知盘中餐,粒粒皆辛苦"。总之,月光是使人流泪的,阳光是使人流汗的,白天人们都忙于工作,劳动,没有心思作诗。

至于"有好友来"是否"如对月"呢?我就没有这种感觉!有好友来时,我们的谈话是热闹的,无忌的,暖烘烘的,像一片灿烂的阳光。"如对月"的,就是那一种应酬的,客客气气的,无事不来,言归正传后,就"拜辞"的所谓"朋友"。

"得奇书读胜看花"这句也不现实,现在的"奇书"是太少太少了!而现在我的书桌上,窗台上都到处是花:太阳花、荷花、君子兰、月季……而且花像孩子,没有一种不可爱的,(香味又当别论)连那最贱的、花瓣很厚又没有一点光泽的"死不了",也不让人讨厌。与其望穿双眼去等那不可必得的奇书,不如随时随地观赏我所喜爱的花朵——有人来了,就此打住。

1991年9月12晨

(最初发表于《文汇报》1991年10月16日)

## 我的家在哪里？

梦，最能"暴露"和"揭发"一个人灵魂深处连自己都没有意识到的"向往"和"眷恋"。梦，就会告诉你，你自己从来没有想过的地方和人。

昨天夜里，我忽然梦见自己在大街旁边喊"洋车"。有一辆洋车跑过来了，车夫是一个膀大腰圆，脸面很黑的中年人，他放下车把，问我："你要上哪儿呀？"我感觉到他称"你"而不称"您"，我一定还很小，我说："我要回家，回中剪子巷。"他就把我举上车去，拉起就走。走穿许多黄土铺地的大街小巷，街上许多行人，男女老幼，都是"慢条斯理"地互相作揖、请安、问好，一站就站老半天。

这辆洋车没有跑，车夫只是慢腾腾地走呵走呵，似乎走遍了北京城，我看他褂子背后都让汗水湿透了，也还没有走到中剪子巷！

这时我忽然醒了，睁开眼，看到墙上挂着的文藻的相片，我迷惑地问我自己："这是谁呀？剪子巷里没有他！"连文藻都不认识了，更不用说睡在我对床的陈玙大姐和以后进到屋里来的女儿和外孙了！

只有住着我的父母和弟弟们的中剪子巷才是我灵魂深处永久的家。连北京的前圆恩寺，在梦中我也没有去找过，更不用说美国的娜安辟迦楼，北京的燕南园，云南的默庐，四川的潜庐，日本东京麻布区，以及伦敦、巴黎、柏林、开罗、莫斯科一切我住过的地方，偶然也会在我梦中出现，但都不是我的"家"！

这时，我在枕上不禁回溯起这九十年所走过的甜、酸、苦、辣的生命道路，真是"万千恩怨集今朝"，我的眼泪涌了出来……

前天下午我才对一位年轻朋友戏说，"我这人真是'一无所有'！从我身上是无'权'可'夺'，无'官'可'罢'，无'级'可'降'，无'款'可'罚'，地道的无顾无虑，无牵无挂，抽身便走的人，万万没有想到我还有一个我自己不知道的，牵不断，割不断的朝思暮想的'家'！"

(最初发表于《中国文化》1992年第6期)

## "孝"字怎么写

记得我母亲逝世的时候,我们家得到的许多奠仪中,有不少捆的金银纸箔。我们家供祖从来都不烧纸,因此那些纸箔都捆着放在一边。有一天一位长辈来了,看见母亲灵前只烧着一炉檀香,灵桌前连一个火盆也没有,金银纸箔也没有被叠起焚化,他心里大不以为然,出去就对人说:"人家都说谢家孩子孝顺,我看他们连'孝'字都不知道怎么写!"听到这句话的另一位长辈又把这话传给我们,我们只有相对苦笑。

真的,在我们家里,很少听见"孝顺"这两个字。当我们1911年从烟台回到福州大家庭时,父母亲只嘱咐我们说:"回去在大家庭里不能那么'野'了,对祖父尤其要尊敬。"

回去在大家庭里,祖父也从来没有教训我们要"孝顺"。倒是我的三个小弟弟彼此嘲笑时,例如父母亲吩咐做一件事情,有一个抢先做了,得了夸奖,其余的两个就站在远处,笑着说:"孝子,真孝顺,廿四孝加上你,廿五孝了!"于是又引起一番吵架。

大概那时我们都看过《二十四孝》那本书,其中有"王祥卧冰"、"孟春哭竹"等极不科学的愚孝的表现。尤其是"郭巨埋儿",我认为那是最不人道而且是最不孝的一件事,因为儿子分吃了父母的食粮,就把儿子活埋了,那是什么心理?!要丢掉儿子,就是把儿子卖了也不至于伤父母的心。他的所以要"埋儿",只为的是掘地得到金银为伏笔!尽孝为的是得到金银,这"居心"还"可问"吗?

我想《论语》里谈到"孝"时最多,孔子是因人施教的,对"孝"字有不同的解释。但也有使人不解的地方,如:"三年无改于父之道,可谓孝矣。"我认为那也看那"父"是什么样的人,假如那"父"是岳飞,不必说"三年无改",就是"终身"也不能改;假如那"父"是秦桧,那是一分一秒也不能学的!

我又去翻了《孝经》,看到了《谏诤章》,我心里廓然开朗,特此恭录如下:

> 曾子曰:"若夫慈爱恭敬,安亲扬名则闻命矣。敢问子从父之令,可谓孝乎?"子曰:"是何言与,是何言与(重复一句,极言其不可也,冰心注)。昔者天子有争臣七人,虽无道,不失其天下;诸侯有争臣五人,虽无道,不失其国;大夫有争臣三人,虽无道,不失其家;士有争友,则身不离于令名;父有争子,则身不陷于不义。故当不义,则子不可以不争于父,臣不可以不争于君;故当不义,则争之,从父之令,又焉得为孝乎?"

抄完这一段,我真是"心悦诚服"了。此孔子之所以为"至圣先师"也!

一九九一年十一月十六日之晨

## 五行缺火

我出生的那一天，全家都很兴奋，我的姑母把我的生辰八字拿去算命。算命先生除了说许多好话之外，还说我命里"五行缺火"。那时我的父亲在海上服务，我的二伯父谢葆璋先生就给我取了名字，叫"婉莹"。因为"莹"上面有两个"火"字。（"婉"字是我家姐妹的排行，我的三个堂姐：大伯父房里的大姐，就叫"婉珠"，二姐叫"婉榕"，四叔父房里的三姐叫"婉聪"。）

这一下子，我的"肝火"就"旺"了！我的脾气急得很，刚会说话就"口吃"，因为一肚子的话，恨不得一口气就都说了出来。想做的事情，要立刻就做；想要的东西，要立刻到手。我的母亲十分严厉地对我说："你这种脾气，就是不能'处世为人'的！你要发脾气，只能对自己发，决不能对别人发。"因为每逢有我看不过的事情，或想不通的事，只有自己使劲搓着双掌，或握拳捶着自己的头。

再大一点，上了中学，会使用文字了，我才高兴起来。一切不顺眼、不称心的事，我都可以用文字写了出来。我用小说体裁，写了《斯人独憔悴》，《秋雨秋风愁煞人》等短篇。

如今，每当"肝火旺"的时候，我还要写，年轻的编辑们就笑说："老太太的文章好是好，就是烫手。"烫手？！我有什么好说的？谁让我头上顶着两团"火"呢？

一九九二、八、十八

# 第 四 辑

# 我的故乡

我生于一九〇〇年十月五日（农历庚子年闰八月十二日），七个月后我就离开了故乡——福建福州。但福州在我的心里，永远是我的故乡，因为它是我的父母之乡。我从父母亲口里听到的极其琐碎而又极其亲切动人的故事，都是以福州为背景的。

我母亲说：我出生在福州城内的隆普营。这所祖父租来的房子里，住着我们的大家庭，院里有一个池子，那时福州常发大水，水大的时候，池子里的金鱼都游到我们的屋里来。

我的祖父谢銮恩（子修）老先生，是个教书匠，在城内的道南祠授徒为业。他是我们谢家第一个读书识字的人。我记得在我十一岁那年（一九一一年），从山东烟台回到福州的时候，在祖父的书架上，看到薄薄的一本套红印的家谱。第一位祖父是昌武公，以下是顺云公、以达公，然后就是我的祖父。上面仿佛还讲我们谢家是从江西迁来的，是晋朝谢安的后裔。但是在一个清静的冬夜，祖父和我独对的时候，他忽然摸着我的头说："你是我们谢家第一个正式上学读书的女孩子，你一定要好好地读呵。"说到这里，他就源源本本地讲起了我们贫寒的家世！原来我的曾祖父以达公，是福建长乐县横岭乡的一个贫农，因为天灾，逃到了福州城里学做裁缝。这和我们现在遍布全球的第一代华人一样，都是为祖国的天灾人祸所迫，飘洋过海，靠着不用资本的三把刀，剪刀（成衣业）、厨刀（饭馆业）、剃刀（理发业）起家的，不过我的曾祖父还没有逃得那么远！

那时做裁缝的是一年三节,即春节、端午节、中秋节,才可以到人家去要账。这一年的春节,曾祖父到人家要钱的时候,因为不认得字,被人家赖了账,他两手空空垂头丧气地回到家里,等米下锅的曾祖母听到这不幸的消息,沉默了一会,就含泪走了出去,半天没有进来。曾祖父出去看时,原来她已在墙角的树上自缢了!他连忙把她解救了下来,两人抱头大哭;这一对年轻的农民,在寒风中跪下对天立誓:将来如蒙天赐一个儿子,拼死拼活,也要让他读书识字,好替父亲记账、要账。但是从那以后我的曾祖母却一连生了四个女儿,第五胎才来了一个男的,还是难产。这个难得出生的男孩,就是我的祖父谢子修先生,乳名"大德"的。

这段故事,给我的印象极深,我的感触也极大!假如我的祖父是一棵大树,他的第二代就是树枝,我们就都是枝上的密叶;叶落归根,而我们的根,是深深地扎在福建横岭乡的田地里的。我并不是"乌衣门第"出身,而是一个不识字、受欺凌的农民裁缝的后代。曾祖父的四个女儿,我的祖姑母们,仅仅因为她们是女孩子,就被剥夺了读书识字的权利!当我把这段意外的故事,告诉我的一个堂哥哥的时候,他却很不高兴地问我是听谁说的?当我告诉他这是祖父亲口对我讲的时候,他半天不言语,过了一会才悄悄地吩咐我,不要把这段故事再讲给别人听。当下,我对他的"忘本"和"轻农"就感到极大的不满!从那时起,我就不再遵守我们谢家写籍贯的习惯。我写在任何表格上的籍贯,不再是祖父"进学"地点的"福建闽侯",而是"福建长乐",以此来表示我的不同意见!

我这一辈子,到今日为止,在福州不过前后呆了两年多,更不用说长乐县的横岭乡了。但是我记得在一九一一年到一九一二年之间我们在福州的时候,横岭乡有几位父老,来邀我的父亲回去一趟。他们说横岭乡小，总是受人欺侮，如今族里出了一个军官，应该带几个兵勇回去夸耀夸耀。父亲恭敬地说：他可以回去祭祖，但是他没有兵，也不可能带兵去。我还记得父老们送给父亲一个红纸包的见面礼，那是一百个银角子，合起来值十个银元。父亲把这一个红纸包退回了，只跟父老们到横岭乡去祭了祖。一九二〇年前后，我在北京《晨报》写过一篇叫做《还乡》的短篇小说，就讲的是这个故事。现在这张剪报也找不到了。

从祖父和父亲的谈话里，我得知横岭乡是极其穷苦的。农民世世代代在田地上辛勤劳动，过着蒙昧贫困的生活，只有被卖去当"戏子"，才能逃出本土。当我看到那包由一百个银角子凑成的"见面礼"时，我联想到我所熟悉的山东烟台东山金钩寨的穷苦农民来，我心里涌上了一股说不出来难过的滋味！

我很爱我的祖父，他也特别的爱我，一来因为我不常在家，二来因为我虽然常去看书，却从来没有翻乱他的书籍，看完了也完整地放回原处。一九一一年我回到福州的时候，我是时刻围绕在他的身边转的。那时我们的家是住在"福州城内南后街杨桥巷口万兴桶石店后"。这个住址，现在我写起来还非常地熟悉、亲切，因为自从我会写字起，我的父母亲就时常督促我给祖父写信，信封也要我自己写。这所房子很大，住着我们大家庭的四房人。祖父和我们这一房，就住在大厅堂的两边，我们这边的前后房，住着我们一家六口，祖父的前后房，只有他一个人，和满屋满架的书，那里成了我的乐园，我一得空就钻进去翻书看。我所看过的书，给我的印象最深的是清袁枚（子才）的笔记小说《子不语》，还有我祖父的老友林纾（琴南）老先生翻译的线装的法国名著《茶花女遗事》。这是我以后竭力搜求"林译小说"的开始，也可以说是我追求阅读西方文学作品的开始。

　　我们这所房子,有好几个院子,但它不像北方的"四合院"的院子,只是在一排或一进屋子的前面,有一个长方形的"天井",每个"天井"里都有一口井,这几乎是福州房子的特点。这所大房里,除了住人的以外,就是客室和书房。几乎所有的厅堂和客室、书房的柱子上墙壁上都贴着或挂着书画。正房大厅的柱子上有红纸写的很长的对联,我只记得上联的末一句是"江左风流推谢傅",这又是对晋朝谢太傅攀龙附凤之作,我就不屑于记它!但这些挂幅中的确有许多很好很值得记忆的,如我的伯叔父母居住的东院厅堂的楹联,就是:

　　海阔天高气象
　　风光月霁襟怀

又如西院客室楼上有祖父自己写的:

　　知足知不足
　　有为有弗为

这两副对联,对我的思想教育极深。祖父自己写的横幅,更是到处都有。我只记得有在道南祠种花诗中的两句:

　　花花相对叶相当
　　红紫青蓝白绿黄

在西院紫藤书屋的过道里还有我的外叔祖父杨维宝(颂岩)老先生送给我祖父的一副对联是：

有子才如不羁马
知君身是后凋松

那几个字写得既圆润又有力！我很喜欢这一副对子，因为"不羁马"夸奖了他的侄婿、我的父亲，"后凋松"就称赞了他的老友，我的祖父！

从"不羁马"应当说到我的父亲谢葆璋(镜如)了。他是我祖父的第三个儿子。我的两个伯父，都继承了我祖父的职业，做了教书匠。在我父亲十七岁那年，正好祖父的朋友严复(又陵)老先生，回到福州来招海军学生，他看见了我的父亲，认为这个青年可以"投笔从戎"，就给我父亲出了一道诗题，是"月到中秋分外明"，还有一道八股的破题。父亲都做出来了。在一个穷教书匠的家里，能够有一个孩子去当"兵"领饷，也还是一件好事，于是我的父亲就穿上一件用伯父们的两件长衫和半斤棉花缝成的棉袍，跟着严老先生到天津紫竹林的水师学堂，去当了一名驾驶生。

父亲大概没有在英国留过学，但是作为一名巡洋舰上的青年军官，他到过好几个国家，如英国、日本。我记得他曾气愤地对我们说："那时堂堂一个中国，竟连一首国歌都没有！我们到英国去接收我们中国购买的军舰，在举行接收典礼仪式时，他们竟奏一首《妈妈好糊涂》的民歌调子，作为中国的国歌，你看！"

甲午中日海战之役，父亲是"威远"舰上的枪炮二副，参加了海战。这艘军舰后来在威海卫被击沉了。父亲泅到刘公岛，从那里又回到了福州。

我的母亲常常对我谈到那一段忧心如焚的生活。我的母亲杨福慈，十四岁时她的父母就相继去世，跟着她的叔父颂岩先生过活，十九岁嫁到了谢家。她的婚姻是在她九岁时由我的祖父和外祖父做诗谈文时说定的。结婚后小夫妻感情极好，因为我父亲长期在海上生活，"会少离多"，因此他们通信很勤，唱和的诗也不少。我只记得父亲写的一首七绝中的三句：

×××××××，
此身何事学牵牛，
燕山闽海遥相隔，
会少离多不自由。

甲午海战爆发后，因为海军里福州人很多，阵亡的也不少，因此我们住的这条街上，今天是这家糊上了白纸的门联，明天又是那家糊上白纸门联。母亲感到这副白纸门联，总有一天会糊到我们家的门上！她悄悄地买了一盒鸦片烟膏，藏在身上，准备一旦得到父亲阵亡的消息，她就服毒自尽。祖父看到了母亲沉默而悲哀的神情，就让我的两个堂姐姐，日夜守在母亲身旁。家里有人还到庙里去替我母亲求签，签上的话是：

筵已散，
堂中寂寞恐难堪，
若要重欢，
除是一轮月上。

母亲半信半疑地把签纸收了起来。过了些日子,果然在一个明月当空的夜晚,听到有人敲门,母亲急忙去开门时,月光下看见了辗转归来的父亲!母亲说:"那时你父亲的脸,才有两个指头那么宽!"

从那时起,这一对年轻夫妻,在会少离多的六七年之后,才厮守了几个月。那时母亲和她的三个妯娌,每人十天替大家庭轮流做饭,父亲便帮母亲劈柴、生火、打水,做个下手。不久,海军名宿萨鼎铭(镇冰)将军,就来了一封电报,把我父亲召出去了。

一九一二年,我在福州时期,考上了福州女子师范学校预科,第一次过起了学校生活。头几天我还很不惯,偷偷地流过许多眼泪,但我从来没有对任何人说过,怕大家庭里那些本来就不赞成女孩子上学的长辈们,会出来劝我辍学!但我很快地就交上了许多要好的同学。至今我还能顺老师上班点名的次序,背诵出十几个同学的名字。福州女师的地址,是在城内的花巷,是一所很大的旧家第宅,我记得我们课堂边有一个小池子,池边种着芭蕉。学校里还有一口很大的池塘,池上还有一道石桥,连接在两处亭馆之间。我们的校长是黄花岗七十二烈士之一的方声洞先生的姐姐,方君瑛女士。我们的作文老师是林步瀛先生。在我快离开女师的时候,还来了一位教体操的日本女教师,姓石井的,她的名字我不记得了。我在这所学校只读了三个学期,中华民国成立后,海军部长黄钟瑛(赞侯),又来了一封电报,把父亲召出去了。不久,我们全家就到了北京。

我对于故乡的回忆,只能写到这里,十几年来,我还没有这样地畅快挥写过!我的回忆像初融的春水,涌溢奔流。十几年来,睡眠也少了,"晓枕心气清",这些回忆总是使人欢喜而又惆怅地在我心头反复涌现。这一幕一幕的图画或文字，都是我的弟弟们没有看过或听过的，即使他们看过听过，他们也不会记得懂得的，更不用说我的第二代第三代了。我有时想如果不把这些写记下来，将来这些图文就会和我的刻着印象的头脑一起消失。这是否可惜呢？但我同时又想，这些都是关于个人的东西，不留下或被忘却也许更好。这两种想法在我心里矛盾了许多年。

一九三六年冬，我在英国的伦敦，应英国女作家弗吉尼亚·沃尔夫(Virginia Wolf)之约，到她家喝茶。我们从伦敦的雾，中国和英国的小说、诗歌，一直谈到当时英国的英王退位和中国的西安事变。她忽然对我说："你应该写一本自传。"我摇头笑说："我们中国人没有写自传的风习，而且关于我自己也没有什么可写的。"她说："我倒不是要你写自己，而是要你把自己作为线索，把当地的一些社会现象贯穿起来，即使是关于个人的一些事情，也可作为后人参考的史料。"我当时没有说什么，谈锋又转到别处去了。

事情过去四十三年了，今天回想起来，觉得她的话也有些道理。"思想再解放一点"，我就把这些在我脑子里反复呈现的图画和文字，奔放自由地写在纸上。

记得在半个世纪之前，在我写《往事》(之一)的时候，曾在上面写过这么几句话：

  索性凭着深刻的印象，
    将这些往事
     移在白纸上罢——
  再回忆时
    不向心版上搜索了！

这几句话,现在还是可以应用的。把这些图画和文字,移在白纸上之后,我心里的确轻松多了!

一九七九年二月十一日

## 我的童年

我生下来七个月,也就是一九〇一年的五月,就离开我的故乡福州,到了上海。

那时我的父亲是"海圻"巡洋舰的副舰长,舰长是萨镇冰先生。巡洋舰"海"字号的共有四艘,就是"海圻"、"海筹"、"海琛"、"海容",这几艘军舰我都跟着父亲上去过。听说还有一艘叫做"海天"的,因为舰长驾驶失误,触礁沉没了。

上海是个大港口,巡洋舰无论开到哪里,都要经过这里停泊几天,因此我们这一家便搬到上海来,住在上海的昌寿里。这昌寿里是在上海的哪一区,我就不知道了,但是母亲所讲的关于我很小时候的故事,例如我写在《寄小读者》通讯(十)里面的一些,就都是以昌寿里为背景的。我关于上海的记忆,只有两张相片作为根据,一张是父亲自己照的:年轻的母亲穿着沿着阔边的衣裤,坐在一张有床架和帐楣的床边上,脚下还摆着一个脚炉,我就站在她的身旁,头上是一顶青绒的帽子,身上是一件深色的棉袍。父亲很喜欢玩些新鲜的东西,例如照相,我记得他的那个照相机,就有现在卫生员背的药箱那么大!他还有许多冲洗相片的器具,至今我还保存有一个玻璃的漏斗,就是洗相片用的器具之一。另一张相片是在照相馆照的,我的祖父和老姨太坐在茶几的两边,茶几上摆着花盆、盖碗茶杯和水烟筒,祖父穿着夏天的衣衫,手里拿着扇子;老姨太穿着沿着阔边的上衣,下面是青纱裙子。我自己坐在他们中间茶几前面的一张小椅子上,头上梳着两个丫角,身上穿的是浅色衣裤,两手按在膝头,手腕和脚踝上都戴有银镯子,看样子不过有两三岁,至少是会走了吧。

父亲四岁丧母,祖父一直没有再续弦,这位老姨太大概是祖父老了以后才娶的。我在一九一一年回到福州时,也没有听见家里人谈到她的事,可见她在我们家里的时间是很短暂的,记得我们住在山东烟台的时期内,祖父来信中提到老姨太病故了。当我们后来拿起这张相片谈起她时,母亲就夸她的活计好,她说上海夏天很热,可是老姨太总不让我光着膀子,说我背上的那块蓝"记"是我的前生父母给涂上的,让他们看见了就来讨人了。她又知道我母亲不喜欢红红绿绿的,就给我做白洋纱的衣裤或背心,沿着黑色烤绸的边,看去既凉爽又醒目。母亲说她太费心了,她说费事倒没有什么,就是太素淡了。的确,我母亲不喜欢浓艳的颜色,我又因为从小男装,所以我从来没有扎过红头绳。现在,这两张相片也找不到了。

在上海那两三年中,父亲隔几个月就可以回来一次。母亲谈到夏天夜里,父亲有时和她坐马车到黄浦滩上去兜风,她认为那是她在福州时所想望不到的。但是父亲回到家来,很少在白天出去探亲访友,因为舰长萨镇冰先生说不定什么时候就会派水手来叫他。萨镇冰先生是父亲在海军中最敬仰的上级,总是亲昵地称他为"萨统"。("统"就是"统领"的意思,我想这也和现在人称的"朱总"、"彭总"、"贺总"差不多。)我对萨统的印象也极深。记得有一次,我拉着一个来召唤我父亲的水手,不让他走,他笑说:"不行,不走要打屁股的!"我问:"谁叫打?用什么打?"他说:"军官叫打就打,用绳子打,打起来就是'一打','一打'就是十二下。"我说:"绳子打不疼吧?"他用手指比划着说:"喝!你试试看，我们船上用的绳索粗着呢，浸透了水，打起来比棒子还疼呢！"我着急地问："我父亲若不回去，萨统会打他吧？"他摇头笑说："不会的，当官的顶多也就记一个过。萨统很少打人，你父亲也不打人，打起来也只打'半打'，还叫用干索子。"我问："那就不疼了吧？"他说："那就好多了……"这时父亲已换好军装出来，他就笑着跟在后面走了。

大概就在这个时候，母亲生了一个妹妹，不几天就夭折了。头几天我还搬过一张凳子，爬上床上去亲她的小脸，后来床上就没有她了。我问妹妹哪里去了，祖父说妹妹逛大马路去了，但她始终就没有回来！

一九〇三——一九〇四年之间，父亲奉命到山东烟台去创办海军军官学校。我们搬到烟台，祖父和老姨太又回到福州去了。

我们到了烟台，先住在市内的海军采办厅，所长叶茂蕃先生让出一间北屋给我们住。南屋是一排三间的客厅，就成了父亲会客和办公的地方。我记得这客厅里有一副长联是：

此地有崇山峻岭茂林修竹
是能读三坟五典八索九丘

我提到这一副对联，因为这是我开始识字的一本课文！父亲那时正忙于拟定筹建海军学校的方案，而我却时刻缠在他的身边，说这问那，他就停下笔指着那副墙上的对联说："你也学着认认字好不好？你看那对子上的山、竹、三、五、八、九这几个字不都很容易认吗？"于是我就也拿起一支笔，坐在父亲的身旁一边学认一边学写，就这样，我把对联上的二十二个字都会念会写了，虽然直到现在我还不知道这"三坟五典八索九丘"究竟是哪几本古书。

不久，我们又搬到烟台东山北坡上的一所海军医院去寄居。这时来帮我父亲做文书工作的，我的舅舅杨子敬先生，也把家从福州搬来了，我们两家就住在这所医院的三间正房里。

这所医院是在陡坡上坐南朝北盖的，正房比较阴冷，但是从廊上东望就看见了大海！从这一天起，大海就在我的思想感情上占了一个极其重要的位置。我常常心里想着它，嘴里谈着它，笔下写着它；尤其是三年前的十几年里，当我忧从中来，无可告语的时候，我一想到大海，我的心胸就开阔了起来，宁静了下去！一九二四年我在美国养病的时候，曾写信到国内请人写一副"集龚"的对联，是：

世事沧桑心事定
胸中海岳梦中飞

谢天谢地，因为这副很短小的对联，当时是卷起压在一只大书箱的箱底的，"四人帮"横行，我家被抄的时候，它竟没有和我其他珍藏的字画一起被抄走！

现在再回来说这所海军医院。它的东厢房是病房，西厢房是诊室，有一位姓李的老大夫，病人不多。门房里还住着一位修理枪支的师傅，大概是退伍军人吧！我常常去蹲在他的炭炉旁边，和他攀谈。西厢房的后面有个大院子，有许多花果树，还种着满地的花，还养着好几箱的蜜蜂，花放时热闹得很。我就因为常去摘花，被蜜蜂螫了好几次，每次都是那位老大夫给我上的药，他还告诫我：花是蜜蜂的粮食，好孩子是不抢人的粮食的。

这时，认字读书已成了我的日课，母亲和舅舅都是我的老师，母亲教我认"字片"，舅舅教我的课本，是商务印书馆的国文教科书第一册，从"天地日月"学起。有了海和山作我的活动场地，我对于认字，就没有了兴趣，我在一九三二年写的《冰心全集》自序中，曾有过这一段，就是以海军医院为背景的：

　　……有一次母亲关我在屋里，叫我认字，我却挣扎着要出去。父亲便在外面，用马鞭子重重地敲着堂屋的桌子，吓唬我，可是从未打到我的头上的马鞭子，也从未把我爱跑的癖气吓唬回去……

　　不久，我们又翻过山坡，搬到东山东边的海军练营旁边新盖好的房子里。这座房子盖在山坡挖出来的一块平地上，是个四合院，住着筹备海军学校的职员们。这座练营里已住进了一批新招来的海军学生，但也住有一营（？）的练勇（大概那时父亲也兼任练营的营长）。我常常跑到营门口去和站岗的练勇谈话。他们不像兵舰上的水兵那样穿白色军装。他们的军装是蓝布包头，身上穿的也是蓝色衣裤，胸前有白线绣的"海军练勇"字样。当我跟着父亲走到营门口，他们举枪立正之后，父亲进去了就挥手叫我回来。我等父亲走远了，却拉那位练勇蹲了下来，一面摸他的枪，一面问："你也打过海战吧？"他摇头说："没有。"我说："我父亲就打过，可是他打输了！"他站了起来，扛起枪，用手拍着枪托子，说："我知道，你父亲打仗的时候，我还没当兵呢。你等着，总有一天你的父亲还会带我们去打仗，我们一定要打个胜仗，你信不信？"这几句带着很浓厚山东口音的誓言，一直在我的耳边回响着！

回到北京后的冰心在写作(1951年)

冰心(前右二)在印度大使馆的招待会上(1953年)

回想起来，住在海军练营旁边的时候，是我在烟台八年之中，离海最近的一段。这房子北面的山坡上，有一座旗台，是和海上军舰通旗语的地方。旗台的西边有一条山坡路通到海边的炮台，炮台上装有三门大炮，炮台下面的地下室里还有几个鱼雷，说是"海天"舰沉后捞上来的。这里还驻有一支穿白衣军装的军乐队，我常常跟父亲去听他们演习，我非常尊敬而且羡慕那位乐队指挥！炮台的西边有一个小码头。父亲的舰长朋友们来接送他的小汽艇，就是停泊在这码头边上的。

写到这里，我觉得我渐渐地进入了角色！这营房、旗台、炮台、码头，和周围的海边山上，是我童年初期活动的舞台。我在一九六二年九月十八日夜曾写过一篇叫做《海恋》的散文，里面有：

> ……我童年活动的舞台上，从不更换布景……在清晨我看见金盆似的朝日，从深黑色、浅灰色、鱼肚白色的云层里，忽然涌了上来，这时太空轰鸣，浓金泼满了海面，染透了诸天……在黄昏我看见银盘似的月亮颤巍巍地捧出了水平，海面变成一层层一道道的由浓黑而银灰渐渐地漾成光明闪烁的一片……这个舞台，绝顶静寂，无边辽阔，我既是演员，又是剧作者。我虽然单身独自，我却感到无限的欢畅与自由。

就在这个期间，一九〇六年，我的大弟谢为涵出世了。他比我小得多，在家塾里的表哥哥和堂哥哥们又比我大得多；他们和我玩不到一块儿，这就造成了我在山巅水涯独往独来的性格。这时我和父亲同在的时间特别多。白天我开始在家塾里附学，念一点书，学作一些短句子，放了学父亲也从营里回来，他就教我打枪、骑马、划船，夜里就指点我看星星。逢年过节，他也带我到烟台市上去，参加天后宫里海军军人的聚会演戏，或到玉皇顶去看梨花，到张裕酿酒公司的葡萄园里去吃葡萄，更多的时候，就是带我到进港的军舰上去看朋友。

一九〇八年，我的二弟谢为杰出世了，我们又搬到海军学校后面的新房子里来。

这所房子有东西两个院子，西院一排五间是我们和舅舅一家合住的。我们住的一边，父亲又在尽东头面海的一间屋子上添盖了一间楼房，上楼就望见大海。我在《海恋》中有过这么一段描写，就是在这楼上所望见的一切：

> 右边是一座屏幛似的连绵不断的南山，左边是一带围抱过来的丘陵，土坡上是一层一层的麦地，前面是平坦无际的淡黄的沙滩。在沙滩与我之间，有一簇依山上下高低不齐的农舍，亲热地偎倚成一个小小的村落。在广阔的沙滩前面，就是那片大海！这大海横亘南北，布满东方的天边，天边有几笔淡墨画成的海岛，那就是芝罘岛，岛上有一座灯塔……

在这时期，我上学的时间长了，看书的时间也多了，主要的还是因为离海远些了，父亲也忙些了，我好些日子才到海滩上去一次，我记得这海滩上有一座小小的龙王庙，庙门上的对联是：

群生被泽
四海安澜

因为少到海滩上去，那间望海的楼房就成了我常去的地方。这房间算是客房，但是客人很少来住，父亲和母亲想要清静的时候就到那里去。我最喜欢在风雨之夜，倚阑凝望那灯塔上的一停一射的强光，它永远给我以无限的温暖快慰的感觉！

这时，我们家塾里来了一位女同学，也是我的第一个女伴，她是父亲同事李毓丞先生的女儿名叫李梅修的，她比我只大两岁，母亲说她比我稳静得多。她的书桌和我的摆在一起，我们十分要好。这时，我开始学会了"过家家"，我们轮流在自己"家"里"做饭"，互相邀请，吃些小糖小饼之类。一九一一年，我们在福州的时候，父亲得到李伯伯从上海的来信，说是李梅修病故了，我们都很难过，我还写了一篇《祭亡友李梅修文》寄到上海去。

我和李梅修谈话或做游戏的地方，就在楼房的廊上，一来可以免受表哥哥和堂哥哥们的干扰，二来可以赏玩海景和园景。从楼廊上往前看是大海，往下看就是东院那个客厅和书斋的五彩缤纷的大院子。父亲公余喜欢栽树种花，这院子里种有许多果树和各种的花。花畦是父亲自己画的种种几何形的图案，花径是从海滩上挑来的大卵石铺成的，我们清晨起来，常常在这里活动。我记得我的小舅舅杨子玉先生，他是我的外叔祖父杨颂岩老先生的儿子，那时正在唐山路矿学堂肄业，夏天就到我们这里来度假。他从烟台回校后，曾寄来一首长诗，头几句我忘了，后几句是：

…………
…………

忆昔夏日来芝罘
照眼繁花簇小楼

清晨微步惬情赏
　　向晚琼筵勤劝酬
　　欢娱苦短不逾月
　　别来倏忽惊残秋
　　花自凋零吾不见
　　共怜福分几生修

　　小舅舅是我们这一代最欢迎的人，他最会讲故事，讲得有声有色。他有时讲吊死鬼的故事来吓唬我们，但是他讲得更多的是民族意识很浓厚的故事，什么洪承畴卖国啦，林则徐烧鸦片啦等等，都讲得慷慨淋漓，我们听过了往往兴奋得睡不着觉！他还拉我的父亲和父亲的同事们组织赛诗会，就是：在开会时大家议定了题目，限了韵，各人分头做诗，传观后评定等次，也预备了一些奖品，如扇子、笺纸之类。赛诗会总是晚上在我们书斋里举行，我们都坐在一边旁听。现在我只记得父亲做的《咏蟋蟀》一首，还不完全：

　　庭前……正花黄
　　床下高吟际小阳
　　笑尔专寻同种斗
　　争来名誉亦何香

　　还有《咏茅屋》一首，也只记得两句：

　　…………
　　…………

久处不须忧瓦解

雨余还得草根香

　　我记住了这些句子，还是因为小舅舅和我父亲开玩笑，说他做诗也解脱不了军人的本色。父亲也笑说："诗言志嘛，我想到什么就写什么，当然用词赶不上你们那么文雅了。"但是我体会到小舅舅的确很喜欢父亲的"军人本色"，我的舅舅们和父亲以及父亲的同事们在赛诗会后，往往还谈到深夜。那时我们都睡觉去了，也不知道他们都谈些什么。

　　小舅舅每次来讨暑假，都带来一些书，有些书是不让我们看的，越是不让看，我们就越想看，哥哥们就怂恿我去偷，偷来看时，原来都是"天讨"之类的"同盟会"的宣传册子。我们偷偷地看了之后，又偷偷地赶紧送回原处。

　　一九一〇年我的三弟谢为楫出世了。就在这之后不久，海军学校发生了风潮！

　　大概在这一年之前，那时的海军大臣载洵，到烟台海军学校视察过一次，回到北京，便从北京贵胄学堂派来了二十名满族学生，到海军学校学习。在一九一一年的春季运动会上，为着争夺一项锦标，一两年中蕴积的满汉学生之间的矛盾表面化了！这一场风潮闹得很凶，北京就派来了一个调查员郑汝成，来查办这个案件。他也是父亲的同学。他背地里告诉父亲，说是这几年来一直有人在北京告我父亲是"乱党"，并举海校学生中有许多同盟会员——其中就有萨镇冰老先生的侄子(?)萨福昌……而且学校图书室订阅的，都是《民呼报》之类，替同盟会宣传的报纸为证等等，他劝我父亲立即辞职，免得落个"撤职查办"。父亲同意了，他的几位同事也和他一起递了辞呈。就在这一年的秋天，父亲恋恋不舍地告别了他所创办的海军学校，和来送他的朋友、同事和学生，我也告别了我的耳鬓厮磨的大海，离开烟台，回到我的故乡福州去了！

这里，应该写上一段至今回忆起来仍使我心潮澎湃的插曲。振奋人心的辛亥革命在这年的十月十日发生了！我们在回到福州的中途，在上海虹口住了一个多月。我们每天都在抢着等着看报。报上以黎元洪将军（他也是父亲的同班同学，不过父亲学的是驾驶，他学的是管轮）署名从湖北武昌拍出的起义的电报（据说是饶汉祥先生的手笔），写得慷慨激昂，篇末都是以"黎元洪泣血叩"收尾。这时大家都纷纷捐款劳军，我记得我也把攒下的十块压岁钱，送到申报馆去捐献，收条的上款还写有"幼女谢婉莹君"字样。我把这张小小的收条，珍藏了好多年，现在，它当然也和如水的年光一同消逝了！

一九七九年七月四日清晨

# 童年杂忆

童年呵!
是梦中的真,
　是真中的梦,
　是回忆时含泪的微笑。

——《繁星》

一九八〇年的后半年,几乎全在医院中度过,静独时居多。这时,身体休息,思想反而繁忙,回忆的潮水,一层一层地卷来,又一层一层地退去,在退去的时候,平坦而光滑的沙滩上,就留下了许多海藻和贝壳和海潮的痕迹!

这些痕迹里,最深刻而清晰的就是童年时代的往事。我觉得我的童年生活是快乐的,开朗的,首先是健康的。该得的爱,我都得到了,该爱的人,我也都爱了。我的母亲,父亲,祖父,舅舅,老师以及我周围的人都帮助我的思想、感情往正常、健康里成长。二十岁以后的我,不能说是没有经过风吹雨打,但是我比较是没有受过感情上摧残的人,我就能够禁受身外的一切。有了健康的感情,使我相信人类的前途是光明的,虽然在螺旋形上升的路上,是峰回路转的,但我们有自己的看法,自己的判断,来克制外来的侵袭。

八十年里我过着和三代人相处(虽然不是同居)的生活,感谢天,我们的健康空气,并没有被污染。我希望这爱和健康的气息,不但在我们一家中间,还在每一个家庭中延续下去。

话说远了，收回来吧。

## 读　书

我常想，假如我不识得字，这病中一百八十天的光阴，如何消磨得下去？

感谢我的母亲，在我四五岁的时候，在我百无聊赖的时候，把文字这把钥匙，勉强地塞在我手里。到了我七岁的时候，独游无伴的环境，迫着我带着这把钥匙，打开了书库的大门。

门内是多么使我眼花缭乱的画面呵！我一跨进这个门槛，我就出不来了！

我的文字工具，并不锐利，而我所看到的书，又多半是很难攻破的。但即使我读到的对我是些不熟习的东西，而"熟能生巧"，一个字形的反复呈现，这个字的意义，也会让我猜到一半。

我记得我首先得到手的，是《三国演义》和《聊斋志异》，这里我只谈《聊斋志异》。

《聊斋志异》真是一本好书，每一段故事，多的几千字，少的只有几百字。其中的人物，是人、是鬼、是狐，都有自己独特的性格，每个"人"都从字上站起来了！看得我有时欢笑，有时流泪，母亲说我看书看得疯了。不幸的《聊斋志异》，有一次因为我在澡房里偷看，把洗澡水都凉透了，她气得把书抢过去，撕去了一角，从此后我就反复看着这残缺不完的故事，直到十几年后我自己买到一部新书时，才把故事的情节拼全了。

此后是无论是什么书，我得到就翻开看。即或不是一本书，而是一张纸，哪怕是一张极小的纸，只要上面有字，我就都要看看。

我记得当我八岁或九岁的时候，我要求我的老师教给我作诗。他说作诗要先学对对子，我说我要试试看。他笑着给我写了三个字，是"鸡唱晓"，我几乎不假思索地就对上个"鸟鸣春"，他大为喜悦诧异，以为我自己已经看过韩愈的《送孟东野序》。其实"以鸟鸣春，以雷鸣夏，以虫鸣秋，以风鸣冬"这四句话，我是在一张香烟画的后面看到的！

再大一点，我又看了两部"传奇"，如《再生缘》、《天雨花》等，都是女作家写的，七字一句的有韵的故事，中间也夹些说白，书中的主要角色，又都是很有才干的女孩子。如《再生缘》中的孟丽君，《天雨花》中的左仪贞。故事都很曲折，最后还是大团圆。以后我还看一些类似的书，如《凤双飞》，看过就没有印象了。

与此同时，我还看了许多商务印书馆出版的"说部丛书"，其中就有英国名作家迭更斯的《块肉余生述》，也就是《大卫·考伯菲尔》，我很喜欢这本书！译者林琴南老先生，也说他译书的时候，被原作的情文所感动，而"笑啼间作"。我记得当我反复地读这本书的时候，当可怜的大卫，从虐待他的店主出走，去投奔他的姨婆，旅途中饥寒交迫的时候，我一边流泪，一边掰我手里母亲给我当点心吃的小面包，一块一块地往嘴里塞，以证明并体会我自己是幸福的！有时被母亲看见了，就说，"你这孩子真奇怪，有书看，有东西吃，你还哭！"事情过去几十年了，这一段奇怪的心理，我从来没有对人说过！

## 我的另一个名字

我的另一个名字，是和我该爱而不能爱的人有关，这个人就是我的姑母。

我从来没有见过我的姑母，只从父亲口里听到关于她的一切。她是父亲的姐姐，父亲四岁丧母，一切全由姐姐照料。我记得父亲说过姑母出嫁的那一天，父亲在地上打着滚哭，看来她似乎比我的父亲大得多。

姑母嫁给冯家，我在一九一一年回福州去的时候，曾跟我的父亲到三官堂冯家去看我的姑夫。姑姑生了三男二女，我的二表姐，乳名叫"阿三"的，长得非常的美。坐在镜前梳头，发长委地，一张笑脸红扑扑地！父亲替她做媒，同一位姓陈的海军青年军官——也是父亲的学生——结了婚，她回娘家的时候，就来看我们。我们一大家的孩子都围着她看，舍不得走开。

冯家也是一个大家庭，我记得他们堂兄弟姐妹很多，个个都会吹弹歌唱，墙上挂的都是些箫，笙，月琴，琵琶之类。父亲常说他们家可以成立一个民乐团！

我生下来多病。姑母很爱我的父母，因此也极爱我。据说她出了许多求神许愿的主意，比如说让我拜在吕洞宾名下，作为寄女，并在他神座前替我抽了一个名字，叫"珠瑛"，我们还买了一条牛，在吕祖庙放生——其实也就是为道士耕田！每年在我生日那一天，还请道士到家来念经，叫做"过关"。这"关"一直要过到我十六岁，都是在我老家福州过的，我只有在回福州那个时期才得"恭逢其盛"！一个或两个道士一早就来，在厅堂用八仙桌搭起祭坛，围上红缎"桌裙"，点蜡，烧香，念经，上供，一直闹到下午。然后立起一面纸糊的城门似的"关"，让我拉着我们这一大家的孩子，从"关门"里走过，道士口里就唱着"××关过啦""××关过啦"，我们哄笑着穿走了好几次，然后把这纸门烧了，道士也就领了酒饭钱,收拾起道具,回去了。

吕祖庙在福州城内乌石山上——福州是山的城市,城内有三座山,乌石山,越王山(屏山),于山。一九三六年冬我到欧洲七山之城的罗马的时候,就想到福州!

吕祖庙是什么样子,我已忘得干干净净,但是乌石山上有两大块很光滑的大石头,突兀地倚立在山上,十分奇特。福州人管这两块大石头叫"桃瓣李片",说出来就是一片桃子和一片李子倚立在一起,这两块石头给我的印象很深。

和我的这个名字(珠瑛)有联系的东西,我想起了许多,都是些迷信的事,像把我寄在吕祖名下和"过关"等等,我的父亲和母亲都不相信的,只因不忍过拂我姑母的意见,反正这一切都在老家进行,并不麻烦他们自己,也就算了,"珠瑛"这个名字,我从来没有用过,家里人也从不这样称呼我。

在我开始写短篇小说的时候,一时兴起,曾想以此为笔名,后来终竟因为不喜欢这迷信的联想,又觉得"珠瑛"这两字太女孩子气了,就没有用它。

这名字给了我八十年了,我若是不想起,提起,时至今日就没有人知道了。

## 父亲的"野"孩子

当我连蹦带跳地从屋外跑进来的时候,母亲总是笑骂着说,"看你的脸都晒'熟'了!一个女孩子这么'野',大了怎么办?"跟在我后面的父亲就会笑着回答,"你的孩子,大了还会野吗?"这时,母亲脸上的笑,是无可奈何的笑,而父亲脸上的笑,却是得意的笑。

的确,我的"野",是父亲一手"惯"出来的,一手训练出来的。因为我从小男装,连穿耳都没有穿过。记得我回福州的那一年,脱下男装后,我的伯母,叔母都说"四妹(我在大家庭姐妹中排行第四)该扎耳朵眼,戴耳环了。"父亲还是不同意,借口说"你们看她左耳唇后面,有一颗聪明痣。把这颗痣扎穿了,孩子就笨了。"我自己看不见我左耳唇后面的小黑痣,但是我至终没有扎上耳朵眼!

不但此也,连紧鞋父亲也不让穿,有时我穿的鞋稍为紧了一点,我就故意在父亲面前一瘸瘸地走,父亲就埋怨母亲说,"你又给她小鞋穿了!"母亲也气了,就把剪刀和纸裁的鞋样推到父亲面前说"你会做,就给她做,将来长出一对金刚脚,我也不管!"父亲真的拿起剪刀和纸就要铰个鞋样,母亲反而笑了,把剪刀夺了过去。

那时候,除了父亲上军营或军校的办公室以外,他一下班,我一放学,他就带我出去,骑马或是打枪。海军学校有两匹马,一匹是白的老马,一匹黄的小马,是轮流下山上市去取文件或书信的。我们总在黄昏,把这两匹马牵来,骑着在海边山上玩。父亲总让我骑那匹老实的白马,自己骑那匹调皮的小黄马,跟在后面。记得有一次,我们骑马穿过金钩寨,走在寨里的小街上时,忽然从一家门里蹒跚地走出一个刚会走路的小娃娃,他一直闯到白马的肚子底下,跟在后面的父亲,吓得赶忙跳下马来拖他。不料我座下的那匹白马却从从容容地横着走向一边,给孩子让出路来。当父亲把这孩子抱起交给他的惊惶追出的母亲时,大家都松了一口气,父亲还过来抱着白马的长脸,轻轻地拍了几下。

在我们离开烟台以前,白马死了。我们把它埋在东山脚下。我有时还在它墓上献些鲜花,反正我们花园里有的是花。从此我们再也不骑马了。

父亲还教我打枪,但我背的是一杆鸟枪。枪弹只有绿豆那么大。母亲不让我向动物瞄准,只许我打树叶或树上的红果,可我很少能打下一片绿叶或一颗红果来!

## 烟台是我们的!

夏天的黄昏,父亲下了班就带我到山下海边散步,他不换便服,只把白色制服上的黑地金线的肩章取了下来,这样,免得走在路上的学生们老远看见了就向他立正行礼。

我们最后就在沙滩上面海坐下,夕阳在我们背后慢慢地落下西山,红霞满天。对面好像海上的一抹浓云,那是芝罘岛。岛上的灯塔,已经一会儿一闪地发出强光。

有一天,父亲只管抱膝沉默地坐着,半天没有言语。我就挨过去用头顶着他的手臂,说,"爹,你说这小岛上的灯塔不是很好看么?烟台海边就是美,不是吗?"这些都是父亲平时常说的话,我想以此来引出他的谈锋。

父亲却摇头慨叹地说,"中国北方海岸好看的港湾多的是,何止一个烟台?你没有去过就是了。"

我瞪着眼等他说下去。

他用手拂弄着身旁的沙子,接着说,"比如威海卫,大连湾,青岛,都是很好很美的……"

我说,"爹,你哪时也带我去看一看。"父亲拣起一块卵石,狠狠地向海浪上扔去,一面说,"现在我不愿意去!你知道,那些港口现在都不是我们中国人的,威海卫是英国人的,大连是日本人的,青岛是德国人的,只有,只有烟台是我们的,我们中国人自己的一个不冻港!"

我从来没有看见父亲愤激到这个样子。他似乎把我当成一个大人,一个平等的对象,在这海天辽阔、四顾无人的地方,倾吐出他心里郁积的话。

他说,"为什么我们把海军学校建设在这海边偏僻的山窝里?我们是被挤到这里来的呵。这里僻静,海滩好,学生们可以练习游泳、划船,打靶等等。将来我们要夺回威海,大连,青岛,非有强大的海军不可。现在大家争的是海上霸权呵!"

从这里他又谈到他参加过的中日甲午海战:他是在威远战舰上的枪炮副。开战的那一天,站在他身旁的战友就被敌人的炮弹打穿了腹部,把肠子都打溅在烟囱上!炮火停歇以后,父亲把在烟囱上烤焦的肠子撕下来,放进这位战友的遗体的腔子里。

"这些事,都像今天的事情一样,永远挂在我的眼前,这仇不报是不行的!我们受着外来强敌的欺凌,死的人,赔的款,割的地还少吗?

"这以后,我在巡洋舰上的时候,还常常到外国去访问。英国,日本,法国,意大利……我觉得到哪里我都抬不起头来!你不到外国,不知道中国的可爱,离中国越远,就对她越亲。但是我们中国多么可怜呵,不振兴起来,就会被人家瓜分了去。可是我们现在难关多得很,上头腐败得……"

他忽然停住了,注视着我,仿佛要在他眼里把我缩小了似的。他站起身来,拉起我说,"不早了,我们回去吧!"

一般父亲带我出去，活动的时候多，像那天这么长的谈话，还是第一次！在这长长的谈话中，我记得最牢，印象最深的，就是"烟台是我们的"这一句。

许多年以后，除了威海卫之外，青岛，大连，我都去过。英国、日本、法国、意大利……的港口，我也到过，尤其在新中国成立后，我并没有觉得抬不起头来。做一个新中国的人民是光荣的！

但是，"烟台是我们的"，这"我们"二字，除了十亿我们的人民之外，还特别包括我和我的父亲！

一九八一年四月

(最初发表于《新文学史料》1981年第3期)

## 我差点被狼吃了！

《儿童时代》的编辑们，叫我给小朋友写一篇《我的童年》。关于"童年"，我写过不止一篇了。现在不妨讲一段惊险的故事，给小朋友们听。

这大概是1906年左右的事了，那时我的父亲是烟台海军练营的营长，我们的家就住在练营对面的一个职工家属的四合院里，这个四合院是盖在从山坡上挖出来的一块平地上。我总记得每天我母亲替我梳小辫的时候，我从后窗望去，外面是一堵高高的土墙，在每一个锄头挖过的凹孔里，都长着一小丛的蒲公英，她是我一生中所结交的"花"的朋友中的第一个！

在我家后面的山坡上，有一座和海上兵舰通旗语的旗台，我父亲常常带着一块石板——就是我们小时候上学时用的做算术的那种石板——和一个带着两面彩旗的水兵，上旗台去跟海港里的军舰通话。

那时候的烟台东山，还是荒凉得很，时常有狼在夜里出来觅食。我们的厨师父常抱怨说：昨天夜里盖在大鸡笼下，上面还压着一块大石头的鸡笼，又被狼顶开，把小鸡吃了。不如砌一个砖头的鸡舍好。我从来没看见过狼，也就没把这话往心里去。

有一天傍晚，父亲又带一个打旗语的水兵，上旗台去了。水兵下来半天了，父亲还在台上，我就跑上旗台去找父亲。夜色苍茫里，我听见身后仿佛有一只大狗在跟着我，忽然听见父亲一声断喝："你快上来！"我回头看时，只见一双亮得又凉得透骨的、灰蓝的眼睛,同时旗台上砰的一声巨响,是石板摔在地上的碎声,那大狗似的,有一双可怕的灰蓝眼睛的东西,拖着一条长长的尾巴,转身就跑了。这一切只发生在几秒钟的时间!

我跑上了旗台,父亲把我紧紧地搂在怀里说:"刚才追在你后面的是一只狼!不是我砸了石板把它吓跑了,你早就让它吃了。以后在这么晚的时候千万不要自己一个人出来,听见没有?"那时我在父亲怀里只是嘻嘻地笑着,我想象不出被狼咬着吃了是什么感觉。现在回想起来却有一种"后怕"。

1990 年 4 月 12 日晨

(最初发表于《儿童时代》1990 年第 7 期)

## 祖父和灯火管制

一九一一年秋，我们从山东烟台回到福州老家去。在还乡的路上，母亲和父亲一再地嘱咐我，"回到福州住在大家庭里，不能再像野孩子似的了，一切都要小心。对长辈们不能没大没小的。祖父是一家之主，尤其要尊敬……"

到了福州，在大家庭里住了下来，我觉得我在归途中的担心是多余的。祖父、伯父母、叔父母和堂姐妹兄弟，都没有把我当作野孩子，大家也都很亲昵平等，并没有什么"规矩"。我还觉得我们这个大家庭是几个小家庭的很松散的组合。每个小家庭都是各住各的，各吃各的，各自有自己的亲戚和朋友，比如说，我们就各自有自己的"外婆家"！

就在这一年，也许是第二年吧，福州有了电灯公司。我们这所大房子里也安上电灯，这在福州也是一件新鲜事，我们这班孩子跟着安装的工人们满房子跑，非常地兴奋欢喜！我记得这电灯是从房顶上吊下来的，每间屋子都有一盏，厅堂上和客室里的是五十支光，卧房里的光小一些，厨房里的就更小了。我们这所大房子里至少也有五六十盏灯，第一夜亮起来时，真是灯火辉煌，我们孩子们都拍手欢呼！

但是总电门是安在祖父的屋里的。祖父起得很早也睡得很早，每晚九点钟就上床了。他上床之前，就把电闸关上，于是整个大家庭就是黑沉沉的一片！

我们刚回老家，父母亲和他们的兄弟妯娌都有许多别情要叙，我们一班弟兄姐妹,也在一起玩得正起劲,都很少在晚九点以前睡的。为了防备这骤然的黑暗,于是每晚在九点以前,每个小家庭都在一两间屋里,点上一盏捻得很暗的煤油灯。一到九点,电灯一下子都灭了,这几盏煤油灯便都捻亮了,大家相视而笑,又都在灯下谈笑玩耍。

只有在这个时候,我才体会到我们这个大家庭是一个整体,而祖父是一家之主!

一九八二年七月二十二日

(最初发表于《福建文艺》1982 年第 10 期)

## 我到了北京

大概是在一九一三年初秋,我到了北京。

中华民国成立后,海军部长黄钟瑛打电报把我父亲召到北京,来担任海军部军学司长。父亲自己先去到任,母亲带着我们姐弟四个,几个月后才由舅舅护送着,来到北京。

实话说,我对北京的感情,是随着居住的年月而增加的。我从海阔天空的烟台,山清水秀的福州,到了我从小从舅舅那里听到的腐朽破烂的清政府所在地——北京,我是没有企望和兴奋的心情的。当轮船缓慢地驶进大沽口十八湾的时候,那浑黄的河水和浅浅的河滩,都给我以一种抑郁烦躁的感觉。从天津到北京,一路上青少黄多的田亩,一望无际,也没有引起我的兴趣!到了北京东车站,父亲来接,我们坐上马车,我眼前掠过的,就是高而厚的灰色的城墙,尘沙飞扬的黄土铺成的大道,匆忙而又迂缓的行人和流汗的人力车夫的奔走,在我茫然漠然的心情之中,马车已把我送到了一住十六年的"新居",北京东城铁狮子胡同中剪子巷十四号。

这是一个不大的门面,就像天津出版社印的老舍先生的《四世同堂》的封面画,是典型的北京中等人家的住宅。大门左边的门框上,挂着黑底金字的"齐宅"牌子。进门右边的两扇门内,是房东齐家的住处。往左走过一个小小的长方形外院,从朝南的四扇门进去,是个不大的三合院,便是我们的"家"了。

这个三合院,北房三间,外面有廊子,里面有带砖炕的东西两个套间。东西厢房各三间,都是两明一暗,东厢房作了客厅和父亲的书房，西厢房成了舅舅的居室和弟弟们读书的地方。从北房廊前的东边过去，还有个很小的院子，这里有厨房和厨师父的屋子，后面有一个蹲坑的厕所。北屋后面西边靠墙有一座极小的两层"楼"，上面供的是财神，下面供的是狐仙！

我们住的北房，除东西套间外，那两明一暗的正房，有玻璃后窗，还有雕花的"隔扇"，这隔扇上的小木框里，都嵌着一幅画或一首诗。这是我在烟台或福州的房子里所没有的装饰，我很喜欢这个装饰！框里的画，是水墨或彩色的花卉山水，诗就多半是我看过的《唐诗三百首》中的句子，也有的是我以后在前人诗集中找到的。其中只有一首，是我从来没有遇见过的，那是一首七律：

飘然高唱入层云
风急天高(？)忽断闻
难解乱丝唯勿理
善存余焰不教焚
事当路口三叉误
人便江头九派分
今日始知吾左计
枉亲书剑负耕耘

我觉得这首诗很有哲理意味。

我们在这院子里住了十六年！这里面堆积了许多我对于我们家和北京的最初的回忆。

我最初接触的北京人，是我们的房东齐家。我们到的第二天，齐老太太就带着她的四姑娘,过来拜访。她称我的父母亲为"大叔"、"大婶",称我们为姑娘和学生。(现在我会用"您"字,就是从她们学来的。)齐老太太常来请我母亲到她家打牌,或出去听戏。母亲体弱,又不惯于这种应酬,婉言辞谢了几次之后,她来的便少了。我倒是和她们去东安市场的吉祥园,听了几次戏,我还赶上了听杨小楼先生演黄天霸的戏,戏名我忘了。我又从《汾河湾》那出戏里,第一次看到了梅兰芳先生。

我常被领到齐家去,她们院里也有三间北屋和东西各一间的厢房。屋里生的是大的铜的煤球炉子,很暖。她家的客人很多,客人来了就打麻雀牌,抽纸烟。四姑娘也和他们一起打牌吸烟,她只不过比我大两三岁!

齐家是旗人,他本来姓"祈"(后来我听到一位给母亲看病的满族中医讲到,旗人有八个姓,就是童、关、马、索、祈、富、安、郎。),到了民国,旗人多改汉姓,他们就姓了"齐"。他们家是老太太当权,齐老先生和他们的小脚儿媳,低头出入,忙着干活,很少说话。后来听人说,这位齐老太太从前是一个王府的"奶子",她攒下钱盖的这所房子。我总觉得她和我们家门口大院西边那所大宅的主人有关系。这所大宅子的前门开在铁狮子胡同,后门就在我们门口大院的西边。常常有穿着鲜艳的旗袍和坎肩,梳着"两把头",髻后有很长的"燕尾儿",脚蹬高底鞋的贵妇人出来进去的。她们彼此见面,就不住地请安问好,寒暄半天,我远远看着觉得十分有趣。但这些贵妇人,从来没有到齐家来过。

就这样,我所接触的只是我家院内外的一切,我的天地比从前的狭仄冷清多了,幸而我的父亲是个不甘寂寞的人,他在小院里砌上花台,下了"衙门"(北京人称上班为上衙门!)便卷起袖子来种花。我们在外头那个长方形的院子里,还搭起一个葡萄架子,把从烟台寄来的葡萄秧子栽上。后来父亲的花园渐渐扩大到大门以外,他在门口种了些野茉莉、蜀葵之类容易生长的花朵,还立起了一个秋千架。周围的孩子就常来看花,打秋千,他们把这大院称作"谢家大院"。

"谢家大院"是周围的孩子们集会的地方,放风筝的、抖空竹的、跳绳踢毽子的、练自行车的……热闹得很。因此也常有"打糖锣的"的担子歇在那里,锣声一响,弟弟们就都往外跑,我便也跟了出去。这担子里包罗万象,有糖球、面具、风筝、刀枪等等,价钱也很便宜。这糖锣担子给我的印象很深!前几年我认识一位面人张,他捏了一尊寿星送我,我把这尊寿星送给一位英国朋友——一位人类学者,我又特烦面人张给我捏一副"打糖锣的"的担子,把它摆在我玻璃书架里面,来锁住我少年时代的一幅画境。

总起来说,我初到北京的那一段生活,是陌生而乏味的。"山中岁月"、"海上心情"固然没有了,而"辇下风光"我也没有领略到多少!那时故宫、景山和北海等处,还都没有开放,其他的名胜地区,我记得也没有去过。只有一次和弟弟们由舅舅带着逛了隆福寺市场,这对我也是一件新鲜事物!市场里熙来攘往,万头攒动。栉比鳞次的摊子上,卖什么的都有,古董、衣服、吃的、用的,五光十色;除了做买卖的,还有练武的、变戏法的、说书的……我们的注意力却集中在玩具摊上!我记得最清楚的是棕人铜盘戏出。这是一种纸糊的戏装小人,最精彩的是武将,头上插着翎毛,背后扎着四面小旗,全副盔甲,衣袍底下却是一圈棕子。这些戏装小人都放在一个大铜盘上。耍的人一敲那铜盘子,个个棕人都旋转起来，刀来枪往，煞是好看。

　　父亲到了北京以后，似乎消沉多了，他当然不会带我上"衙门"，其他的地方，他也不爱去，因此我也很少出门。这一年里我似乎长大了许多！因为这时围绕着我的，不是那些堂的或表的姐妹弟兄，而只是三个比我小得多的弟弟，岁时节序，就显得冷清许多。二来因为我追随父亲的机会少了，我自然而然地成了母亲的女儿。我不但学会了替母亲梳头（母亲那时已经感到臂腕酸痛），而且也分担了一些家务，我才知道"过日子"是一件很操心、很不容易对付的事！这时我也常看母亲订阅的各种杂志，如商务印书馆出版的《妇女杂志》，《小说月报》和《东方杂志》等，我就是从《妇女杂志》的文苑栏内，首先接触到"词"这种诗歌形式的。我的舅舅杨子敬先生做了弟弟们的塾师，他并没有叫我参加学习，我白天帮母亲做些家务，学些针黹，晚上就在堂屋的方桌边，和三个弟弟各据一方，帮他们温习功课。他们倦了就给他们讲些故事，也领他们做些游戏，如"老鹰抓小鸡"之类，自己觉得俨然是个小先生了。

　　弟弟们睡觉以后，我自己孤单地坐着，听到的不是高亢的军号，而是墙外的悠长而凄清的叫卖"羊头肉"或是"赛梨的萝卜"的声音，再不就是一声声算命瞎子敲的小锣，敲得人心头打颤，使我彷徨而烦闷！

　　写到这里，我微微起了感喟。我的生命的列车，一直是沿着海岸飞驰，虽然山回路转，离开了空阔的海天，我还看到了柳暗花明的村落。而走到北京的最初一段，却如同列车进入隧道，窗外黑糊糊的，车窗关上了，车厢里电灯亮了，我的眼光收了回来，在一圈黄黄的灯影下，我仔细端详了车厢里的人和物，也端详了自己……

周恩来总理与冰心在飞机上交谈(1962年)

冰心为采访的儿童们讲故事

北京头一年的时光,是我生命路上第一段短短的隧道,这种黑糊糊的隧道,以后当然也还有,而且更长,不过我已经长大成人了!

一九八一年六月十六日

## 我入了贝满中斋

我在北京闲居了半年,家里的大人们都没有提起我入学的事,似乎大家都在努力适应这陌生而古老的环境。我忍耐不住了,就在一个夏天的晚上,向我的舅舅杨子敬先生提出我要上学。那时他除了在家里教我的弟弟们读书以外,也十分无聊,在生疏的北京,又不知道有什么正当的娱乐场所,他就常到米市大街基督教青年会去看书报、打球,和青年会干事们交上朋友(他还让我的大弟谢为涵和他自己的儿子杨建辰到青年会夜校去读英文)。当我舅舅向他的青年会干事朋友打听有什么好的女子中学的时候,他们就介绍了离我们家最近的东城灯市口公理会的贝满女子中学。

我的父母并不反对我入教会学校,因为我的二伯父谢葆璋(穆如)先生,就在福州仓前山的英华书院教中文,那也是一所教会学校。二伯父的儿子,我的堂兄谢为枢,就在那里读书。仿佛除了教学和上学之外,并没有勉强他们入教。英华书院的男女教师,都是传教士,也到我们福州家里来过。还因为在我上面有两个哥哥,都是接生婆接的,她的接生器具没有经过消毒,他们都得了脐带疯而夭折了。于是在我和三个弟弟出生的时候,父亲就去请教会医院的女医生来接生。我还记得给我弟弟们接生的美国女医生,身上穿的都是中国式的上衣和裙子,不过头上戴着帽子,脚下穿着皮鞋。在弟弟们满月以前,她们还自动来看望过,都是从山下走上来的。因此父母亲对她们的印象很好。父亲说:教会学校的教学是认真的,英文的口语也纯正,你去上学也好。

于是在一九一四年的秋天，舅舅就带我到贝满女子中学去报名。

那时的贝满女中是在灯市口公理会大院内西北角的一组曲尺形的楼房里。在曲尺的转折处，东南面的楼壁上，有横写的四个金字"贝满中斋"——那时教会学校用的都是中国传统的名称：中学称中斋，大学称书院，小学称蒙学。公理会就有培元蒙学(六年)、贝满中斋(四年)、协和女子书院(四年)，因为在通县还有一所男子协和书院，女子书院才加上"女子"二字。这所贝满中斋是美国人姓 Bridgeman 的捐款建立的，"贝满"是 Bridgeman 的译音——走上十级左右的台阶，便进到楼道左边的一间办公室。有位中年的美国女教士，就是校长吧，把我领到一间课室里，递给我一道中文老师出的论说题目，是"学然后知不足"。这题目是我在家塾中做过的，于是我不费思索，一挥而就。校长斐教士十分惊奇叹赏，对我舅舅说："她可以插入一年级，明天就交费上学吧。"考试和入学的手续是那样地简单，真出乎我们意料之外，我是又高兴而又不安。

第二天我就带着一学期的学费(十六元)去上学了。到校后检查书包，那十六元钱不见了，在校长室里我窘得几乎落下泪来。斐教士安慰我说："不要紧的，丢了就不必交了。"我说："那不好，我明天一定来补交。"这时斐教士按了电铃，对进来的一位老太太说："叫陶玲来。"不久门外便进来一个二年级的同学——一个能说会道、大大咧咧的满族女孩子，也就是这个陶玲，一直叫我"小谢"，叫到了我八十二岁——她把我带进楼上的大课堂，这大堂上面有讲台，下面有好几排两人同桌的座位，是全校学生自修和开会的地方。我被引到一年级的座位上坐下。这大堂里坐着许多这时不上课的同学，都在低首用功，静默得没有一点声息。上了一两堂课，到了午饭时间，我仍是羞怯地坐在自己的座位上。同学们都走了，我也不敢自动跟了去。下午放了学，就赶紧抱起书包回家。上学的第一天就不顺利，既丢了学费，又没有吃到午饭，心里十分抑郁，回到家里就哭了一场！

第二天我补交了学费。特意来送我上学的、我的二弟的奶娘，还找到学校传达室那位老太太说了昨天我没吃到午饭的事。她笑了，于是到了午饭时间，仍是那个爱说爱笑的斋二同学陶玲，带我到楼下一个大餐厅的内间，那是走读生们用饭的地方。伙食不错，米饭，四菜一汤，算是"小灶"吧。这时外面大餐厅里响起了"谢饭"的歌声，住校的同学们几乎都在那里用饭。她们站着唱歌，唱完才坐下吃。吃的是馒头、窝头，饭菜也很简单。

同学们慢慢地和我熟了，我发现她们几乎都是基督教徒，从保定、通县和北京或外省的公理会女子小学升上来的，也几乎都是住校。她们都很拘谨、严肃，衣着都是蓝衣青裙，十分朴素。刚上学的一个月，我感到很拘束，很郁闷。圣经课对我本来是陌生的，那时候读的又是《列王纪》，是犹太国古王朝的历史，枯燥无味。算术学的又是代数，我在福州女子师范学校预科只学到加减乘除，中间缺了一大段。第一次月考，我只得62分，不及格！这"不及格"是从我读书以来未曾有过的，给我的刺激很大！我曾把它写在《关于女人》中《我的教师》一段里。这位教师是丁淑静，她教过我历史、地理、地质等课。但她不是我的代数教师，也没有给我补过课，其他的描写，还都是事实。以后在一九一五年的暑假里，由培元蒙学的一位数学教师，给我补了这一段空白。但是其他课目，连圣经、英文我的分数几乎都不在95分以下，作文老师还给过我

100 加 20 的分数。

慢慢地高班的同学们也和我熟了,女孩子究竟是女孩子,她们也很淘气,很爱开玩笑。她们叫我"小碗儿",因为学名是谢婉莹;叫我"侉子",因为我开始在班里回答问题的时候,用的是道地的烟台话,教师听不懂,就叫我在黑板上写出答案。同学中间到了能开玩笑的地步,就表示出我们之间已经亲密无间。我不但喜爱她们,也更学习她们的刻苦用功。我们用的课本,都是教会学校系统自己编的,大半是从英文课本翻译过来的,比如在代数的习题里就有"四开银角"的名词,我们都算不出来。直到一九二三年我到美国留学,用过 quarter,那是两角五分的银币,一元钱的四分之一,中国没有这种币制。我们的历史教科书,是从《资治通鉴》摘编的"鉴史辑要"。只有英文用的是商务印书馆的课本,也是从 A Boy A Peach 开始,教师是美国人芬教士,她很年轻,刚从美国来,汉语不太娴熟,常用简单的英语和我们谈笑,因此我们的英文进步得比较快。

我们每天上午除上课外,最后半小时还有一个聚会,多半是本校的中美教师或公理会的牧师来给我"讲道"。此外就是星期天的"查经班",把校里的非基督徒学生,不分班次地编在一起,在到公理会教堂做礼拜以前,由协和女子书院的校长麦教士,给我们讲半小时的圣经故事。查经班和做大礼拜对我都是负担,因为只有星期天我才能和父母亲和弟弟们整天在一起,或帮母亲做些家务,我就常常托故不去。但在查经班里有许多我喜欢的同学,如斋二的陶玲、斋三的陈克俊等,我尤其喜欢陈克俊。在贝满中斋和以后在协和女子大学同学时期,我们常常一起参加表演,我在《关于女人》里写的《我的同学》,就是陈克俊。

在贝满还有一个集体活动,是每星期三下午的"文学会",是同学们练习演讲辩论的集会。这会是在大课堂里开的。讲台上有主席,主持并宣告节目;还有书记,记录开会过程;台下有记时员,她的桌上放一只记时钟,讲话的人过了时间,她就叩钟催她下台。节目有读报、演说、辩论等。辩论是四个人来辩论一个题目,正反面各有两人,交替着上台辩论。大会结束后,主席就请坐在台傍旁听的教师讲几句评论的话。我开始非常害怕这个集会。第一次是让我读报,我走上台去,看见台下有上百对的眼睛盯着我看,我窘得急急忙忙地把那一段报读完,就跑回位上去,用双手把通红的脸捂了起来,同学们都看着我笑。一年下来,我逐渐磨练出来了,而且还喜欢有这个发表意见的机会。我觉得这训练很好,使我以后在群众的场合,敢于从容地作即席发言。

我入学不久,就遇到贝满中斋建校五十年的纪念,我是个小班学生,又是走读,别的庆祝活动,我都没有印象了。只记得那一天有许多来宾和校友来观看我们班的体操表演。体育教师是一个美国人,她叫我们做下肢运动的口令是"左脚往左撇,回来!右脚往右撇,回来!"我们大家使劲忍着笑,把嘴唇都咬破了!

第一学年的下半季,一九一五年的一月日本军国政府向袁世凯政府提出了灭亡中国的"二十一条",五月七日又提出了"最后通牒",那时袁世凯正密谋称帝,想换取日帝对他的支持,在五月九日公然接受了日本的要求。这遭到了全国人民的强烈反对,各地掀起了大规模的讨袁抗日爱国运动。我们也是群情愤激,和全北京的学生在一起,冲出校门,由我们学生会的主席、斋四同学李德全带领着,排队游行到了中央公园(现在的中山公园),在万人如海的讲台上,李德全同学慷慨陈词,我记得她愤怒地说:"别轻看我们中国人！我们四万万人一人一口唾沫，还会把日本兵淹死呢！"我们纷纷交上了爱国捐，还宣誓不买日货。我满怀悲愤地回到家来，正看见父亲沉默地在书房墙上贴上一张白纸，是用岳飞笔迹横写的"五月七日之事"六个大字。父亲和我都含着泪，久久地站在这幅横披的下面，我们互相勉励永远不忘这个国耻纪念日！

到了一九一五年的十二月十二日，那是我在斋二这年的上半季，袁世凯公然称帝了，改民国五年为"洪宪"元年，他还封副总统黎元洪为"武义亲王"，把他软禁在中南海的瀛台里。黎元洪和我父亲是紫竹林水师学堂的同级生，不过我父亲学的是驾驶，他学的是管轮，许多年来，没有什么来往。民国成立后，他当了副总统，住东厂胡同，他曾请我父亲去玩，父亲都没有去。这时他住进了瀛台，父亲倒有时去看他，说是同他在木炕上下棋——我从来不知道父亲会下棋——每次去看他以前，父亲都在制服呢裤下面多穿一条绒布裤子，说是那里房内很冷。

这时全国又掀起了"护国运动"，袁世凯的皇帝梦只做了八十三天就破灭了。校园内暂时恢复了平静。我们的圣经课已从《旧约》读到了《新约》，我从《福音》书里了解了耶稣基督这个"人"。我看到一个穷苦木匠家庭的私生子，竟然能有那么多信从他的人，而且因为宣传"爱人如己"，而被残酷地钉在十字架上，这个形象是可敬的。但我对于"三位一体"、"复活"等这类宣讲，都不相信，也没有入教做个信徒。

贝满中斋的课外活动，本来很少，在我斋三那一年，一九一七年的暑假，我和一些同学参加了女青年会在西山卧佛寺举办的夏令会。我们坐洋车到了西直门，改骑小驴去西山。这是我到北京以后的第一次郊游，我感到十分兴奋。忆起童年骑马的快事，便把小驴当成大马,在土路上扬鞭驰骋,同学当中我是第一个到达卧佛寺的!在会上我们除开会之外还游了山景,结识了许多其他女校的同学,如天津的中西女校的学生。她们的衣着比我们讲究。我记得当女青年会干事们让陈克俊和我在一个节目里表演"天使"的时候,白绸子衣裙就是向中西女校的同学借的。

开完会回家,北京市面已是乱哄哄的了。谣言很多,说是南北军阀之间正在酝酿什么大事,张勋的辫子军要进京调停。辫子军纪律极坏,来了就会到人家骚扰。父亲考虑后就让母亲带我们姐弟,到烟台去暂避一时。

我最喜欢海行,可是这次从塘沽到烟台的船上,竟拥挤得使我们只买到货舱的票。下到沉黑的货舱,里面摆的是满舱的大木桶。我们只好在凸凹不平的桶面上铺上席子。母亲一边挥汗,一边还替我们打扇。过了黑暗、炎热、窒息、饥渴的几十小时,好容易船停了,钻出舱来,呼吸着迎面的海风,举目四望,童年的海山,又罗列在我面前,心里真不知是悲是喜!

父亲的朋友、烟台海军学校校长曾恭甫伯伯,来接我们。让我们住在从前房子的西半边。在烟台这一段短短时间里,我还带弟弟们到海边去玩了几次,在《往事》(一)中也描写过我当时的心境。人大了些,海似乎也小些了,但对面芝罘岛上灯塔的灯光,却和以前一样,一闪一闪地在我心上跳跃!

复辟的丑剧,从一九一七年七月一日起,只演了十二天,我们很快就回到北京,准备上学。

贝满中斋扎扎实实的四个年头过去了,一九一八年的夏天,我们毕业时全班只有十八个人。我以最高的分数,按照学校的传统,编写了"辞师别友"的歌词,在毕业会上做了"辞师别友"的演说。我的同班从各教会中学升上来的,从此多半都回到母校去教书,风流云散了!只有我和吴搂梅、邝淑贞和她的妹妹,我们这些没有教学的义务的,升入了协和女子大学预科。

我以十分激动的心情,来写这四年认真严肃的生活。这训练的确约束了我的"野性",使我在进入大学的丰富多彩的生活以前,准备好一个比较稳静的起步。

1984 年 3 月 14 日

(最初发表于《收获》1984 年第 4 期)

## 我的中学时代

因为整理信件，忽然翻出我的一位中学同学，在七十年代给我写的末一封信。她写：

小谢：

记忆力真是一件奇妙的东西！你的声音笑貌和我们中学时代的一切，在我病榻上的回忆中，都是那样出奇地活跃而清晰……

这几句话又使我十分激动，思潮久久不能平静下来！

的确的，在我十几年海内外的学校生活中，也就是中学时代，给我的印象最深，对我的性格影响也最大。

我的中学生涯是在一九一四——一九一八年度过的（那时的中学是四年制）。十四岁的年纪，正是感情最丰富，思想最活泼，好奇心最强，模仿力和可塑性也最强的时候。我以一个山边海角独学无友的野孩子，一下子投入到大城市集体学习的生活中来，就如同穿上一件既好看又紧仄的新衣一样，觉得高兴也感到束缚。我用好奇而谨慎的目光，盯着陌生环境中的一切：高大的校舍，新鲜的课程，如音乐、体操，和不同的男女教师……

但是我最注意的还是和我同班的年龄相仿的女孩子。她们都是梳髻穿裙，很拘谨，守纪律，学习尤其刻苦。一同上了几天课，她们就渐渐地和我熟悉起来。因为我从小听的说的都是山东话，在课堂上听讲和答问都有困难。她们就争着教我说北京话。(那个头一个叫我"小谢"的同学，是满族人，语音尤其纯正。)我们也开始互相谈着自己的家庭和过去的一切。她们大多数是天津、通县、保定等处的小学升上来的(她们都是寄宿生)，数学基础比我好，在国文上我又比她们多读了一些，就这样我们开始互帮互学，我觉得我有了学习和竞赛的对象。那时我是走读生，放学到家打开书包，就埋头做功课，一切"闲书"都顾不得看了。

就这样紧张而规律地过了四年中学时代。我体会到了"切磋琢磨"的好处，也得到了集体生活的温暖。四年之末，我们毕业班的同学才有十八个人。毕业后有的上了大学，有的参加了工作，我们约定大家都努力学习，好好工作，还尽量保持联系。此后的年月里，我们风流云散，也都有了自己的人生经历。但无论在天涯在海角我们惊喜地遇见，共同回忆起中学时代这一段生活时，我们总会互相询问：我们每一个人是否都完成了中学时代的志愿，做一个对国家对人民有益的人？

一九八三年四月十六日。

## 我的大学生涯

　　这是我自传的第五部分了(一、我的故乡。二、我的童年。三、我到了北京。四、我入了贝满中斋)。每段都只有几千字,因为我不惯于写叙述性的文章,而且回忆时都是些零碎的细节,拼在一起又太繁琐了。但是在我的短文里,关于这一段时期的叙述是比较少的,而这一段却是我一生中最热闹、最活跃、精力最充沛的一段。

　　我从贝满中斋毕了业,就直接升入了协和女子大学。我选的是理预科,因为我一心一意想学医,对于数、理、化的功课,十分用功,成绩也好。至于中文呢,因为那时教会学校请的中文老师,多半是前清的秀才或举人,讲的都是我在家塾里或自己读过的古文,他们讲书时也不会旁征侧引,十分无趣。我入了理科,就埋头苦学,学校生活如同止水一般地静寂,只有一件事,使我永志不忘!

　　我是在夏末秋初,进了协和女子大学的校门的,这协和女大本是清朝的佟王府第,在大门前抬头就看见当时女书法家吴芝瑛女士写的"协和女子大学校"的金字蓝地花边的匾额。走进二门,忽然看见了由王府前三间大厅改成的大礼堂的长廊下,开满了长长的一大片猩红的大玫瑰花!这些玫瑰花第一次打进了我的眼帘,从此我就一辈子爱上了这我认为是艳冠群芳、又有风骨的花朵,又似乎是她揭开了我生命中最绚烂的一页。

　　理科的功课是严紧的,新的同学们更是来自五湖四海,大多数比我大好几岁。除了从贝满女中升上来的同学以外,我又结识了许多同学。那时我弟弟们也都上学了。在大学我仍是走读，每天晚餐后，和弟弟们在饭桌旁各据一方，一面自己温课，一面帮助他们学习，看到他们困倦了时，就立起来同他们做些游戏。早起我自己一面梳头的时候，一面还督促他们"背书"。现在回忆起来，在这些最单调的日子里，我只记得在此期间有一次的大风沙，那时北京本有"无风三尺土，有雨一街泥"的谚语，春天风多风大，不必说了，而街道又完全是黄土铺的，每天放学回来总得先洗脸，洗脖子。我记得这一天下午，我们正在试验室里，由一位美国女教师带领着，解剖死猫，忽然狂风大作，尘沙蔽天，电灯也不亮了，连注射过红药水的猫的神经，都看不出来。教师只得皱眉说："先把死猫盖上布，收在橱子里吧，明天晴了再说。"这时住校的同学都跑回到自己屋里去了。我包上很厚的头巾，在扑面的尘沙中抱肩低头、昏天黑地地走回家里，看见家里廊上窗台上的沙土，至少有两寸厚！

其实这种大风沙的日子，在当时的北京并不罕见，只因后来我的学校生活，忽然热闹而烦忙了起来，也就记不得天气的变迁了！

在理预科学习的紧张而严肃的日子，只过了大半年，到了第二年——一九一九年——"五四"运动起来了，我虽然是个班次很低的"大学生"，也一下子被卷进了这兴奋而伟大的运动。关于这一段我写过不少，在此就不多说了。我要说的就是我因为参加运动又开始写些东西，耽误了许许多多理科实验的功课，幸而理科老师们还能体谅我，我敷敷衍衍地读完了两年理科，就转入文科，还升了一班！

改入文科以后，功课就轻松多了！就是这一年——一九二〇年，协和女子大学，同通州的潞河大学和北京的协和大学合并成燕京大学。校长是司徒雷登。我们协和女子大学就改称"燕大女校"。有的功课是在男校上课，如"哲学"、"教育学"等，有的是在女校上的，如"社会学"、"心理学"等。在男校上课时，我们就都到男校所在地的盔甲厂去。当时男女合校还是一件很新鲜的事，因此我们都很拘谨，在到男校上课以前，都注意把头上戴的玫瑰花蕊摘下。在上课前后，也轻易不同男同学交谈。他们似乎也很腼腆。一般上课时我们都安静地坐在第一排，但当坐在我们后面的男同学，把脚放在我们椅子下面的横杠上，簌簌抖动的时候，我们就使劲地把椅子往前一拉，他们的脚就忽然砰的一声砸到地上。我们自然没有回头，但都忍住笑，也不知道他们伸出舌头笑了没有。

但是我们几个在全校的学生会里有职务的人，都不免常和男生接触，如校刊编辑部、班会等。我们常常开会，那时女校还有"监护人"制度，无论是白天或晚上，几个人或几十个人，我们的会场座后，总会有一位老师，多半是女教师，她自己拿着一本书在静静地看。这一切，连老师带学生都觉得又无聊，又可笑！

我是不怕男孩子的！自小同表哥哥、堂哥哥们同在惯了，每次吵嘴打架都是我得了"最后胜利"，回到家里，往往有我弟弟们的同学十几个男孩子围着我转。只是我的女同学们都很谦退，我也不敢"冒尖"，但是后来熟了以后，男同学们当面都说我"利害"，说这些话的，就是许地山、瞿世英（菊农）、熊佛西这些人，他们同我后来也成了好朋友。

这时我在燕大女校"学生自治会"里，任务也多得很！自治会里有许多委员会——甚至有伙食委员会！因为我没有住校，自然不会叫我参加，但是其他的委员会，我就都被派上了！那时我们最热心的就是做社会福利工作，而每兴办一项福利工作，都得"自治会"自己筹款。最方便而容易的,就是演戏卖票!我记得我们演过许多"莎士比亚"的戏,如《威尼斯商人》、《第十二夜》等等,那时我们英文班里正读着"莎士比亚",美国女老师们都十分热心地帮助我们排练,设计服装、道具等等,我们演得也很认真卖力,记得有一次鲁迅先生和俄国盲诗人爱罗先珂来看过我们的戏——忘了是哪一出——鲁迅先生写过文章说爱罗先珂先生说我们演的比当时北京大学的某一出戏好得多。因此他和北大同学还引起了一番争论,北大同学说爱罗先珂先生是个盲人,怎能"看"出戏的好坏?我和鲁迅先生只谈过一次话,还是很短的,因为我负责请名人演讲,我记得请过鲁迅先生、胡适先生,还有吴贻芳先生……我主持演讲会,向听众同学介绍了主讲人以后,就只坐在讲台上听讲了——我和鲁迅先生的接触,就这么一次,我也不知道鲁迅先生是从哪一位同学手里买到戏票的。

这次演剧筹款似乎是我们要为学校附近佟府夹道的不识字的妇女们,义务开办一个"注音字母"学习班。自治会派我去当校长。我自己就没有学过注音字母,但是被委为校长,就意味着把找"校舍"——其实就是租用街道上一间空屋——招生、请老师——也就是请一个会教注音字母的同学——都由我包办下来。这一切,居然都很顺利。开学那一天,我去"训话",看到讲台前坐的都是中年妇女,只前排右首坐着一个十分聪明俊俏的姑娘。听课后我过去和她搭话,她说:"我叫佟志云,十八岁,我识得字,只不过也想学学注音字母。"我想她可能是佟王后裔。她问我:"校长,您多大年纪了?"我笑着说"反正比你大几岁"!

这时燕大女校已经和美国威尔斯利(Wellesley College)女子大学结成"姐妹学校"。我们女校里有好几位教师,都是威校的毕业生。忘了是哪一年，总在二十年代初期吧，威校的女校长来到我们校里访问，住了几天，受到盛大的欢迎。有一天她——我忘了她的名字——忽然提出要看看古老北京的婚礼仪式，女校主任就让学生们表演一次，给她开开眼。这事自然又落到我们自治会委员身上，除了不坐轿子以外，其他服装如凤冠霞帔、靴子、马褂之类，也都很容易地借来了，只是在演员的分配上，谁都不肯当新娘。我又是主管这个任务的人，我就急了，我说："这又不是真的，只是逢场做戏而已。你们都不当，我也不等'父母之命，媒妁之言'，我就当了！"于是我扮演了新娘。凌淑浩——凌叔华的妹妹，当了新郎。送新太太是陈克俊和谢兰蕙。扮演公公婆婆的是一位张大姐和一位李大姐，都是高班的学生，至今我还记得她们的面庞。她们以后在演比利时作家梅特林克的童话剧《青鸟》中，还是当了我的爷爷和奶奶，可是她们的名字，我苦忆了半天也想不起来！

　　那夜在女校教职员宿舍院里，大大热闹了一阵，又放鞭炮，又奏鼓乐。我们磕了不少的头！演到坐床撒帐的时候，我和淑浩在帐子里面都忍不住笑了起来，急得克俊和兰蕙直揞着我们的嘴！

　　我演的这些戏中，我最喜欢的还是《青鸟》，剧本是我从英文译的，演员也是我挑的，还到培元女子小学，请了几个小学生，都是我在西山夏令会里认识的小朋友。我在《关于女人》那本书内写的"我的同学"里，就写了和陈克俊在"光明宫"对话的那一段。这出剧里还有一只小狗，我就把我家养的北京长毛狗"狮子"也带上台了。我的小弟弟冰季，还怕我们会把"狮子"用绳子拴起，他就亲自跟来，抱着它悄悄地在后台坐着，等到它被放到台上，看见了我，它就高兴得围着我又蹦又跳，引得台下一片笑声。

　　总之，我的大学生涯是够忙碌热闹的，但我却没有因此而耽误了学习和写作。我的老师们对我都很好,尤其是我的英文老师鲍贵思(Grace Bognton)在我毕业的那一年春季,她就对我说威尔斯利女大已决定给我两年的奖学金——就是每年八百美金的学、宿、膳费,让我读硕士学位——她自己就是威尔斯利的毕业生,她的母亲和她的几个妹妹也都是毕业于威校,可算是威校世家了——她对于母校感情很深,盛赞校园之美、校风之好,问我想不想去,我当然愿意。但我想一去两年,不知这两年之中,我的体弱多病的母亲,会不会出什么意外?我对家里什么人都没有讲过我的忧虑,只悄悄地问过我们最熟悉的医生孙彦科大夫,他是我小舅舅杨子玉先生的挚友,小舅舅介绍他来给母亲看过病。后来因为孙大夫每次到别处出诊路过我家,也必进来探望,我们熟极了。他称我父亲为"三哥",母亲为"三嫂",有时只有我们孩子们在家,他也坐下和我们说笑。我问他我母亲身体不好、我能否离家两年之久?他笑了说"当然可以,你母亲的身体不算太坏,凡事有我负责"。同时鲍女士还给我父亲写了信,问他让不让我去?父亲很客气地回了她一封信,说只要她认为我不会辜负她母校的栽培,他是同意我去美国的。这一切当时我还不好意思向同学们公开,依旧忙我的课外社会福利工作。

那几年也是家庭中多事之秋,记得就是在我上中学的末一年(?),我的舅舅杨子敬先生逝世了。他是我母亲唯一的亲哥哥。兄妹二人感情极好。我父亲被召到北京来时,母亲也请舅舅来京教我的三个弟弟,作为家庭教师。不过舅舅没有和我们住在一起,他们住在离中剪子巷不远的铁狮子胡同。忽然有一天早晨,舅家的白妈,气急败坏地来对我母亲说,从昨天下午起舅舅肚子痛得利害,呕吐了一夜,现在已经不能说话了。我想这病可能是急性盲肠炎。——那时父亲正不在家，他回到福州，去庆祝祖父的八十大寿了。——等母亲和我们赶到时，舅舅已经断气了。这事故真像晴天霹雳一般，我们都哭得泪干声咽！母亲还能勉强镇定地办着后事，这是我生平第一次看见死人入殓！我的大弟弟为涵，还悄悄地对我说"装舅舅的那个大匣子，靠头那一边，最好开一个窟窿，省得他在那里头出不了气"。我哭得更伤心了，我说"他要是还能喘气，就不用装进棺材里去了"！

记得父亲回福州的时候，我还写了几首祝贺祖父大寿的诗，请他带回去，现在只记得一首：

浮踪万里客幽燕

恰值太公八秩年

自笑菲才惭咏絮

也裁诗句谱新篇

反正都是歪诗，写出来以助一笑。

等到父亲从福州回来，舅母和表弟妹们已搬进我家的三间西厢房，从前舅舅教弟弟们读书的屋子里。从此弟弟也都进入了小学校。

此后，大约是我在大学的时期，福州家里忽然来了一封电报说是祖父逝世了，这对我们又是一个极大的打击！我父亲星夜奔丧，我忽然记起在一九一二年我离开故乡的时候，祖父曾悄悄地将他写的几副自挽联句，交给我收着，说"谁也不让看，将来有用时，再拿出来"。我真的就严密地收起，连父母亲都不知道。这时我才拿出来交给父亲带回，这挽联有好几对。有一联大意是说他死后不要僧道唪经，因为他不信神道，而且相信自己生平也没有造过什么冤孽，怎么写的我不记得了。有一联我却记得很清楚，是：

> 有子万事足，有子有孙又有曾孙，足，足，足；
> 无官一身轻，无官无累更无债累，轻，轻，轻。

父亲办完丧事，回来和我们说：祖父真可算是"无疾而终"。那一天是清明，他还带着伯叔父和堂兄们步行到城外去扫墓，但当他向坟台上捧献祭品时，双手忽然颤抖起来，二伯父赶紧上前接过去。跪拜行礼时也还镇定自如，回来也坚持不坐轿子，说是走动着好。回到家后，他说似乎觉得累了一点，要安静躺一会子，他自己上了床，脸向里躺下，叫大家都出去。过不了一会，伯父们悄悄进去看时祖父已经没有呼吸了，脸上还带着安静的微笑！我记得他的终年是八十六岁。

这时已是一九二三年的春季，我该忙我的毕业论文了。文科里的中国文学老师是周作人先生。他给我们讲现代文学，有时还讲到我的小诗和散文，我也只低头听着，课外他也从来没有同我谈过话。这时因为必需写毕业论文，我想自己对元代戏曲很不熟悉，正好趁着写论文机会，读些戏曲和参考书。我把论文题目《元代的戏曲》和文章大纲，拿去给周先生审阅。他一字没改就退回给我，说"你就写吧"。于是在同班们几乎都已交出论文之后，我才匆匆忙忙地把毕业论文交了上去。

就在这时我的吐血的病又发作了。我母亲也有这个病，每当身体累了或是心绪不好，她就会吐血。我这次的病不消说，是我即将离家的留恋之情的表现。老师们和父母都十分着急，带我到协和医院去检查。结果从透视和其他方面，都找不出有肺病的症状。医生断定是肺气枝涨大，不算什么大病症。那时我的考上协和医学院的同学们和林巧稚大夫——她也还是学生，都半开玩笑地和我说："这是天才病！不要胡思乱想，心绪稳定下来就好。"

于是我一面预备行装，一面结束学业。在毕业典礼台上，我除了得到一张学士文凭之外，还意外地得到了一把荣誉奖的金钥匙。

这一年的八月三日，我离开北京到上海准备去美。临行以前，我的弟弟们和他们的小朋友们，再三要求我常给他们写信，我答应了。这就是我写那本《寄小读者》的"灵感"！

八月十七日，美国邮船杰克逊总统号就把带着满腔离愁的我，从"可爱的海棠叶形的祖国"载走了！我写过一首诗：

> 她是翩翩的乳燕，
> 　横海飘游，
> 月明风紧，
> 　不敢停留——
> 在她频频回顾的
> 　飞翔里
> 总带着乡愁！

我在国内的大学生涯，从此结束。在我的短文里，写得最少的，就是这一段，而在我的回忆中，最惬意的也就是这一段，提起笔来，就说个没完了！

1985年3月18日

（最初发表于《收获》1985年第4期）

## 回忆"五四"

一九一九年,我是北京协和女子大学的一年生。

在"五四"的头几天,我已经告假住在东交民巷德国医院,陪着我的二弟为杰——他得了猩红热后,耳部动了手术。"五四"那一天的下午,我家的女工来给我送换洗的衣服,告诉我说街上有好几百个学生,打着白旗游行,嘴里喊着口号,路旁看的人挤得水泄不通。黄昏时候又有一个亲戚来了,兴奋地告诉我说北京的大学生们为了阻止北洋军阀政府签订出卖青岛的条约,聚集起游行的队伍,在街上高呼口号散发传单,最后涌到卖国贼章宗祥的住处,火烧了赵家楼,有许多学生被捕了。我听了又是兴奋又是愤慨,他走了之后,我的心还在激昂地跳。那天窗外刮着大风,槐花的浓香熏得我头痛!

第二天我就同二弟从医院回家去了,到学校销了假。学生自治会里完全变了样,人人站在院里激昂地面红耳赤地谈话,大家都投入了紧张的工作。我被选做了文书。我们学生会是北京女学界联合会之一员。出席北京女学界联合会和北京学生联合会的,多是些高班的同学,我们只参加文字宣传,鼓动罢课、罢市和对市民宣传。协和女子大学是个教会学校,向来对于当前政治潮流是阻隔着一道厚厚的堤防的。学校对于学生的教育是:"专心听道","安心读书",其余一概不闻不问。但是这次空前的声势浩大的爱国运动的力量,终于把这道堤防冲破了。对于素来不可侵犯的道貌岸然的美籍校长教员们,我们也理直气壮地和他们斗争了。

我们坚持罢课游行，罢课宣传。为了抵制日货，我们还旷课制造些日用品，绣些手绢等出卖，受到美籍校长和某些美国、中国的教员们的反对和讥讽。但是帝国主义者之间是有矛盾的，美帝国主义者对于中国学生反对日本帝国主义，还没有拿出最狞恶的面目来阻挡，于是一向修道院似的校院，也成了女学界联合会代表们开会的场所了。同时学生们个个兴奋紧张，一听到有什么紧急消息，就纷纷丢下书本涌出课堂，谁也阻挡不住！我们三五成群地挥舞着旗帜，在街头宣传，沿门沿户地进入商店，对着怀疑而又热情的脸，讲着人民必须一致起来，反对日本帝国主义的侵略压迫，反对军阀政府的卖国行为的大道理。我们也三三两两抱着大扑满，在大风扬尘之中，荒漠黯旧的天安门前，拦住过往的洋车，请求大家捐助几个铜子，帮助我们援救慰问那些被捕的爱国学生。我们大队大队地去参加北京法庭对于被捕学生的审问。我们开始用白话文写着各种形式的反帝反封建的文章，在各种报刊上发表。

"五四"运动的前后，新思潮空前高涨，新出的报刊杂志，像雨后春笋一样，目不暇给。我们都贪婪地争着买，争着借，彼此传阅。其中我最喜欢的是《新青年》里鲁迅先生写的小说，像《狂人日记》等篇，尖刻地抨击吃人的礼教，揭露着旧社会的黑暗与悲惨，读了使人同情而震动。

"五四"以后，在这伟大的运动里醒起的青年们，有许许多多看清了必须革反动政权的命，必须走俄国人的道路，才能救国。他们勇敢地投身到火热的革命斗争中去，走了百折不挠的艰苦的道路，终于和工农兵在一起把祖国拯救了出来。他们有的光荣地为革命而牺牲了，有的现在在新兴的祖国的各个岗位上，勤勤恳恳地为人民服务。另一部分青年，包括我自己，就像一泻千里的洪流中的靠近两岸的一小股，它冲不过河岸的阻力，只挨着岸边和竹头木屑一起慢慢地挪动着……

毛主席说得好："知识分子如果不和工农民众相结合，则将一事无成。"在"五四"运动时期，我还根本不知道"五四"运动是受着十月革命的影响，是受着有共产主义思想的人们像李大钊同志等人的领导。我的资产阶级家庭出身和所受的美帝国主义奴化教育，以及我自己软弱的本质，都使"五四"对我的影响，仅仅限于文学方面——以新的文学形式来代替旧的形式这一点。"五四"过后，我更是"闭关自守"，从简单幼稚的回忆中去找我的创作的源泉。我的脱离群众的生活，使我走了几十年的弯路，作了一个空头的文学家。但是现在我并不难过，只要一息尚存，而且和工农兵在一起的时候，我还总会感到激动与兴奋。我想，在党领导下，我还可以努力同工农兵相结合，学习他们，改造自己，使我能尽我一切的力量，在我自己的岗位上为人民服务。

一九五八年四月十八日

## 在美留学的三年

这应该是我的自传的第六段了。

我的《寄小读者》就是在美留学的三年之间写的，但叙述得并不完全，我和美国的几个家庭，几位教授，一些同学之间的可感、有趣的事情并没有都写进通讯里去。

我在《我的大学生涯》里写过我的英文教师鲍贵思女士对我特别地爱护和关怀。鲍女士的父亲鲍老牧师也在二十年代初期，到北京燕大来看过他的女儿，并游览了北京名胜。我们也陪他逛过西山。他在京病了一场，住在那时成立不久的协和医院。他对我们说，"我在美国和欧洲都住过医院，但是只有中国的医护人员最会体贴人。"

我到了美国东部的波士顿，火车上只有我一个中国人了。这时在车站上来接我的就是这两位鲍老牧师夫妇。在威校开学前，我就住在他们家里。我记得十分清楚，这地名是默特佛镇、火药库街四十六号。

46 Powder House Street
Medford, Mass.

这住址连我弟弟们都记得，因为他们写给我的信，都是先寄到那里。这所房子的电话号码是1146R。和我同船来的清华同学们在哈佛大学和麻省理工大学上课的，他们都来到这里来看望我，都记得这电话号码。他们还彼此戏谑，说是为的要记住这些数字，口中常念念有词，像背"主祷文"似的！

冰心与欢度"六一"儿童节的小朋友们合影

冰心(前中)在日本赏樱会上

这所房子是鲍老夫人娘家的,因为这里还住着一位老处女,鲍女士的姨母,*Josephine Wilcox*,我也跟鲍家子侄辈称她为周姨(Aunt Jo)。

因为鲍老牧师夫妇和"周姨"待我和他们自己的儿女一样,慈爱而体贴,我在那里住得十分安逸而自由。他们家里有一个女工和一个司机。女工专管做饭和收拾屋子,司机就给他们开车。这个女工工作并不细致,书桌上只草草地拂拭一下,这是我最看不惯的。于是在吃早饭后,同周姨一起洗过盘杯,我便把鲍老牧师和周姨的书案收拾得干干净净,和我在自己家里收拾我父亲的书案一样。

在我上学以前,鲍老牧师带我去参观了几个男女大学,他们又带我到麻省附近观赏了许多湖光山色,这些我在《寄小读者》通讯十八"九月九日以后"的记事中都讲到了,否则我既没有自己的车,又没有向导,哪能畅游那么多地方呢?

总之,在美国时期,鲍家就成了我的家,逢年过节,以及寒暑假,他们都来接我回"家"。鲍老牧师在孟省(Maine)的伍岛(Five Islands)还有一处避暑的房子。我就和他们一同去过。在《寄小读者》的通讯中,凡是篇末写着"默特佛"或"伍岛"的地名的,都是鲍家人带我一起去过的。

此外,还有好几位我的美国教授,也是我应当十分感谢的。他们为我做了一些"破例"的事情。我得到的威校的奖学金,每学期八百元,只供给学、住、膳费,零用钱是一文无着;我的威校中国同学如王国秀,她是考上清华留学官费的,每月可以领到八十美金。国秀告诉我,不是清华的官费生,也可以去申请清华的半官费,每月可以领到四十美金,只要你有教授们期终优秀成绩的考语。我听她的话，就填写了申请表，但是我只上了九个星期的课便病倒了，又从学校的疗养院搬到沙穰疗养院，我当然没有参加期终考试，而我的几位教授，却都在申请的表格上，写上了优秀的考语，于是我糊里糊涂地得了每月四十美元的零用金！

《寄小读者》通讯二十一中的 K 教授（Prof. E. Kendrick）是威校宗教系的教授，我没有上过她的课，但她在二十年代初期，曾到中国游历，在燕大女校住过些日子。我们几个同学，也陪她逛过西山，谈得很投机。因此我一到了威校，她便以监护人自居，对我照拂得无微不至！我在沙穰疗养院，总在愁自己的医疗费不知从哪里出，而疗养院也从来没有向我要过。后来才晓得是 K 教授取出威校给我的奖学金，来偿付的。我病愈后，回到鲍家，K 教授又从鲍家把我接出去避暑。她自己会开车，带我到了新汉寿（New Hampshire）的白岭（White Mountains）上去。《寄小读者》通讯二十一到二十三，就写的是这一段的经历。

我在美国接触过的家庭和教授们，在一九三六年重到美国时，曾又都去拜访过，并送了些作为纪念的中国艺术品。威校的教授们还在威校最大的女生宿舍"塔院"（Tower Court）里，设午宴招待我们。（那时 K 教授正在意大利罗马度假，她写信请我们到罗马去，于是我们在不见日、月、星三光的英都雾伦敦，呆了三个星期之后，便到了阳光灿烂的罗马。这是我留美三年以后的事了。）

还有更应该写下的，是我的那些热情活泼的美国同学。在《寄小读者》通讯九中我已经写了她们对于背乡离井的异国的生病同学的同情和关怀，这里还应当提到她们的"淘气"！我这人喜欢整齐，我宿舍屋里墙上挂的字、画、镜框，和我书桌上的桌灯、花瓶等，都摆在一定的地方，一旦有人不经意地挪了一下，我就悄没声地纠正了过来。她们不知道什么时候就注意上了。有一天我下课回来,发现我的屋子完全变了样!墙上的字画都歪了,相框都倒挂了起来,桌灯放到了书架上,花瓶藏到了床下。我开门出去,在过道上笑嚷:"哪一个淘气鬼把我的房间弄得乱七八糟的,快出来承认!"这时有好几间的屋门开了,她们都伸出头来捂着嘴大笑:这种淘气捣乱的玩笑,中国同学是决不会做的!

还有,威校在每天下午放学后,院子里就来了许多从哈佛大学、麻省理工学院、波士顿大学来访女友的男同学,这时这里就像是一座男女同学的校园,热闹非常。先是这宿舍里有个同学有个特别要好的男朋友来访,当这一对从楼下客室里出来,要到湖边散步时,面向院子的几十个玻璃窗儿都推上了,(美国一般的玻璃窗,是两扇上下推的,不像我们的向外或向内开的)女孩子们伸出头来,同声地喊:*No*(不可以)!这时这位男同学,多半是不好意思地低头同女朋友走了,但也有胆子大、脸皮厚的男孩子,却回头大声地笑喊 *Yes*(可以)!于是吓得那几十个伸出头来的女孩子,又吐了舌头,把窗户关上了!能使同学们对她开这种玩笑的人,必然是一个很得人心的同学。宿舍里的同学对我还都不坏,却从来没有同我开这种玩笑,因为每次来访问我的男同学,都不只一个人,或不是同一个人。到了我快毕业那一年,她们虽然知道文藻同我要好,但是文藻来访的时候不多,我们之间也很严肃,在院里同行,从来没有挎着胳臂拉着手地。女同学们笑说:"这玩笑太'野'了,对中国人开不得。"

我毕业回国后,还和几个比较要好的女同学通信,彼此结婚时还互赠礼物,我的大女儿吴冰 1980—1981 年到美国夏威尔大学,小女儿吴青 1982—1983 年到美国哈佛大学和麻省理工大学,都是以交换学者的身份去学习的,那里还有一两个我的威校女同学们去看她们,或邀请她们到家里度假。这些我的同学们都已是八十岁上下的人,更不是我留美三年中的事了!

1987年6月13日

我在写《在美留学的三年》的时候,写了一些和美国同学之间的故事,却没有写我和中国同学之间的故事,是个缺憾!

我在一九二三年进威尔斯利女子大学的时候,那里已经有了几位中国学生,都是本科的,有桂质良(理工系)、王国秀(历史系)、谢文秋(体育系)、陆慎仪(教育系),还有两位和我同时到校的,她们是黎元洪的女儿黎女士和她的女伴周女士,因为她们来了不久就走了,因此我连她们的名字都记不起来了。

威大的研究生,本来是不住在校内的;她们可以在校外的村子里找房子居住,比较自由。校方因为我从中国乍来,人生地不熟,特别允许我住在校内的宿舍,我就和王国秀等四人特别熟悉了起来。我们常常在周末,从个别的宿舍聚到一起,一面谈话,一面一同洗衣,一同缝补,一同在特定的有电炉的餐室里做中国饭,尤其是逢年过节(当然是中国的年节),我们就相聚饱餐一顿。但是在国庆日,我们就到波士顿去,和那里的"中国留学生会"的男女同学们,一同过节。

波士顿的中国留学生多半是清华出去的,他们在哈佛大学、麻省理工大学、波士顿大学等校学习,我们常有来往。威校以风景著名,波士顿的中国男同学,往往是十几个人一拨地来威校参观访问,来了就找中国女生导游,我们都尽力招待、解说。一九二五年以后，王国秀等都毕业走了，这负担就落在我一人身上，以致在那年的圣诞节前夕，在宿舍的联欢会上，舍监U夫人送我一个小本子，上面写："送上这个本子，作为你记录来访的一连队一连队的男朋友之用！"惹得女同学们都大笑不止！

我们同波士顿的中国男同学们，还组织过一个"湖社"，那可以算是一个学术组织，因为大家专业不同，我们约定每月一次，在慰冰湖上泛舟野餐，每次有一位同学主讲他的专业，其他的人可以提问，并参加讨论。我记得那时参加的男同学有哈佛大学的：陈岱孙、沈宗濂、时昭沄、浦薛凤、梁实秋；和燕大的瞿世英。麻省理工大学的有曾昭抡、顾毓琇、徐宗涑等。有时从外地来波士顿的中国学生，也可以临时参加，我记得文藻还来过一次。

此外我们还一同演过戏。一九二五年春，波士顿的男同学们要为美国同学演一场中国戏，选定了演《西厢记》，他们说女角必须到威校去请，但是我们谁都不愿意演崔莺莺，就提议演《琵琶记》，由谢文秋演赵五娘，由谢文秋的挚友、波士顿音乐学院的邱女士（我忘记了她的中国名字）演宰相的女儿，我只管服装，不参加演出，不料临时邱女士得了猩红热，只好由我来充数，好在台词不多，勉强凑合完场！

还有一次，记得是在一九二六年春（或一九二五年秋），在中国留学生年会上，就和时昭沄、徐宗涑演了一出熊佛西写的短剧（那时熊佛西也在美国），这剧名和情节都已忘记得干干净净。现在剧作者和其他两位演员，都已作古，连问都问不到了！

1987年6月22日补记

（最初发表于《收获》1987年第4期）

## 我回国后的头三年

我回到祖国,先住在来接我的放园表兄的上海家里。在上海的亲戚朋友们请我吃了好几顿丰盛的筵席。回到北京家里,自然又有长辈亲戚们接连请"接风酒",把我惯吃面包黄油的胃,吃得油腻了,久泻不愈。中西医都治过了,还没有多大效验,燕京大学又是九月初就要开学,我着急得了不得。这时我们的房东、旗人祈老太太来看我,说:"大姑娘,您要听我的话吃一种药,包您一吃就灵。"我的父母和我听了都十分高兴,连忙道谢。当天下午她就带一位十分慈祥的旗人老太太来,还带了一副十分讲究的鸦片烟灯和烟枪,在我的病床上,点上了白铜镂花和很厚的玻璃罩的烟灯,又递过一杆黑色有绿玉嘴子的烟枪,烟斗上已经装上了烟泡,让我就着灯尽管往里吸。我十分好奇地吸着呛着,只觉得又苦又香,渐渐地就糊涂过去了,据说那天我一直昏睡了十八个钟头,醒来时痢疾就痊愈了。回到燕大时,许多师友问我最后是怎么治的?我竟不敢说我是抽了大烟!

我回到母校教学,那正是燕京大学迁到西郊新校址的第一年,校舍是中国式的建筑,翠瓦红门,大门上挂着蔡元培先生写的"燕京大学"的匾额,进门是小桥流水,真是美轮美奂!最好的是校园里还有一个湖。据说这校址是从当时的陕西督军陈树藩手里买来的,是他在北京的房产中之一。那时湖里还没有水,湖中的小岛上也没有亭子,只在岛旁有一座石舫。我记得刚住到校里时,有一夜从朗润园回到我住处的燕南园53号时,还是从干涸的湖底直穿过来的。后来不久这湖里才放满了水,这一片盈盈的波光,为校景添了许多春色!

那时四座称为"院"的女生宿舍里,都有为女教师准备的两室一厅的单元,还可以在宿舍里吃女生餐厅的"小灶"。差不多中国籍的女教师如生物系教师江先群,教育系教师陈克明等都住进去了。我来得晚了一些,只好住进了燕南园53号英美国籍女教师居住的小楼。这个楼里吃的当然都是西餐,我在53号吃早餐,中晚两餐却到女生宿舍的第二院去吃中餐。我住在燕南园53号也有方便的地方,因为女生宿舍的会客室里,是"男宾止步"的,男宾来访女生,只能在院门口谈话,而燕南园53号的会客室就可以招待男宾。那时我的二弟为杰已考上燕大,三弟为楫也在预科学习,他们随时都可以到53号来看我。

这一年住进新校舍里的新教师、新学生……大家都感到兴高采烈,朝气蓬勃,一切都显得新鲜、美丽、愉快。特别是男女学生住在同一校园里——男生宿舍是六座楼,是坐西朝东,沿着湖边盖的。我的两个弟弟都住在里面,他们都十分喜欢这湖边的宿舍,说是游泳和溜冰都特别方便。于是种种活动也比较多,如歌咏团、戏剧团等等,真是热闹得很。

我在《当教师的快乐》一文中,曾提到我在教授会里是个"婴儿",而在学生群中却十分舒畅愉快,交了许多知心朋友。一年级的新生不必说了,他们几乎把我当姐姐看待。现在和我们有来往的如得到世界护士荣誉奖的王琇瑛,协和医学院毕业的高材生,晚年成为虔诚的基督徒的陈梅伯等等,至于现在中央民族学院教学的林耀华等,因为居处密迩,往来就更多了。

记得那时我为高班同学开的选修课中有《欧洲戏剧史》,用的是我在美国读过的笔记本，照本宣科，本来没有什么意义，但这个班里，有三年级同学焦菊隐，他比我只小三四岁吧，我们谈话时，一点不像师生，记得有一天早晨八时，他来上课——燕大国文系里的教师，大半是老先生，他们不大愿意太早上课，因此教务处把我的功课表都排在八时至十时之间——他进门来脱下帽子，里面还戴有一顶薄纱的压发帽，我就笑着说"焦菊隐同学，你还有一顶帽子没摘下来！"同学回头看了都笑了，他也笑着赶紧把压发帽撸了下来，塞进袖子里。

因为我喜欢听京戏，我同焦菊隐的课外谈话，常常谈到京戏。他毕业后就办了一所中国戏剧学校。学生实习的场所就在东安市场的吉祥戏院。焦菊隐为我在戏院楼上留了一间包厢，说是谢先生任何时候进城，都可以去看戏。这所戏校的四个年级学生的排行是：德、和、金、玉。所以以后的那几位名演员如王金璐、李和曾、李玉英……等，他们小时候演的戏，我都看过。学生的待遇也十分平等，在上一出戏里演主角的，在下一出就可能跑龙套。我觉得他是个很得学生敬爱的校长。七七事变后，我离开了北平，从此我们的消息便断绝了。关于焦菊隐以后的事迹，我还要细细地去打听。

前天收到一本《泰安师专学报》1987年第二期，里面有一篇《高兰评传》，使我猛然忆起我的学生郭德浩，他写诗的笔名，便是高兰！这篇文章里提到高兰做学生时受到我的影响，有许多溢美之词，我就不往我的脸上贴金了。但里面有一段话，使我回忆起："冰心给他教大一《国文》和《写作》时……有别具一格的指导方法……有一次她给学生出个作文题——《理想的美》，她要男同学在文章里写出《我理想中的美女子》，女同学却写《我理想中的美男子》，以此来抨击当时社会对思想解放的学生设下种种禁区……她认为爱情要坚贞而洁美……"我真不记得那时我会给大一学生出这样的题目,还有一次我的女学生潘玉美——她也有七十多岁了——从上海来京,顺便来看了我,也笑着提起,我给她们出过《初恋》的作文题目,还说"无论是亲身经验还是虚构的都可以写"。这些事我都忘得一干二净,我想我那时真是大胆到"别具一格",不知学生的家长们对我这个年轻的女教师,有什么评论,我也没有听见我们国文系的老先生们对我有什么告诫,大概他们都把我当做一个"孩子头","童言无忌"吧。

我在头一年回国后,还用了一百元的《春水》稿费,把我们在北京住了十几年的家,从中剪子巷搬到前圆恩寺一所坐北朝南的大房子里。这房子的门牌我忘记了,这房子的确不小,因为那时我的父亲升任了海军部次长,朋友的来往又多了些,同时我的大弟为涵又要结婚,中剪子巷的房子不够用了,就有父亲的一位朋友介绍了圆恩寺那所房子,说是本来有个小学要租用它,因为房东怕小学生把房子糟蹋了,他便建议租给我们。我记得我的父母亲住北房的三间,涵弟夫妇住了三间南屋,我住在东厢房的三间,杰弟和楫弟就住三间西厢房。我写的《关于女人》中第五段《叫我老头子的弟妇》,便是以那所房子为背景的,我说:

> ……我有点乏了,自己回东屋去吸烟休息。我那三间屋子是周末养静之所,收拾得相当整齐,一色的藤床竹椅,花架上供养着两盆腊梅,书案上还有水仙,掀起帘来,暖香扑面。……猛抬头看钟,已到十二时半,南屋里新房里还是人声鼎沸……

我回国的第二年，我父亲的学生们便来接他南下，到上海就任上海海道测量局长，兼任海道巡防处长，离开了北洋政府。我们的家便也搬到了上海的法租界徐家汇，和在华界的父亲办公处，只隔一条河。这房子也是父亲的学生们给找的。这一年涵弟便到美国留学去了。

我仍在北京的燕京大学任教，杰弟和楫弟在燕大的本科和预科上学。那时平沪的火车不通，在寒暑假我们都是从天津坐海船到上海省亲。我们姐弟都不晕船，夏天我们还是搭帆布床在舱面上睡觉。两三天的海行，觉得无聊，我记得我们还凑了一小本子的"歇后语"，如"罗锅儿上山——钱短"、"裱糊匠上天——糊云（胡云）"、"城隍庙改教堂——神出鬼没"、"老太太上车——别催（吹）了"、"猪八戒照镜子——前后不是人"，等等，我们想起一句，就写下一句，又笑了一阵。同时也发现关于"老太太"和"猪八戒"的歇后语还特别多。

这三年中，我和文藻通信不断。他的信寄到我上海家里的，我母亲都给锁在抽屉里，怕有人偷拆开看。寄到学校里的当然没有问题。住在同一宿舍的同事们，只知道常有从美国来的信，寄信人是 W. T. Wu. 她们也不知这个姓吴的是男是女，我当然也没有说。如今这些信都和存在燕大教学楼上的那些书箱，在珍珠港事变后，日军进驻燕大，把我们的存书都烧掉了。

往事写到这里，我不禁想到不但我年老的父母，就连文藻和我的三个弟弟此时也都已离开了我！"往事如烟"，我这一身永远裹在伤感的云雾之中了！

1987 年 11 月 30 日

（最初发表于《收获》1988 年第 2 期）

# 话说"相思"

我在美国威尔斯利女子大学研究院读硕士学位时,论文的题目是《李清照词英译》。导师是研究院教授 L 夫人。我们约定每星期五下午到她家吃茶。事前我把《漱玉词》一首译成英文散文,然后她和我推敲着译成诗句。我们一边吃着茶点,一边谈笑,都觉得这种讨论是个享受。

有一次——时间大约是一九二五年岁暮吧——在谈诗中间,她忽然问我:"你写过情诗没有?"我不好意思地说:"我刚写了一首,题目叫做'相思'":

> 避开相思,
> 披上裘儿,
> 走出灯明人静的屋子。
> 小径里冷月相窥,
> 枯枝——
> 　在雪地上
> 又纵横地写遍了相思!

12 月 12 日夜,1925

我还把汉字"相思"两字写给她看,因为"相"字旁的"目"字和"思"字上面的"田"字,都是横平竖直的,所以雪地上的枯枝会构成"相思"两字。她笑了,说是"很有意思,若是用弯弯曲曲的英文字母,就写不出来了"!

她只笑着,却没有追问我写这首诗的背景。那时威大的舍监和同宿舍的同学,都从每天的来信里知道我有个"男朋友"了。那年暑假我同文藻在绮色佳大学补习法文时,还在谈着恋爱!十二月十二日夜我得到文藻一封充满着怀念之情的信,觉得在孤寂的宿舍屋里,念不下书了,我就披上大衣,走下楼去,想到图书馆人多的地方,不料在楼外的雪地上却看见满地上都写着"相思"两字!结果,我在图书馆里也没念成书,却写出了这一首诗。但除了对我的导师外,别的人都没有看过,包括文藻在内!

"相思"两字在中国,尤其在诗词里是常见的字眼。唐诗中的"情人怨遥夜,竟夕起相思","愿君多采撷,此物最相思",唐代的李商隐无可奈何地说"直道相思了无益",清代的梁任公先生却执拗地说"不因无益废相思"。此外还有写不完、道不尽的相思诗句,不但常用于情人朋友之间,还有用于讽刺时事的,这里就不提它了。

说到这里,我想起一段笑话:一九二六年,我回到母校燕京大学,教一年级国文课。这班里多是教务处特地编到我班里来的福建、广东的男女学生,为了教好他们的普通话,为了要他们学会"咬"准字音,我有时还特意找些"绕口令",让他们学着念。有一次就挑了半阕词,记得是咏什么鸟的:

金埒①远,玉塘稀,
天空海阔几时归?

---

① 金埒(liè),以钱铺成的界沟,以言奢华。——作者

相离只晓相思死，

那识相思未死时！

　　这"相思死"和"未死时"几个字，十分拗口，那些学生们绕不过口来，只听见满堂的"嘶，嘶，嘶"和一片笑声！

　　不久，有一天一位女同事（我记得是生物系的助教江先群，她的未婚夫是李汝祺先生，也是清华的学生，比文藻高两班，那时他也在美国）悄悄地笑问我："听说你在班里尽教学生一些香艳的诗曲，是不是你自己也在想念海外的那个人了？"我想她指的一定是我教学生念的那两句有关"相思"的词句。我一边辩解着，却也不禁脸红起来。

1986年3月26日晨

（最初发表于《人民日报》1987年4月9日）

## 生命从八十岁开始[①]

亲爱的小朋友：

　　我每天在病榻上躺着，面对一幅极好看的画。这是一个满面笑容，穿着红兜肚，背上扛着一对大红桃的孩子，旁边写着"敬祝冰心同志八十大寿"，底下落款是"一九八〇年十月《儿童文学》敬祝"。

　　每天早晨醒来，在灿烂的阳光下看着它，使我快乐，使我鼓舞，但是"八十"这两个字，总不能使我相信我竟然已经八十岁了！

　　我病后有许多老朋友来信，又是安慰又是责难，说："你以后千万不能再不服老了！"所以，我在复一位朋友的信里说："孔子说他常觉得'不知老之将至'，我是'无知'到了不知老之已至的地步！"

　　这无知要感谢我的千千万万的小读者！自从我二十三岁起写《寄小读者》以来，断断续续地写了将近六十年。正是许多小读者们读《寄小读者》后的来信，这热情的回响，使我永远觉得年轻！

　　我在病中不但得到《中国少年报》编辑部的赠花，并给我拍了照，也得到许多慰问的信，因为这些信的祝福都使我相信我会很快康复起来。我的病是在得了"脑血栓"之后，又把右胯骨摔折。因此行动、写字都很困难。写这几百字几乎用了半个小时，

---

[①] 本文是冰心《三寄小读者》一书的序言。

但我希望在一九八一年我完全康复之后，再努力给小朋友们写些东西。西谚云"生命从四十岁开始"。我想从一九八一年起，病好后再好好练习写字，练习走路。"生命从八十岁开始"，努力和小朋友们一同前进！

祝　你们健康快乐

你们的热情的朋友　冰心

一九八〇年十月二十九日于北京医院

# 第 五 辑

## 我的祖父

关于我的祖父,我在许多短文里,已经写过不少了。但还有许多小事,趣事,是常常挂在我的心上。我和他真正熟悉起来,还是在我十一岁那年回到故乡福州那时起,我差不多整天在他身边转悠!我记得他闲时常到城外南台去访友,这条路要过一座大桥,一定很远,但他从来不坐轿子。他还说他一路走着,常常遇见坐轿子的晚辈,他们总是赶紧下轿,向他致敬。因此他远远看见迎面走来的轿子,总是转过头去,装作看街旁店里的东西,免得人家下轿。他说这些年来,他只坐过两次轿子:一次是他手里捧着一部曲阜圣迹图(他是福州尊孔兴文会的会长),他觉得把圣书夹在腋下太不恭敬了,就坐了轿子捧着回来;还有一次是他的老友送给他一只小狗,他不能抱着它走那么长的路,只好坐了轿子。祖父给这只小狗起名叫"金狮"。我看到它时,已是一只大狗了。我握着它的前爪让它立起来时,它已和我一般高了,周身是金灿灿的发亮的黄毛。它是一只看家的好狗,熟人来了,它过去闻闻就摇起尾来,有时还用后腿站起,抬起前爪扑到人家胸前。生人来了,它就狂吠不止,让一家人都警惕起来。祖父身体极好,但有时会头痛,头痛起来就静静地躺着,这时全家人都静悄悄起来了,连"金狮"都被关到后花园里。我记得母亲静悄悄地给祖父下了一碗挂面,放在厨房桌上,四叔母又静悄悄地端起来,放在祖父床前的小桌上,旁边还放着一小碟子"苏苏"熏鸭。这"苏苏"是人名,也是福州鼓楼一间很有名的熏鸭店名。这熏鸭一定很贵,因为我们平时很少买过。

祖父对待孙女们一般比孙子们宽厚,我们犯了错误,他常常"视而不见"地让它过去。我最记得我和我的三姐(她是四叔母的女儿,和我同岁)常常给祖父"装烟",我们都觉得从他嘴里喷出来的水烟,非常好闻。于是在一次他去南台访友,走了以后(他总是扣上前房的门,从后房走的),我们仍在他房里折叠他换下的衣衫。料想这时断不会有人来,我们就从容地拿起水烟袋,吹起纸煤,轮流吸起烟来,正在我们呛得咳嗽的时候,祖父忽然又从后房进来了,吓得我们赶紧放下水烟袋,拿起他的衣衫来乱抖乱拂,想抖去屋里的烟雾。祖父却没有说话,也没有笑,拿起书桌上的眼镜盒子,又走了出去。我们的心怦怦地跳着,对面苦笑了半天,把祖父的衣衫叠好,把后房门带上出来。这事我们当然不敢对任何人说,而祖父也始终没有对任何人说过我们这件越轨的举动。

祖父最恨赌博,即使是岁时节庆,我们家也从来听不见搓麻将、掷骰子的声音。他自己的生日,是我们一家最热闹的日子了,客人来了,拜过寿后,只吃碗寿面。至亲好友,就又坐着谈话,等着晚上的寿席,但是有麻将癖的客人,往往吃过寿面就走了,他们不愿意坐谈半天的很拘束的客气话。

在我们大家庭里,并不是没有麻将牌的。四叔母屋里就有一副很讲究的象牙麻将牌。我记得在我回福州的第二年,我父亲奉召离家的时候,我因为要读完女子师范的第二个学期,便暂留了下来,母亲怕我们家里的人会娇惯我,便把我寄居在外婆家。但是祖父常常会让我的奶娘(那时她在祖父那里做短工)去叫我。她说:"莹官,你爷爷让你回去吃龙眼。他留给你吃的那一把龙眼,挂在电灯下面的,都烂掉得差不多了!"那时正好我的三堂兄良官,从小在我家长大的,从兵舰上回家探亲,我就和他还有二伯母屋里的四堂

冰心晚年在玫瑰花前

冰心与巴金愉悦地交谈(1980年)

兄枢官，以及三姐，在夜里九点祖父睡下之后，由我出面向四叔母要出那副麻将牌来，在西院的后厅打了起来。打着打着，我忽然拼够了好几副对子，和了一副"对对和"！我高兴得拍案叫了起来。这时四叔母从她的后房急急地走了出来，低声地喝道："你们胆子比天还大！四妹，别以为爷爷宠你，让他听见了，不但从此不疼你了，连我也有了不是，快快收起来吧！"我们吓得喏喏连声，赶紧把牌收到盒子里送了回去。这些事，现在一想起来就很内疚，我不是祖父想象里的那个乖孩子，离了他的眼，我就是一个既淘气又不守法的"小家伙"。

## 我的父亲

关于我的父亲,零零碎碎地我也写了不少了。我曾多次提到,他是在"威远"舰上,参加了中日甲午海战。但是许多朋友和读者都来信告诉我,说是他们读了近代史,"威远"舰并没有参加过海战。那时"威"字排行的战舰很多,一定是我听错了,我后悔当时我没有问到那艘战舰舰长的名字,否则也可以对得出来。但是父亲的确在某一艘以"威"字命名的兵舰上参加过甲午海战,有诗为证!

记得在一九一四至一九一五年之间,我在北京中剪子巷家里客厅的墙上,看到一张父亲的挚友张心如伯伯(父亲珍藏着一张"岁寒三友"的相片,这三友是父亲和一位张心如伯伯,一位萨幼洲伯伯。他们都是父亲的同学和同事。我不知道他们的大名,"心如"和"幼洲"都是他们的别号)贺父亲五十寿辰的七律二首,第一首的头两句我忘了:

××××××× 
××××××× 
东沟决战甘前敌 
威海逃生岂惜身 
人到穷时方见节 
岁当寒后始回春 
而今乐得英才育

坐护皋比士气伸

第二首说的都是谢家的典故，没什么意思，但是最后两句，点出了父亲的年龄：

乌衣门第旧冠裳
想见阶前玉树芳
希逸有才工月赋
惠连入梦忆池塘
出为霖雨东山望
坐对棋枰别墅光
莫道假年方学易
平时诗礼已闻亢

从第一首诗里看来，父亲所在的那艘兵舰是在大东沟"决战"的，而父亲是在威海卫泅水"逃生"的。

提到张心如伯伯，我还看到他给父亲的一封信，大概是父亲在烟台当海军学校校长的时期（父亲书房里有一个书橱，中间有两个抽屉，右边那个珍藏着许多朋友的书信诗词，父亲从来不禁止我去翻看）。信中大意说父亲如今安下家来，生活安定了，母亲不会再有"会少离多"的怨言了，等等。中间有几句说："秋分白露，佳话十年，会心不远，当目笑存之。"我就去问父亲："这佳话十年，是什么佳话？"父亲和母亲都笑了，说：那时心如伯伯和父亲在同一艘兵舰上服役。海上生活是寂寞而单调的，因此每逢有人接到家信，就大家去抢来看。当时的军官家属，会亲笔写信的不多，母亲的信总会引起父亲同伴的特别注意。有一次母亲信中提到"天气"的时候,引用了民间谚语:"白露秋分夜,一夜冷一夜",大家看了就哄笑着逗着父亲说:"你的夫人想你了,这分明是'鸳鸯瓦冷霜华重,翡翠衾寒谁与共'的意思!"父亲也只好红着脸把信抢了回去。从张伯伯的这封信里也可以想见当年长期在海上服务的青年军官们互相嘲谑的活泼气氛。

就是从父亲的这个书橱的抽屉里,我还翻出萨镇冰老先生的一首七绝,题目仿佛是《黄河夜渡》:

晓发××尚未寒
夜过荥泽觉衣单
黄河桥上轻车渡
月照中流好共看

父亲盛赞这首诗的末一句,说是"有大臣风度",这首诗大概是作于清末,萨老先生当海军副大臣的时候,正大臣是载洵贝勒。

一九八四年十一月五日清晨

# 我的母亲

关于我的母亲,我写的不少了。二十年代初期,在美国写《寄小读者》时写了她;三十年代初期,她逝世后,我在《南归》中写了她;四十年代初期,我以"男士"的笔名写的《关于女人》这本书中写了她;同时在那时候,应《大公报》之约,再写《儿童通讯》,在"通讯三"中又写了她。这些文章在《冰心文集》中都可以找到,也可以从这些文章中看出她是怎样的一位母亲。

我想,天下没有一个人,不认为自己的母亲是最好的母亲(当然也有例外)。但是母亲离开我已经五十七年了,这半个世纪之中,我不但自己做了母亲,连我的女儿们也做了母亲。我总觉得不但我们自己,也还有许多现代的母亲们,能够像我母亲那样得到儿女的敬爱。

关于母亲的许多大事,我都写过了。现在从头忆起,还觉得有许多微末细小的事,也值得我们学习。

我记得民国初期,袁世凯当总统时,黎元洪伯伯是副总统,住在东厂胡同(黎伯伯同我父亲是北洋水师学堂的同班同学,黎伯伯学的是管轮,父亲学的是驾驶)。父亲却没有去拜访过。等到袁世凯称帝,一面把黎伯伯封为武义亲王,一面却把他软禁在中南海的瀛台里。这时父亲反常到瀛台去陪他下棋谈话。我总听见母亲提醒父亲说:"你又该去看看黎先生了。"她听父亲说瀛台比我们家里还冷,也提醒父亲说:"别忘了多穿点衣服。"

母亲从来不开拆我们收到的信件,也从来不盘问我们和同学朋友之间的往来。因为她表示对我们的信任和理解。我们反而不惮其烦地把每封信都给她看,每件事都同她说。

她从来不积攒什么希奇珍贵的东西。她得到的礼物,随时收下,随时又送给别人。

她从来没有"疾言厉色",尤其是对佣人们,总是微笑地、和言悦色地嘱咐指挥着一切。

她喜爱整洁,别人做得不周到时,她就悄悄地自己动手。我看见过她跪在铺着报纸的砖地上,去扫除床下的灰尘。

母亲常常教导我们"勤能补拙,俭以养廉"的道理。她自己更是十分勤俭,我们姐弟的布衣,都是她亲手缝制的。她年轻时连一家大小过年时穿的绸衣,也是自己来做。祖父十分喜欢母亲的针线,特别送她一副刀尺,这是别个儿媳所没有的。她做衣服还做得很快,我的三个在中学的弟弟,都是一米六七的个子,母亲能够一天给他们做出一件长衫。那时当然没有缝纫机!

她是个最"无我"的人!我一直努力想以她为榜样,学些处世做人的道理,但我没有做到……

一九八七年十二月二十三日晨。

# 我的小舅舅

我的小舅舅杨子玉先生，是我的外叔祖父杨颂岩老先生的儿子。外叔祖父有三个女儿，晚年得子，就给他起名叫喜哥，虽然我的三位姨母的名字并不是福、禄、寿！我们都叫他喜舅。他是我们最喜爱的小长辈。他从不腻烦小孩子，又最爱讲故事，讲得津津有味，似乎在讲故事中，自己也得到最大的快乐。

他在唐山路矿学校读书的时候，夏天就到烟台来度假，这时我们家就热闹起来了。他喜欢喝酒，母亲每晚必给他预备一瓶绍兴和一点下酒好菜。父亲吃饭是最快的，他还是按着几十年前海军学堂的习惯，三分钟内就把饭吃完，离桌站起了。可是喜舅还是慢慢地啜，慢慢地吃，还总是把一片笋或一朵菜花，一粒花生翻来覆去地夹着看，不立时下箸。母亲就只好坐在桌边陪他。他酒后兴致最好，这时等在桌边的我们，就哄围过来，请他讲故事。现在回想起来，他总是先从笑话或鬼怪故事讲起，最后也还是讲一些同盟会的宣传推翻清廷的故事。他假满回校，还常给我们写信，也常寄诗。我记得他有《登万里长城》一首：

　　划地界夷华
　　秦王计亦差
　　怀柔如有道
　　胡越可为家
　　安用驱丁壮

翻因起怨嗟
即今凭吊处
不复有鸣笳

还有一首《月夜寄内》，那是他结婚后之作，很短，以他的爱人的口气写的。

之子不归来
楼头空怅望
新月来弄人
幻出刀环样

我在中学时代，他正做着铁路测量工作，每次都是从北京出发，因此他也常到北京来。他一离开北京，就由我负责给他寄北京的报纸，寄到江西萍乡等地。测量途中，他还常寄途中即景的诗，我只记得一两句，如：

瘦牛伏水成奇石

他在北京等待任务的时间，十分注意我的学习。他还似乎有意把我培养成一个"才女"。他鼓励我学写字，给我买了许多字帖，还说要先学"颜"，以后再转学"柳"、学"赵"。又给我买了许多颜料和画谱，劝我学画。他还买了很讲究的棋盘和黑白棋子，教我下围棋，说是"围棋不难下，只要能留得一个不死的口子，就输不了"。他还送我一架风琴，因此我初入贝满中学时，还交了学琴的费。但我只学了三个星期就退学了，因为我一看见练习指法的琴谱，就头痛。总之，我是个好动的、坐不住的孩子，身子里又没有音乐和艺术的细胞！和琴、棋、书、画都结不上因缘。喜舅给我买的许多诗集中，我最不喜欢《随园女弟子诗集》，而我却迷上了龚定庵、黄仲则和纳兰成德。

二十年代初期，喜舅就回到福建的建设厅去工作了，我也入了大学，彼此都忙了起来，通信由稀疏而渐渐断绝。总之，他在我身上"耕耘"最多，而"收获"最少，我辜负了他，因为他在自己的侄子们甚至于自己的儿子身上，也没有操过这么多的心！

这里应该补上一段插曲。一九一一年，我们家回到福州故乡的时候，喜舅已先我们回去了。他一定参与了光复福建之役。我只觉得他和他的朋友们——都是以后到我北京家里来过，在父亲书斋里长谈的那些人——仿佛都忙得很，到我家来，也很少找我们说笑。有时我从"同盟会"门口经过——我忘了是什么巷，大约离我们家不远——常见他坐在大厅上和许多人高谈阔论。他和我的父亲对当时的福建都督彭寿松都很不满，说是"换汤不换药"。我记得那时父亲闲着没事，就用民歌"墦间祭"的调子，编了好几首讽刺彭寿松的歌子。喜舅来了，就和我们一同唱着玩，他说是"出出气"！这些歌子我一句也不记得了，《墦间祭》的原歌也有好几首，我倒记得一首，虽然还不全。这歌是根据《孟子》的离娄章里"齐人有一妻一妾……"的故事，这妻妾发现齐人是到墦间乞食，回来却骄傲地自诩是到富贵人家去赴宴，她们就"羞泣"地唱了起来。调子很好听，我听了就忘不了！这首是妻唱的：

稳步出家庭

×××××
家家插柳，时节值清明
出东门好一派水秀山明
哎呵，对景倍伤情！

第二首是妾唱的，情绪就好得多！说什么"昨夜灯前，细(？)踏青鞋"。一提起《墦间祭》，又把许多我在故乡学唱闽歌的往事，涌到心上来了。

一九八五年三月三日

## 我的表兄们

中国人的亲戚真多！除了堂兄姐妹，还有许许多多的表兄弟姐妹。正如俗语说的："一表三千里。"姑表、舅表、姨表；还有表伯、表叔、表姑、表姨的儿子，比我大的，就都是我的表兄了；其中有许多可写的，但是我最敬重的，是刘道铿（放园）先生。他是我母亲的表侄，怎么"表"法，我也说不清楚，他应该叫我母亲"表姑"，但他总是叫"姑"，把"表"字去掉。据我母亲说是他们从小在一个院住，因此彼此很亲热。从民国初年，我们到北京后，每逢年节或我父母亲的生日，他们一家必来拜贺。他比我大十七岁，我总以长辈相待，捧过茶烟，打过招呼，就退到一边，带他的儿女玩去了。那时他是《晨报》的编辑，我们家的一份《晨报》就是他赠阅的。"五四"运动时，我是协和女大学生会的文书，要写些宣传的文章，学生会还让我自己去找报刊发表。这时我才想起这位当报纸编辑的表兄，便从电话里和他商量，他让我把文章寄去。这篇短文，一下便发表出来了，我虽然很兴奋，但那时我一心一意想学医，写宣传文章只是赶任务，并不想继续下去。放园表兄却一直鼓励我写作，同时寄许多那时期出版的刊物，如《新青年》、《新潮》、《少年中国》、《解放与改造》等等，让我阅读。我寄去的稿子，从来没有被修改或退回过，有时他还替上海的《时事新报》索稿。他就像我的亲哥哥一样，关心我的一切。一九二三年我赴美时，他还替我筹了一百美元，作为旅费——因为我得到的奖学金里，不包括旅费——但是这笔款，父亲已经替我筹措了。放园表兄仍是坚持要我带在身边,以备不时之需,我也只好把这款带走,但一直没有动用。一九二六年我得了硕士学位,应聘到母校——燕京大学——任教,旅费是学校出的。我一回到上海——那时放园表兄在上海通易信托公司任职——就把这百元美金,还给了他。

放园表兄很有学问,会吟诗填词,写得一笔好字。母亲常常夸他天性淳厚。他十几岁时,父母就相继逝世,他的弟妹甚至甥侄,都是他一手扶持起来的。自我开始写作,他就一直和我通讯,我在美期间,有一次得他的信,说:"前日到京,见到姑母,她深以你的终身大事为念,说你一直太不注意这类事情,她很不放心。我认为你不应该放过在美的机会,切要多多留意。"原文大概是这些话,我不太记得了。我回信说:"谢谢你的忠告,请您转告母亲,我'知道了'!"一九二六年,我回到家,一眼就看见堂屋墙上挂的红泥金对联,是他去年送给父亲六十大寿的:

花甲初周　德星双耀
明珠一颗　宝树三株

把我们一家都写进去了。

五十年代初期,他回到北京,就任文史馆馆员,我们又时常见面,记得他那时常替人写字,评点过《白香山全集》,还送我一部。一九五七年他得了癌疾,在北京逝世。

还有一位表兄,我只闻其声,从未见过其人。但他的一句笑话,我永远也忘不了,因为他送给我的头衔称号,是我这一辈子无论如何努力,也争取不到的!

我有一位表舅——也不知道是我母亲的哪一门表姑，嫁到福州郊区的胪下镇郑家——因为是三代单传，她的儿子生下来就很娇惯，小名叫做"皇帝"。他的儿子，当然就是"太子"了，这"太子"表兄，大约比我大七八岁。这两位"至尊"，我都没有拜见过。一九一一年的冬天，我回到福州，有一夜住在舅舅家。福州人没有冬天生炉子的习惯，天气一冷，大家没事就都睡得很早。我躺在床上睡不着，听见一个青年人的声音，从外院一路笑叫着进来，说："怎么这么早皇亲国戚都困觉了?!"我听到这个新奇的称呼，我觉得他很幽默！

一九八六年七月二十五日

## 我的老伴——吴文藻(之一)

　　我想在我终于投笔之前,把我的老伴——和我共同生活了五十六年的吴文藻这个人,写了出来,这就是我此生文字生涯中最后要做的一件事,因为这是别人不一定会做,而且是做不完全的。

　　这篇文章,我开过无数次的头,每次都是情感潮涌,思绪万千,不知从哪里说起!最后我决定要稳静地简单地来述说我们这半个多世纪以来的、共同度过的、和当时全国大多数知识分子一样的"平凡"生活。

　　今年一月十七大雾之晨,我为《婚姻与家庭》杂志写了一篇稿子,题目就是《论婚姻与家庭》。我说:

　　　　家庭是社会的细胞。

　　　　有了健全的细胞,才会有一个健全的社会,乃至一个健全的国家。

　　　　家庭首先由夫妻两人组成。

　　　　夫妻关系是人际关系中最密切最长久的一种。

　　　　夫妻关系是婚姻关系,而没有恋爱的婚姻是不道德的!

　　　　恋爱不应该只感情地注意到"才"和"貌",而应该理智地注意到双方的"志同道合"(这"志"和"道"包括爱祖国、爱人民、爱劳动等等),然后是"情投意合"(这"情"和"意"包括生活习惯和爱好等等)。

　　　　在不太短的时间考验以后,才能考虑到组织家庭。

一个家庭对社会对国家要负起一个健康细胞的责任，因为在它周围还有千千万万个细胞。

一个家庭要长久地生活在双方人际关系之中，不但要抚养自己的儿女，还要奉养双方的父母，而且还要亲切和睦地处在双方的亲、友、师、生之中。

婚姻不是爱情的坟墓，而是更亲密的、灵肉合一的爱情的开始。

"二人同心，其利断金"是中国人民几千年智慧的结晶。

人生的道路，到底是平坦的少，崎岖的多。

在平坦的道路上，携手同行的时候，周围有和暖的春风，头上有明净的秋月。两颗心充分地享受着宁静柔畅的"琴瑟和鸣"的音乐。

在坎坷的路上，扶掖而行的时候，要坚忍地咽下各自的冤抑和痛苦，在荆棘遍地的路上，互慰互勉，相濡以沫。

有着忠贞而精诚的爱情在维护着，永远也不会有什么人为的"划清界线"，什么离异出走，不会有家破人亡，也不会教育出那种因偏激、怪僻、不平、愤怒而破坏社会秩序的儿女。

人生的道路上，不但有"家难"！而且有"国忧"，也还有世界大战以及星球大战。

但是由健康美满的恋爱和婚姻组成的千千万万的家庭，就能勇敢无畏地面对这一切！

我接受写《论婚姻与家庭》这个任务，正是在我沉浸于怀念文藻的情绪之中的时候。我似乎没有经过构思，提起笔来就自然流畅地写了下去。意尽停笔，从头一看，似乎写出了我们自己一生共同的理想、愿望和努力的实践，写出了我现在的这篇文章的骨架！

以下我力求简练，只记下我们生活中一些有意义和有趣的值得写下的一些平凡琐事吧。

话还得从我们的萍水相逢说起。

一九二三年八月十七日，美国邮船杰克逊号，从上海启程直达美国西岸的西雅图。这一次船上的中国学生把船上的头等舱位住满了。其中光是清华留美预备学校的学生就有一百多名，因此在横渡太平洋两星期的光阴，和在国内上大学的情况差不多，不同的就是没有课堂生活，而且多认识了一些朋友。

我在贝满中学时的同学吴搂梅——已先期自费赴美——写信让我在这次船上找她的弟弟、清华学生——吴卓。我到船上的第二天，就请我的同学许地山去找吴卓，结果他把吴文藻带来了。问起名字才知道找错了人！那时我们几个燕大的同学正在玩丢沙袋的游戏，就也请他加入。以后就倚在船阑上看海闲谈。我问他到美国想学什么？他说想学社会学。他也问我，我说我自然想学文学，想选修一些英国十九世纪诗人的功课。他就列举几本著名的英美评论家评论拜伦和雪莱的书，问我看过没有？我却都没有看过。他说："你如果不趁在国外的时间，多看一些课外的书，那么这次到美国就算是白来了！"他的这句话深深地刺痛了我！我从来还没有听见过这样的逆耳的忠言。我在出国前已经开始写作，诗集《繁星》和小说集《超人》都已经出版。这次在船上，经过介绍而认识的朋友，一般都是客气地说"久仰、久仰"，像他这样首次见面，就肯这样坦率地进言，使我悚然地把他作为我的第一个诤友、畏友！

这次船上的清华同学中，还有梁实秋、顾一樵等对文艺有兴趣的人，他们办了一张《海啸》的墙报，我也在上面写过稿，也参加过他们的座谈会。这些事文藻都没有参加，他对文艺似乎没有多大的兴趣，和我谈话时也从不提到我的作品。

船上的两星期，流水般过去了。临下船时，大家纷纷写下住址，约着通信。他不知道我到波士顿的威尔斯利女子大学研究院入学后，得到许多同船的男女朋友的信函，我都只用威校的风景明片写了几句应酬的话回复了，只对他，我是写了一封信。

他是一个酷爱读书和买书的人，每逢他买到一本有关文学的书，自己看过就寄给我。我一收到书就赶紧看，看完就写信报告我的体会和心得，像看老师指定的参考书一样的认真。老师和我作课外谈话时，对于我课外阅读之广泛，感到惊奇，问我是谁给我的帮助？我告诉她，是我的一位中国朋友。她说："你的这位朋友是个很好的学者！"这些事我当然没有告诉文藻。

我入学不到九个星期就旧病——肺气枝扩大——复发，住进了沙穰疗养院。那时威校的老师和中、美同学以及在波士顿的男同学们都常来看我。文藻在新英格兰东北的新罕布什州的达特默思学院的社会学系读三年级——清华留美预备学校的最后二年，相当于美国大学二年级——新罕布什州离波士顿很远，大概要乘七八个小时的火车。我记得一九二三年冬，他因到纽约度年假，路经波士顿，曾和几位在波士顿的清华同学来慰问过我。一九二四年秋我病愈复学。一九二五年春在波士顿的中国学生为美国朋友演《琵琶记》，我曾随信给他寄了一张入场券。他本来说功课太忙不能来了，还向我道歉。但在剧后的第二天，到我的休息处——我的美国朋友家里——来看我的几个男同学之中，就有他！

一九二五年的夏天，我到绮色佳的康耐尔大学的暑期学校补习法文，因为考硕士学位需要第二外国语。等我到了康耐尔，发现他也来了，事前并没有告诉我，这时只说他大学毕业了，为读硕士也要补习法语。这暑期学校里没有别的中国学生，原来在康耐尔学习的，这时都到别处度假去了。绮色佳是一个风景区，因此我们几乎每天课后都在一起游山玩水，每晚从图书馆出来，还坐在石阶上闲谈。夜凉如水，头上不是明月，就是繁星。到那时为止，我们信函往来，已有了两年的历史了，彼此都有了较深的了解，于是有一天在湖上划船的时候，他吐露了愿和我终身相处。经过了一夜的思索，第二天我告诉他，我自己没有意见，但是最后的决定还在于我的父母，虽然我知道只要我没意见，我的父母是不会有意见的！

一九二五年秋，他入了纽约哥伦比亚大学，离波士顿较近，通信和来往也比较频繁了。我记得这时他送我一大盒很讲究的信纸，上面印有我的姓名缩写的英文字母。他自己几乎是天天写信，星期日就写快递，因为美国邮局星期天是不送平信的，这时我的宿舍里的舍监和同学们都知道我有个特别要好的男朋友了。

一九二五年冬，我的威校同学王国秀，毕业后升入哥伦比亚大学的，写信让我到纽约度假。到了纽约，国秀同文藻一起来接我。我们在纽约玩得很好，看了好几次莎士比亚的戏。

一九二六年夏，我从威校研究院取得了硕士学位，应邀回母校燕大任教。文藻写了一封很长的信，还附了一张相片，让我带回国给我的父母。我回到家还不好意思面交，只在一天夜里悄悄地把信件放在父亲床前的小桌上。第二天，父母亲都没有提到这件事，我也更不好问了。

一九二八年冬，他在哥伦比亚大学得了博士学位，还得到哥校"最近十年内最优秀的外国留学生"奖状。他取道欧洲经由苏联，于一九二九年初到了北京。这时他已应了燕大和清华两校教学之聘,燕大还把在燕南园兴建的一座小楼,指定给我们居住。

那时我父亲在上海海道测量局任局长。文藻到北京不几天就回到上海,我的父母很高兴地接待了他,他在我们家住了两天,又回他江阴老家去。从江阴回来,就在我家举行了简单的订婚仪式。

年假过后,一九二九年春,我们都回到燕大教学,我在课余还忙于婚后家庭的一切准备。他呢,除了请木匠师傅在楼下他的书房的北墙,用木板做一个"顶天立地"的大书架之外,只忙于买几张半新的书橱,卡片柜和书桌等等,把我们新居的布置装饰和庭院栽花种树,全都让我来管。

我们的婚礼是在燕大的临湖轩举行的,一九二九年六月十五日是个星期六。婚礼十分简单,客人只有燕大和清华两校的同事和同学,那天待客的蛋糕、咖啡和茶点,我记得只用去三十四元!

新婚之夜是在京西大觉寺度过的。那间空屋子里,除了自己带去的两张帆布床之外,只有一张三条腿的小桌子——另一只脚是用碎砖垫起的。两天后我们又回来分居在各自的宿舍里,因为新居没有盖好,学校也还没有放假。

暑假里我们回到上海和江阴省亲。他们为我们举办的婚宴,比我们在北京自己办的隆重多了,亲友也多,我们把收来的许多红幛子,都交给我们两家的父母,作为将来亲友喜庆时还礼之用。

朋友们都劝我们到杭州西湖去度蜜月,可是我们只住了一天就热坏了,夏天的西湖就像蒸锅一般!那时刘放园表兄一家正在莫干山避暑,我们被邀到莫干山住了几天。文藻惦记着秋后的教学,我惦念着新居的布置,在假满之前,匆匆地又回到了北京。关于这一段,我在《第一次宴会》那篇小说里曾描写过。

上课后，文藻就心满意足地在他的书房里坐了下来，似乎从此就可以过一辈子的备课、教学、研究的书呆子生活了。

一九三〇年是我们两家多事之秋，我的母亲和文藻的父亲相继逝世。他的母亲就北上和我们同住，我的父亲不久也退休回到北京来。这时我的二弟为杰已升入燕大，他的妹妹剑群也入了燕大读家政系。他们都住在宿舍，却都常回来。我没有姐妹，文藻没有兄弟，这时双方都觉得有了补偿。

这里不妨插进一件趣事。一九二三年我初到美国，花了五块美金，照了一两张相片，寄回国来，以慰我父母想念之情。那张大点的相片，从我母亲逝世后文藻就向我父亲要来，放在他的书桌上，我问他："你真的每天要看一眼呢，还只是一件摆设？"他笑说："我当然每天要看了。"有一天我趁他去上课，把一张影星阮玲玉的相片，换进相框里，过了几天，他也没理会。后来还是我提醒他："你看桌上的相片是谁的？"他看了才笑着把相片换了下来，说："你何必开这样的玩笑？"还有一次是一个阳光灿烂的春天上午，我们都在楼前赏花，他母亲让我把他从书房里叫出来。他出来站在丁香树前目光茫然地又像应酬我似的问："这是什么花？"我忍笑回答："这是香丁。"他点了点头说："呵，香丁。"大家听了都大笑起来。

婚后的几年，我仍在断断续续地教学，不过时间减少了。一九三一年二月，我们的儿子吴平出世了。一九三五年五月我们又有了一个女儿——吴冰。我尝到了做母亲的快乐和辛苦。我每天早晨在特制的可以折起的帆布高几上，给孩子洗澡。我们的弟妹和学生们，都来看过，而文藻却从来没有上楼来分享我们的欢笑。

在燕大教学的将近十年的光阴，我们充分地享受了师生间亲切融洽的感情。我们不但有各自的学生,也有共同的学生。我们不但有课内的接触,更多的是课外的谈话和来往。学生们对我们倾吐了许多生命里的问题:婚姻,将来的专业等等,能帮上忙的,就都尽力而为,文藻侧重的是选送学社会学的研究生出国深造的问题。在一九三五至一九三六年,文藻休假的一年,我同他到欧美转了一周。他在日本、美国、英国、法国,到处寻师访友,安排了好几个优秀学生的入学从师的问题。他在自传里提到说:"我对于哪一个学生,去哪一个国家,哪一个学校,跟谁为师和吸收哪一派理论和方法等问题,都大体上作了具体的、有针对性的安排。"因此在这一年他仆仆于各国各大学之间的时候,我只是到处游山玩水,到了法国,他要重到英国的牛津和剑桥学习"导师制",我却自己在巴黎住了悠闲的一百天!一九三七年六月底,我们取道西伯利亚回国,一个星期后,"七七事变"便爆发了!

## 我的老伴——吴文藻(之二)

上次未完待续的稿是今年四月二十四日写的。七个月过去了,中间编辑同志曾多次来催,就总是写不下去!"七七事变"以后几十年生活的回忆,总使我胆怯心酸,不能下笔——

说起我和文藻,真是"隔行如隔山",他整天在书房里埋头写些什么,和学生们滔滔不绝地谈些什么,我都不知道。他那"顶天立地"的大书架摞着的满满的中外文的社会学、人类学的书,也没有引起我去翻看的勇气。要评论他的学术和工作,还是应该看他的学生们写的记述和悼念他的文章,以及他在一九八二年应《晋阳学刊》之约,发表在该刊第六期上的他的《自传》,这篇将近九千字的自传里讲的是:他自有生以来,进的什么学校,读的什么功课,从哪位老师受业,写的什么文章,交的什么朋友,然后是教的什么课程,培养的哪些学生……提到我的地方,只有两处:我们何时相识,何时结婚,短短的几句!至于儿女们的出生年月和名字,竟是只字不提。怪不得他的学生写悼念他的文章里,都说:"吴老曾感慨地说:'我花在培养学生身上的精力和心思,比花在我自己儿女身上的多多了'。"

我不能请读者都去看他的《自传》,但也应该用他《自传》里的话,来总括他在"七七事变"前在燕大将近十年的工作:(一)是讲课,用他学生的话说是"建立'适合我国国情'的社会学教学和科研体系,使'中国式的社会学'扎根于中国的土壤之上。"(二)是培养专业人才,请进外国的专家来讲学和指导研究生,派出优秀的研究生去各国留学。("请进来"和"派出去"的专家和学生的名字和国籍只能从略。)(三)是提倡社区研究。"用同一区位的或文化的观点和方法,来分头进行各种地域不同的社会研究。"我只知道那时有好几位常来我家讨论的学生,曾分头到全国各地去做这种工作,现在这几位都是知名的学者和教授,在这里我不敢借他们的盛名来增光我的篇幅!但我深深地体会到文藻那些年的"茫然的目光"和"一股傻气"的后面,隐藏了多少的"精力和心思"!这里不妨再插进一首嘲笑他的宝塔诗,是我和清华大学校长梅贻琦老先生凑成的。上面的七句是:

马

香丁

羽毛纱

样样都差

傻姑爷到家

说起真是笑话

教育原来在清华

"马"和"羽毛纱"的笑话是抗战前在北京,有一天我们同到城里去看望我父亲,我让他上街去给孩子买"萨其玛"(一种点心),孩子不会说萨其玛,一般只说"马"。因此他到了铺子里,也只会说买"马"。还有我要送我父亲一件双丝葛的夹袍面子。他到了"稻香村"点心店和"东升祥"布店,这两件东西的名字都说不出来。亏得那两间店铺的售货员,和我家都熟,打电话来问。"东升祥"的店员问:"您要买一丈多的羽毛纱做什么?"我们都大笑起来，我就说："他真是个傻姑爷！"父亲笑了说："这傻姑爷可不是我替你挑的！"我也只好认了。抗战后我们到了云南，梅校长夫妇到我呈贡家里来度周末，我把这一腔怨气写成宝塔诗发泄在清华身上。梅校长笑着接写下面两句：

冰心女士眼力不佳
书呆子怎配得交际花

当时在座的清华同学都笑得很得意，我又只好认我的"作法自毙"。

回来再说些正经的吧，"七七事变"后这一年，北大和清华都南迁了，燕大因为是美国教会办的，那时还不受干扰。但我们觉得在敌后一刻也呆不下去了，同时，文藻已经同大后方的云南大学联系好了，用英庚款在云大设置了社会人类学讲座，由他去教学。那时只因为我怀着小女儿吴青，她要十一月才出世，燕大方面也苦留我们再呆一年。这一年中，我们只准备离开的一切——这一段我在《丢不掉的珍宝》一文中，写得很详细。

一九三八年秋，我们才取海道由天津经上海，把文藻的母亲送到他的妹妹处，然后经香港从安南(当时的越南)的海防坐小火车到了云南的昆明。这一路，旅途的困顿曲折，心绪的恶劣悲愤，就不能细说了。记得到达昆明旅店的那夜，我们都累得抬不起头来，我怀抱里的不过八个月的小女儿吴青忽然咯咯地拍掌笑了起来，我们才抬起倦眼惊喜地看到座边圆桌上摆的那一大盆猩红的杜鹃花！

用文藻自己的话说："自一九三八年离开燕京大学，直到一九五一年从日本回国,我的生活一直处在战时不稳定的状态之中。"

他到了云南大学,又建立起了社会学系并担任了系主任,同年又受了北京燕大的委托,成立了燕大和云大合作的"实地调查工作站"。我们在昆明城内住了不久,又有日机轰炸,就带着孩子们迁到郊外的呈贡,住在"华氏墓庐",我把这座祠堂式的房子改名为"默庐",我在一九四〇年二月为香港《大公报》(应杨刚之约)写的《默庐试笔》中写得很详细。

从此,文藻就和我们分住了。他每到周末,就从城里骑马回家,还往往带着几位西南联大的没带家眷的朋友,如称为"三剑客"的罗常培、郑天翔和杨振声。这些苦中作乐的情况,我在为罗常培先生写《蜀道难》序中,也都描述过了。

一九四〇年底,因英庚款讲座受到干扰,不能继续,同时在重庆的国防最高委员会工作的清华同学,又劝他到委员会里当参事,负责研究边疆的民族、宗族和教育问题,并提出意见。于是我们一家又搬到重庆去了。

到了重庆,文藻仍寄居在城内的朋友家里,我和孩子们住在郊外的歌乐山,那里有一所没有围墙的土屋,是用我们卖书的六千元买来的。我把它叫做"潜庐",关于这座土屋和门前风景,我在《力构小窗随笔》中也说过了。

我记得一九四二年春,文藻得了很重的肺炎,我陪他在山下的"中央医院"也就是"上海医学院"的附属医院,住了将近一个月,他受到内科钱德主任的精心医治,据钱主任说肺炎一般在一星期内外,必有一个转折期,那时才知凶吉。但是文藻那时的高烧一直延长到十三天!有一天早上,护士试过了他的脉搏,惊惶而悄悄地来告诉我说:"他的脉搏只有三十六下了。"急得我赶紧跑到医院后面的宿舍里去找王鹏万大夫夫妇——他的爱人张女士是我的同学——那时我只觉得双腿发软,连一座小小的山坡都走不上去!等我和王大夫夫妇回到病房来时,看见文藻身上的被子已被掀起来了,床边站满了大夫和护士,我想他一定"完"了!回头看见窗前桌上放着两碗刚送来的早餐热粥,我端起碗来一口气都喝了下去。我觉得这以后我要办的事多得很,没有一点力气是不行的。谁知道再一回头看到文藻翻了一个身,长长地嘘了一口气,迸出一身冷汗。大夫们都高兴地又把被子给他盖上,说:"这转折点终于来了!"又都回头对我笑说,"好了,您不用难过了……"我擦着脸上的汗说:"你们辛苦了!他就是这么一个人,什么都慢!"

我的身心交瘁的一个多月过去了,却又忙着把他搬回山上来,那时没有公费医疗,多住一天,就得多付一天的住院费,我这个以"社会贤达"的名义被塞进"参政会"的参政员,每月的"工资"也只是一担白米。回家后还是亏了一位文藻的做买卖的亲戚,送来一只鸡和两只广柑,作为病后的补品,偏偏我在一杯广柑汁内,误加了白盐,我又舍不得倒掉,便自己仰脖喝了下去!

回家后,大女儿吴冰向我诉苦,说五月一日是她的生日,富奶奶(关于这位高尚的人,我将另有文章记述)只给她吃一个上面插着一支小蜡烛的馒头。这时文藻躺在家里床上,看到爬到他枕边的、穿着一身浅黄色衣裙,发上结着一条大黄缎带的小女儿吴青(这也是富奶奶给她打扮的),脸上却漾出了病后从未有过的一丝微笑!

文藻不是一个能够安心养病的人。一九四三年初,他就参加了"中国访问印度教育代表团"去过印度,着重考察了印度的民族和印度教与伊斯兰教的冲突问题,同年的六月,他又参加了

"西北建设考察团",担任以新疆民族为主的西北民族问题调查。一九四四年底,他又参加了去到美国的"战时太平洋学会",讨论各盟国战后对日处理方案。会后他又访问了哈佛、耶鲁、芝加哥、普林斯顿各大学的研究中心,去了解他们战时和战后的研究计划和动态,他得到的收获就是了解到"行为科学"的研究已从"社会关系学"发展到了以社会学、人类学、社会心理学三门结合的研究。

一九四五年八月十四日夜,我们在歌乐山上听到了日本帝国主义者无条件投降的消息。那时在"中央大学"和在"上海医学院"学习的我们的甥女和表侄女们,都高兴得热泪纵横。我们都恨不得一时就回到北平去,但是那时的交通工具十分拥挤,直到一九四五年底我们才回到了南京。正在我们作北上继续教学的决定时,一九四六年初,文藻的清华同学朱世明将军受任中国驻日代表团团长,他约文藻担任该团的政治组长,兼任盟国对日委员会中国代表顾问。文藻正想了解战后日本政局和重建的情况和形势,他想把整个日本作为一个大的社会现场来考察、做专题研究,如日本天皇制、日本新宪法、日本新政党、财阀解体、工人运动等等,在中日邦交没有恢复,没有友好往来之前,趁这机会去日,倒是一个方便,但他只作一年打算。因此当他和朱世明将军到日本去的时候,我自己将两个大些的孩子吴平和吴冰送回北京就学,住在我的大弟妇家里;我自己带着小女儿吴青暂住在南京亲戚家里,这一段事我都写在一九四六年十月的《无家乐》那一篇文章里。当年的十一月,文藻又回来接我带着小女儿到了东京。

现在回想起来,在东京的一段时间,是我们生命中的一个转折点。文藻利用一切机会,同美国来日研究日本问题的专家学者以及东京大学、京都大学的同行人士多有接触。我自己也接触了当年在美留学时的日本同学和一些妇女界人士,不但比较深入地了解了当时日本社会上存在的种种问题,同时也深入地体会了美帝国主义的侵略本性!

这时我们结交了一位很好的朋友——谢南光同志,他是代表团政治组的副组长,也是一个地下共产党员。通过他,我们研读了许多毛主席著作,并和国内有了联系。文藻有个很"不好"的习惯,就是每当买来一本新书,就写上自己的名字和年、月、日。代表团里本来有许多台湾特务系统,如军统、中统等据说有五个之多。他们听说政治组同人每晚以在吴家打桥牌为名,共同研讨毛泽东著作,便有人在一天趁文藻上班,溜到我们住处,从文藻的书架上取走一本《论持久战》。等到我知道了从卧室出来时,他已走远了。

我们有一位姓林的朋友——他是横滨领事,对共产主义同情的,被召回台湾即被枪毙了。文藻知道不能在代表团继续留任。一九五〇年他向团长提出辞职,但离职后仍不能回国,因为我们持有的是台湾的护照,这时华人能在日本居留的,只有记者和商人。我们没有经商的资本,就通过朱世明将军和新加坡巨商胡文虎之子胡好的关系,取得了《星槟日报》记者的身份,在东京停留了一年,这时美国的耶鲁大学聘请文藻到该校任教,我们把赴美的申请书寄到台湾,不到一星期便被批准了!我们即刻离开了日本,不是向东,而是向西到了香港,由香港回到了祖国!

这里应该补充一点,当年我送回北京学习的儿女,因为我们在日本的时期延长了,便也先后到了日本。儿子吴平进了东京的美国学校,高中毕业后,我们的美国朋友都劝我们把他送到美国去进大

冰心和萧乾

冰心与老友叶圣陶

学,他自己和我们都不赞成到美国去。便以到香港大学进修为名,买了一张到香港而经塘沽的船票。他把我们给国内的一封信缝在裤腰里,船到塘沽他就溜了下去,回到北京。由联系方面把他送进了北大,因为他选的是建筑系,以后又转入清华大学——文藻的母校。他回到北京和我们通信时,仍由香港方面转。因此我们一回到香港,北京方面就有人来接,我们从海道先到了广州。

回国后的兴奋自不必说!一九五一年至一九五三年之间,文藻都在学习,为接受新工作做准备。中间周总理曾召见我们一次,这段事我在一九七六年写的《永远活在我们心中的周总理》一文中叙述过。

一九五三年十月,文藻被正式分配到中央民族学院工作。新中国成立后,社会学和其他的社会科学如心理学等,都被扬弃了竟达三十年之久。文藻这时是致力于研究国内少数民族情况。他担任了这个研究室和历史系"民族志"研究室的主任。他极力主张"民族学中国化","把包括汉族在内的整个中华民族作为中国民族学的研究,让民族学植根于中国土壤之中"。这段详细的情况,在《中央民族学院学报》一九八六年第二期,金天明和龙平平同志的《论吴文藻的"民族学中国化"的思想》一文中,都讲得很透彻,我这个外行人,就不必多说了。

一九五八年四月,文藻被错划为右派。这件意外的灾难,对他和我都是一个晴天霹雳!因为在他的罪名中,有"反党反社会主义"一条,在让他写检查材料时,他十分认真地苦苦地挖他的这种思想,写了许多张纸!他一面痛苦地挖着,一面用迷茫和疑惑的眼光看着我说:"我若是反党反社会主义,就到国外去反好了,何必千辛万苦地借赴美的名义回到祖国来反呢?"我当时也和他一样

"感到委屈和沉闷",但我没有说出我的想法,我只鼓励他好好地"挖",因为他这个绝顶认真的人,你要是在他心里引起疑云,他心里就更乱了。

正在这时,周总理夫妇派了一辆小车,把我召到中南海西花厅,那所简朴的房子里。他们当然不能说什么,也只十分诚恳地让我帮他好好地改造,说"这时最能帮助他的人,只能是他最亲近的人了……"我一见到邓大姐就像见了亲人一样,我的一腔冤愤就都倾吐了出来!我说:"如果他是右派,我也就是漏网右派,我们的思想都差不多,但决没有'反党反社会主义'的思想!"我回来后向文藻说了总理夫妇极其委婉地让他好好改造。他在自传里说"当时心里还是感到委屈和沉闷,但我坚信事情终有一天会弄清楚的"。一九五九年十二月,文藻被摘掉右派分子的帽子。一九七九年又被把错划予以改正。

作为一个旁观者,我看到一九五七年,在他以前和以后几乎所有的社会学者都被划成右派分子,在他以后,还有许许多多我平日所敬佩的各界的知名人士,也都被划为右派,这其中还有许多年轻人和大学生。我心里一天比一天地坦然了。原来被划为右派,在明眼人的心中,并不是一件可羞耻的事!

文藻被划为右派后,接到了撤销研究室主任的处分,并被剥夺了教书权,送社会主义学院学习。一九五九年以后,文藻基本上是从事内部文字工作,他的著作大部分没有发表,发表了也不署名,例如从一九五九到一九六六年期间与费孝通(他已先被划为右派!)共同校订少数民族史志"三套丛书",为中宣部提供西方社会学新出名著,为《辞海》第一版民族类词目撰写释文等,多次为外交部交办的边界问题提供资料和意见。并参与了校订英文汉译的社会学名著工作。他还与费孝通共同搜集有关帕米尔及其附近地区历史、地理、民族情况的英文参考资料等,十年动乱中这些资料都散失了!

一九六六年"文革"开始了,我和他一样靠边站,住牛棚,那时我们一家八口(我们的三个子女和他们的配偶)分散在八个地方,如今单说文藻的遭遇。他在一九六九年冬到京郊石棉厂劳动,一九七〇年夏又转到湖北沙洋民族学院的干校。这时我从作协的湖北咸宁的干校,被调到沙洋的民族学院的干校来。久别重逢后不久又从分住的集体宿舍搬到单间宿舍,我们都十分喜幸快慰!实话说,经过反右期间的惊涛骇浪之后,到了十年浩劫,连国家主席、开国元勋,都不能幸免,像我们这些"臭老九",没有家破人亡,就是万幸了,又因为和民院相熟的同人们在一起劳动,无论做什么都感到新鲜有趣。如种棉花,从在瓦罐里下种选芽,直到在棉田里摘花为止,我们学到了许多技术,也流了不少汗水。湖北夏天,骄阳似火,当棉花秆子高与人齐的时候,我们在密集闭塞的棉秆中间摘花,浑身上下都被热汗浸透了,在出了棉田回到干校的路上,衣服又被太阳晒干了。这时我们都体会到古诗中的"锄禾日当午,汗滴禾下土"句中的甘苦,我们身上穿的一丝一缕,也都是辛苦劳动的果实呵!

一九七一年八月,因为美国总统尼克松将有访华之行,文藻和我以及费孝通、邝平章等八人,先被从沙洋干校调回北京民族学院,成立了研究部的编译室。我们共同翻译校订了尼克松的《六次危机》的下半部分。接着又翻译了美国海斯、穆恩、韦兰合著的《世界史》,最后又合译了英国大文豪韦尔斯著的《世界史纲》,这是一部以文论史的"生物和人类的简明史"的大作!那时中国作家协会还没有恢复,我很高兴地参加了这本巨著的翻译工作,从攻读原文和参考书籍里,我得到了不少学问和知识。那几年我们的翻译工作,是十年动乱的岁月中,最宁静、最惬意的日子!我们都在民院研究室的三楼上,伏案疾书,我和文藻的书桌是相对的,其余的人都在我们的隔壁或旁边。文藻和我每天早起八点到办公室,十二时回家午饭,饭后二时又回到办公室,下午六时才回家。那时我们的生活"规律"极了,大家都感到安定而没有虚度了光阴!现在回想起来,也亏得那时是"百举俱废"的时期,否则把我们这几个后来都是很忙的人召集在一起,来翻译这一部洋洋数百万言的大书,也不是一件容易的事。

"四人帮"被粉碎之后,各种学术研究又得到恢复,社会学也开始受到了重视和发展。一九七九年三月,文藻十分激动地参加了重建社会学会的座谈会,作了《社会学与现代化》的发言,谈了多年来他想谈而不能谈的问题。当年秋季,他接受了带民族学专业研究生的任务,并在集体开设的"民族学基础"中,分担了"英国社会人类学"的教学任务。文藻恢复工作后,精神健旺了,又感到近几年来我们对西方民族学战后的发展和变化了解太少,就特别注意关于这方面材料的收集。一九八一年底,他写了《战后西方民族学的变化》,介绍了西方民族学战后出现的流派及其理论,这是他最后发表的一篇文章了!

他在自传里最后说:"由于多年来我国的社会学和民族学未被承认,我在重建和创新工作还有许多要做,我虽年老体弱,但我仍有信心在有生之年为发展我国的社会学和民族学作出贡献。"

他的信心是有的,但是体力不济了。近几年来,我偶尔从旁听见他和研究生们在家里的讨论和谈话,声音都是微弱而喑哑的,但他还是努力参加了研究生们的毕业论文答辩，校阅了研究生们的翻译稿件，自己也不断地披阅西方的社会学和民族学的新作，又做些笔记。一九八三年我们搬进民族学院新建的高知楼新居，朝南的屋子多，我们的卧室兼书房，窗户宽大，阳光灿烂，书桌相对，真是窗明几净。我从一九八〇年秋起得了脑血栓后又患右腿骨折，已有两年足不出户了。我们是终日隔桌相望，他写他的，我写我的，熟人和学生来了，也就坐在我们中间，说说笑笑，享尽了人间"偕老"的乐趣。这也是十一届三中全会以后，我们得到的政府各方面特殊照顾的丰硕果实。

"夕阳无限好，只是近黄昏"，这也是天然规律，文藻终于在一九八五年七月三日最后一次住进北京医院，再也没有出来了。他的床前，一直只有我们的第二代、第三代的孩子们在守护，我行动不便，自己还要人照顾，便也不能像一九四二年他患肺炎时那样，日夜守在他旁边了。一九八五年九月二十四日早晨，我们的儿子吴平从医院里打电话回来告诉我说："爹爹已于早上六时二十分逝世了！"

遵照他的遗嘱：不向遗体告别，不开追悼会，火葬后骨灰投海。存款三万元捐献给中央民院研究所，作为社会民族学研究生的助学金。九月二十七日下午，除了我之外，一家大小和近亲密友（只是他的几位学生）在北京医院的一间小厅里，开了一个小型的告别会（有好几位民院、民委、中联部的领导同志要去参加，我辞谢他们说：我都不去你们更不必去了），这小型的告别会后，遗体便送到八宝山火化。九月二十九日晨，我们的儿女们又到火葬场拾了遗骨，骨灰盒就寄存在革命公墓的骨灰室架子上。等我死后，我们的遗骨再一同投海，也是"死同穴"的意思吧！

文藻逝世后一段时间内的情况,我在《衷心的感谢》一文中(见《文汇月刊》一九八六年第一期)都写过了。

现在总起来看他的一生,的确有一段坎坷的日子,但他的"坎坷"是和当时绝大多数的知识分子"同命运"的。一九八六年第十八期《红旗》上,有一篇"本刊特约评论员"的文章《引导知识分子坚持走健康成长的道路》中的党对知识分子问题的第四阶段上,讲得就非常地客观而公允!

> 第四阶段,从1957年到1976年。前十年由于党的指导思想发生了"左"的偏差,党的知识分子政策开始偏离了正确的方向,知识分子工作也经历了曲折的道路。主要表现是轻视知识,歧视知识分子,以种种罪名排斥和打击了一些知识分子,使不少人长期蒙受冤屈。这种错误倾向,在长达十年的"文化大革命"中,发展到了荒谬绝伦的地步,把广大知识分子诬蔑为"臭老九",把学有所长、术有专攻的知识分子诬蔑为"反动学术权威",只片面地强调知识分子要向工农学习,不提工农群众也要向知识分子学习,人为地制造了工人农民同知识分子之间的对立,而重视知识分子,爱护知识分子,反被说成是搞"修正主义",有"亡党亡国"的危险。摧残知识分子成为十年浩劫的重要组成部分。

读了这篇文章,使我从心里感觉到中国共产党真是一个伟大、英明、正确的无产阶级政党,是一个"有严明纪律和富于自我批评精神的无产阶级政党"。可惜的是文藻没能赶上披读这篇文章了!

写到这里，我应当搁笔了。他的也就是我们的晚年，在精神和物质方面，都没有感到丝毫的不足。要说他八十五岁死去更不能说是短命，只是从他的重建和发展中国社会学的志愿和我们的家人骨肉之间的感情来说，对于他的忽然走开，我是永远抱憾的！

一九八六年十一月二十一日

# 我的三个弟弟

我和我的弟弟们一向以弟兄相称。他们叫我"伊哥"(伊是福州方言"阿"的意思)。这小名是我的父母亲给我起的,因此我的大弟弟为涵小名就叫细哥("细"是福州方言"小"的意思),我的二弟为杰小名就叫细弟,到了三弟为楫出生,他的小名就只好叫"小小"了!

说来话长!我一生下来,我的姑母就拿我的生辰八字,去请人算命,算命先生说:"这一定是个男命,因为孩子命里带着'文曲星',是会做文官的。"算命纸上还写着有"富贵逼人无地处,长安道上马如飞"。这张算命纸本来由我收着,几经离乱,早就找不到了。算命先生还说我命里"五行"缺"火",于是我的二伯父就替我取了"婉莹"的大名,"婉"是我们家姐妹的排行,"莹"字上面有两个"火"字,以补我命中之缺。但祖父总叫我"莹官",和我的堂兄们霖官、仪官等一样,当做男孩叫的。而且我从小就是男装,一直到一九一一年,我从烟台回到福州时,才改了女装。伯叔父母们叫我"四妹",但"莹官"和"伊哥"的称呼,在我祖父和在我们的小家庭中,一直没改。

我的三个弟弟都是在烟台出生的,"官"字都免了,只保留福州方言,如"细哥"、"细弟"等等。

我的三个弟弟中,大弟为涵是最聪明的一个,十二岁就考上"唐山路矿学校"的预科(我在《离家的一年》这篇小说中就说的是这件事)。以后学校迁到北京,改称"北京交通大学"。他在学校里结交了一些爱好音乐的朋友,他自己课余又跟一位意大利音乐家学小提琴。我记得那时他从东交民巷老师家回来,就在屋里练琴,星期天他就能继续弹奏六七个小时。他的朋友们来了,我们的西厢房里就弦歌不断。他们不但拉提琴,也弹月琴,引得二弟和三弟也学会了一些中国乐器,三弟嗓子很好,就带头唱歌(他在育英小学,就被选入学校的歌咏队),至今我中午休息在枕上听收音机的时候,我还是喜欢听那高亢或雄浑的男歌音!

涵弟的音乐爱好,并没有干扰他的学习,他尤其喜欢外语。一九二三年秋,我在美国沙穰疗养院的时候,就常得到他用英文写的长信。病友们都奇怪说:"你们中国人为什么要用英文写信?"我笑说:"是他要练习外文并要我改正的缘故。"其实他的英文在书写上比我流利得多。

一九二六年我回国来,第二年他就到美国的宾夕法尼亚大学,去学"公路",回国后一直在交通部门工作。他的爱人杨建华,是我舅父杨子敬先生的女儿。他们的婚姻是我的舅舅亲口向我母亲提的,说是:"姑做婆,赛活佛。"照现在的说法,近亲结婚,生的孩子一定痴呆,可是他们生了五个女儿,却是一个赛似一个地聪明伶俐。(涵弟是长子,所以从我们都离家后,他就一直和我父亲住在一起。)至今我还藏着她们五姐妹环绕着父亲的一张相片。她们的名字都取的是花名,因为在华妹怀着第一个孩子时,我父亲做了一个梦,梦见一个老人递给他一张条子,上面写着"文郎俯看菊陶仙",因此我的大侄女就叫宗菊。"宗"字本来是我们大家庭里男孩子的排行,但我父亲说男女应该一样。后来我的一个堂弟得了一个儿子,就把"陶"字要走了,我的第二个侄女,只好叫宗仙。以后接着又来了宗莲和宗菱,也都是父亲给起的名字。当华妹又怀了第五胎的时候,她们四个姐妹聚在一起祷告,希望妈妈不要生个男儿,怕有了弟弟,就不疼她们了。宗梅生后,华妹倒是有点失望,父亲却特为宗梅办了一桌满月酒席,这是她姐姐们所没有的,表示他特别高兴。因此她们总是高兴地说:"爷爷特别喜欢女孩子,我们也要特别争气才行!"

一九三七年,我和文藻刚从欧洲回来,"七七"事变就发生了。我们在燕京大学又呆了一年,就到后方云南去了。我们走的那一天,父亲在母亲遗像前烧了一炷香,保佑我们一路平安。那时杰弟在南京,楫弟在香港,只有涵弟一人到车站送我们,他仍旧是泪汪汪地,一语不发,和当年我赴美留学时一样,他没有和杰、楫一道到车站送我,只在家里窗内泪汪汪地看着我走。我永远也忘不了那一对伤离惜别的悲痛的眼睛!

我们离开北京时,倒是把文藻的母亲带到上海,让她和文藻的妹妹一家住在一起。那时我们对云南生活知道的不多;更不敢也不能拖着父亲和涵弟一家人去到后方,当时也没想到抗战会抗得那么长,谁知道匆匆一别遂成永诀呢?!

一九四〇年,我在云南的呈贡山上,得到涵弟报告父亲逝世的一封信,我打开信还没有看完,一口血就涌上来了!

> ……大人近二年来,瘦了许多,这是我感到伤心而不敢说的……谁也想不到他走的那样快……大人说:"伊哥住址是呈贡三台山,你能记得吗?"我含泪点首……晨十时德国医陈义大夫又来打针,大人喘仍不止,稍止后即告我:"将我的病况,用快函寄上海再转香港和呈贡,他们三人都不知道我病重了……"这时大人面色苍白,汗流如雨,又说:"我要找你妈

去!"……大人表示要上床睡，我知道是那两针吗啡之力，一时房中安静，窗外一滴一滴的雨声，似乎在催着正在与生命挣扎的老父，不料到了早晨八时四十五分，就停了气息……我的血也冷了，不知是梦境？是幻境？最后责任心压倒了一切，死的死了，活的人还得活着干……

他的第二封信，就附来一张父亲灵堂的相片，以及他请人代拟的文藻吊我父亲的挽联：

分为半子，情等家人，远道哪堪闻噩耗
本是生离，竟成死别，深闺何以慰哀思

信里还说，"听说你身体也不好，时常吐血，我非常不安……弟近来亦常发热出汗，疲弱不堪，但不敢多请假，因请假多了，公司将取消食粮配给……华妹一定要为我订牛奶，劝我吃鸡蛋，但是耗费太大，不得不将我的提琴托人出售，因为家里已没有可卖之物……一切均亏得华妹操心，这个家真亏她维持下去……孩子们都好，都知吃苦，也都肯用功读书，堪以告慰，但愿有一天苦尽甜来……"

这是涵弟给我的末一封信了。父亲是一九四〇年八月四日八时四十五分逝世的。涵弟在敌后的一个公司里又挨了四年，我也总找不到一个职业使他可以到后方来。他贫病交加，于一九四四年也逝世了！他最爱的也是最聪明的女儿宗莲，就改了名字和同学们逃到解放区去，其他的仍守着母亲，过着极其艰难的日子……

我的这个最聪明最尽责、性情最沉默、感情最脆弱的弟弟，就这样在敌后劳苦抑郁地了此一生！

关于能把三个弟弟写在一起的事：就是他们从小喜欢上房玩。北京中剪子巷家里，紧挨着东厢房有一棵枣树，他们就从树上爬到房上，到了北房屋脊后面的一个旮旯里，藏了许多他们自制的玩艺儿，如小铅船之类。房东祈老头儿来了，看见他们上房，就笑着嚷："你们又上房了，将来修房的钱，就跟你们要！"

还有就是他们同一些同学，跟一位打拳的老师学武术，置办一些刀枪剑戟，一阵乱打，以及带着小狗骑车到北海泅水、划船，这些事我当然都没有参加。

其实我在《关于女人》那一本书里，虽然说的是我的三位弟妇，却已经把我的三个弟弟的性情、爱好等等都已描写过了。不过《关于女人》是写在一九四三年，对于大弟只写了他恋爱、婚姻一段，对于二弟、三弟就写得多一些。

二弟为杰从小是和我在一床睡的。那时父亲带着大弟，母亲带着小弟，我就带着他。弟弟们比我们睡得早，在里床每人一个被窝桶，晚饭后不久，就钻进去睡了。为杰和一般的第二个孩子一样，总是很"乖"的。他在三个弟兄里，又是比较"笨"的。我记得在他上小学时，每天早起我一边梳头，一边听他背《孟子》，什么"泄泄沓沓也"，我不知道这是《孟子》中的哪一章？哪一节？也许还是"注释"，但他呜咽着反复背诵的这一句书，至今还在我耳边震响着。

他的功课总是不太好，到了开初中毕业式那天，照例是要穿一件新的蓝布大褂的，母亲还不敢先给他做，结果他还是毕业了。可是到了高中，他一下子就蹿上来了，成了个高材生。一九二六年秋他考上了燕京大学，正巧我也回国在那里教课，因为他参加了许多课外活动，我们接触的机会很多。有一次男生们演话剧"咖啡店之一夜"，那时男女生还没有合演，为杰就担任了女服务员这一角色。他穿的是我的一套黑绸衣裙，头上扎个带褶的白纱巾，系上白围裙，台下同学们都笑说他像我。那年冬天男女同学在未名湖上化装溜冰，他仍是穿那一套衣裳，手里捧着纸做的杯盘，在冰上旋舞。

一九二九年我同文藻结婚后，我们有了家了，他就常到家里吃饭，他很能吃，也不挑食。一九三〇年秋我怀上了吴平，害口，差不多有七个月吃不下东西。父亲从城里送来的新鲜的蔬菜水果，几乎都是他吃了。甚至在一九三一年二月我生吴平那一天，我从产房出来，看见他在病房等着我，房里桌上有一杯给产妇吃的冰淇淋，我实在太累了，吃不下，冲他一努嘴，他就捧起杯来，脸朝着墙，一口气吃下了！

他在燕大念的是化学，他的学士和硕士的论文，都是跟天津碱厂的总工程师侯德榜博士写的。侯先生很赏识他，又介绍他到美国威斯康星大学读化学博士，毕业时还得了金钥匙奖。回国后就在永利制碱公司工作。解放后又跟侯先生到了化工部。一九五一年我们从日本回到北京，见面的时候就多了。

我是农历闰八月十二日生的，他的生日是农历八月初十，因此每到每年的农历的八月十一日，他们就买一个大蛋糕来，我们两家人一起庆祝，我现在还存着我们两人一同切蛋糕的相片。

一九八五年九月文藻逝世后，他得到消息，一进门还没来得及说话，就伏在书桌上，大哭不止，我倒含着泪去劝他。他晚年身体不好，常犯气喘病，家里暖气不够热时，就往往在堂屋里生上火炉。一九八六年初，他病重进了医院，他的爱人李文玲还瞒着我，直到他一月十二日逝世几天以后，我才得到这不幸的消息。化工部他的同事们为他准备了一个纪念册，要我题字，我写：

> 为杰逝世了，我在深深地自恸自怜之后，终于为有他这么一个对祖国的化工事业，做出应有的贡献的弟弟，我又感到无限的自慰与自豪。

他的爱人李文玲是金陵女子大学音乐系毕业的，专修钢琴。他的儿子谢宗英和儿媳张薇都继承了他的事业，现在都在化工部的附属工程机关工作。

我的三弟谢为楫的一切，我在《关于女人》写我的三弟妇那一段已经把他描写过了：

> ……他是我们弟兄中最神经质的一个，善怀，多感，急躁，好动，因为他最小，便养得很任性，很娇惯。虽然如此，他对于父母和兄姐的话总是听从的，对我更是无话不说……

他很爱好文艺，也爱交些文艺界的年轻朋友。丁玲、胡也频、沈从文等，都是他介绍给我的，我记得那是一九二七年我的父亲在上海工作的时候。他还出过一本短篇小说集，名字我忘了，那时他也不过十七八岁。

他没有读大学就到英国利物浦的海上学校，当了航海学生，在五洲的海上飘荡了五年，居然还得了一张荣誉证书回来。从那时起他就在海关的缉私船上工作。抗战时期，上海失守后，他到了香港，香港又失守了，他就到重庆，不久由港务司派他到美国进修了一年，回来后就在上海港务局工作。他的爱人刘纪华，是我的表兄刘放园先生的女儿，燕大的社会学系优秀的硕士研究生，那时也在上海的"善后救济总署"工作。他们是青梅竹马的恩爱夫妻，工作和生活都很愉快。他们有五个儿女。为楫说，为了纪念我，他们孩子的名字里都要带一个"心"字。长女宗慈，十一二岁就到东北上学，我记得是长春大学，学的是农业机械。他们的二女儿宗爱、三女儿宗恩，学的是音乐，是报考上海音乐学院附中的上千人中考上的五十人中之二。我听见了很高兴，给她们寄去八百元买了一架钢琴，作为奖励。他们的两个儿子宗惠和宗悫那时还小。

一九五七年，为楫响应"向党进言"的号召，写了几张大字报，被划成了右派，遣送到甘肃的武威劳动改造，从此丢弃了他的专业，如同失水的枯鱼一般，全家迁到了大西北。那时我的老伴吴文藻，和我的儿子吴平也都是右派分子，我的头上响起了晴天的霹雳，心中的天地也一下子旋转了起来！但我还是镇定地给为楫写一封封的长信，鼓励他好好改造，重新做人，求得重有报效祖国的机会，其实那几年我自己也不知道是怎么过的！只记得为楫夫妇都在武威一所中学教书，度过了相当艰苦的日子。孩子们在逆境中反而加倍奋发自强，宗恩和宗爱都在西安音乐学院毕了业。两个男孩子都学的是理工，在矿学事业自动化研究所里工作，这都是后话了！

劳瘁交加的纪华得了癌症，一九七六年去世了，为楫就到窑街和小儿子住了些日子，一九八七年又到四川的北碚，同大女儿住了些日子；一九七九年应兰州大学之聘，在兰大教授英语；一九八四年的一月十二日就因病在兰州逝世了！他的儿女们都没有告诉我们。我和为杰只奇怪楫弟为什么这样懒得动笔，每逢农历九月十九，我们还是寄些钱去(他比纪华大一岁，两人是同一天生日，往常我们总是祝他们"双寿")，让他的孩子们给他买块蛋糕。孩子们也总是回信说："爹爹吃了蛋糕，很喜欢，说是谢谢你们！"杰弟一直到死，还不知道"小小"已经比他先走了！

在写这一篇的时候，我流尽了最后的眼泪！王羲之在《兰亭序》里说"死生亦大矣，岂不痛哉"。我倒觉得"死"真是个"解脱"，"痛"的是后死的人！

我的三个弟弟：从小到大，我尽力地爱护了你们。最后也还是我用眼泪来给你们送别，我总算对得起你们了！

　　　　　　　　　　　　一九八七年七月八日风雨欲来的黄昏

# 第 六 辑

# 记萨镇冰先生

萨镇冰先生,永远是我崇拜的对象,从六七岁的时候,我就常常听见父亲说:"中国海军的模范军人,萨镇冰一人而已。"从那时起,我总是注意听受他的一言一行,我所耳闻目见的关于他的一切,无不加增我对他的敬慕。时至今日,虽然有许多儿时敬仰的人物,使我灰心,使我失望,而每一想到他,就保留了我对于人类的信心,鼓励了我向上生活的勇气。

底下所记的关于萨先生的嘉言懿行,大半是从父亲谈话中得来的。——事实的年月,我只约略推算,将来对于他的生平材料搜集得比较完全时,我想再详细的替他写一本传记。——在此我感谢我的父亲,他知道往青年人脑里灌注的,应当是哪一种的印象。

海军上将萨镇冰先生,大名是鼎铭,福建闽侯人,一八六〇年(?)生,十二岁入福州马尾船政学校,作第二班学生。十七八岁出洋,入英国格林海军大学(Green-Wich College),回国后在天津管轮学堂任正教习。那时父亲是天津水师学堂驾驶班的学生,自此和他相识。

在管轮学堂时候,他的卧室里用的是特制的一张又仄又小的木床,和船上的床铺相似,他的理由是,"军人是不能贪图安逸的,在岸上也应当和在海上一样。"他授课最认真,对于功课好的学生,常以私物奖赏,如时表之类,有的时候,小的贵重点的物品用完了,连自己屋里的藤椅,也搬了去。课外常常教学生用锹铲在操场上挖筑炮台。那时管轮学堂在南边,水师学堂在北边,当中隔个操场。学堂总办吴仲翔住在水师学堂。吴总办是个文人，不大喜欢学生做"粗事"。所以在学生们踊跃动手，锹铲齐下的时候，萨先生总在操场边替他们巡风，以备吴总办的突来视察。

父亲和萨先生相熟，是从同在"海圻"军舰服务时起（一九〇〇年左右），那时他是海军副统领，兼"海圻"船主，父亲是副船主。

庚子之变，海军正统领叶祖珪，驻海容舰，被困于大沽口。鱼雷艇海龙海犀海青海华四艘，已被联军舰队所掳。那时北洋舰队中的海圻，海琛，海筹，海天等舰，都泊山东庙岛，山东巡抚袁世凯，移书请各舰驶入长江，以避敌锋，于是各船纷纷南下，只海圻坚泊不动。在山东义和团杀害侨民的时候，萨先生请蓬莱一带的教士侨民悉数下船，殷勤招待，乱事过后，方送上岸。那时正有美国大巡洋舰阿利干号（Oregan）在庙岛附近触礁，海圻又驶往救护，美国国会闻讯，立即驰函道谢，阿利干舰长申谢之余，也恳劝萨先生南下，于是海圻才开入江阴。

在他舰南开，海圻孤泊的时候，军心很摇动，许多士兵称病上岸就医，乘间逃走，最后是群情惶遽，聚众请愿，要南下避敌。舱面上万声嘈杂，不可制止，在父亲竭力向大家劝说的时候，萨先生忽然拿把军刀，从舱里走出，喝说着："有再说要南下的，就杀却！"他素来慈蔼，忽发威怒，大家无不失色惊散，海圻卒以泊定。——事后有一天萨先生悄然的递给父亲一张签纸，是他家人在不得海圻消息时，在福州吕祖庙里求的，上面写着："有剑开神路，无妖敢犯邪。君子道长，小人道消。"两人大笑不止。

萨先生所在的兵舰上，纪律清洁，总是全军之冠。他常常捐款修理公物，常笑对父亲说，"人家做船主，都打金镯子送太太戴，我的金镯子是戴在我的船上。"有一次船上练习打靶,枪炮副不慎,将一尊船边炮的炮膛,划伤一痕。(开空炮时空弹中也装水,以补足火药的分量,弹后的铁孔,应用铁塞的,炮手误用木塞,以致施放时炮弹爆裂,碎弹划破炮膛而出。)炮值二万余元,萨先生自己捐出月饷,分期赔偿。后来事闻于叶祖珪,又传于直隶总督袁世凯,袁立即寄款代偿,所以如今海圻船上有一尊船边炮是袁世凯购换的。

他在船上,特别是在练船上,如威远康济通济等舰常常教学生荡舢舨,泅水,打靶,以此为日课,也以此为娱乐。驾驶时也专用学生,不请船户。(那时别的船上,都有船户领港,闽语所谓之"曲蹄",即以舟为家的疍民。)叶统领常常皱眉说:"鼎铭太肯冒险了,专爱用些年轻人!"而海上的数十年,他所在的军舰,从来没有失事过。

他又爱才如命,对于官员士兵的体恤爱护,无微不至。上岸公出,有风时舢舨上就使帆,以省兵力。上岸拜会,也不带船上仆役,必要时就向岸上的朋友借用。历任要职数十年,如海军副大臣、海军总长,福建省长等,也不曾用过一个亲戚。亲戚远道来投,必酌给川资,或作买卖的本钱,劝他们回去,说:"你们没有受过海上训练,不能占海军人员的位置。"——如今在刘公岛有个东海春铺子,就是他的亲戚某君开的,专卖烟酒汽水之类,作海军人的生意——只有他的妻舅陈君,曾做过通济练船的文案,因为文案本用的是文人的缘故。

萨先生和他的太太陈夫人,伉俪甚笃。有一次他在烟台卧病,陈夫人从威海卫赶来视疾,被他辞了回去,人都说他不近人情。而自他三十六岁,夫人去世后,就将子女寄养岳家,鳏居终身。人问他为何不续弦，他说："天下若再有一个女子，和我太太一样的我就娶。"——（按萨公子即今铁道部司长萨福钧先生，女公子适陈氏。）

他的个人生活，尤其清简，洋服从来没有上过身，也从未穿过皮棉衣服，平常总是布鞋布袜，呢袍呢马褂。自奉极薄，一生没有做过寿，也不受人的礼。没有一切的嗜好，打牌是千载难逢的事，万不得已坐下时，输赢也都用铜子。

他住屋子，总是租那很破敝的，自己替房东来修理，栽花草，铺双重砖地，开门辟户。屋中陈设也极简单，环堵萧然。他做海军副大臣时，在北平西城曾买了一所小房，南下后就把这所小房送给了一位同学。在福建省长任内，住前清总督衙门，地方极大，他只留下几间办公室，其余的连箭道一并拆掉，通成一条大街，至今人称肃威路，因为他是肃威将军。

"肃威"两字，不足为萨先生的考语，他实是一个极风趣极洒脱的人。生平喜欢小宴会，三五个朋友吃便饭，他最高兴。所以遇有任何团体公请他，他总是零碎的还礼，他说："客人太多时，主人不容易应酬得周到，不如小宴会，倒能宾主尽欢。"请客时一切肴馔设备，总是自己检点，务要整齐清洁。也喜欢宴请西国朋友。屋中陈设虽然简单，却常常改换式样。自己的一切用物文玩，知道别人喜欢，立刻就送了人，送礼的时候，也是自己登门去送，从来不用仆役。

他写信极其详细周到，月日地址，每信都有，字迹秀楷，也喜作诗，与父亲常有唱和之作。他平常主张海军学校不请汉文教员，理由是文人颓放，不可使青年军人，沾染上腐败的习气。他说："我从十二岁就入军校，可是汉文也彀用的，文字贵在自修，不在乎学作八股式的无性灵的文章。"我还能背诵他的一首在平汉车上作的七绝,是:"晓发襄江尚未寒,夜过荥泽觉衣单,黄河桥上轻车渡,月照中流好共看。"我觉得末两句真是充分的表现了他那清洁超绝的人格!

我有二十多年没有看见他了,至今记忆中还有几件不能磨灭的事:在我五六岁时候,他到烟台视察,住海军练营,一天下午父亲请他来家吃晚饭,约定是七时,到六时五十五分,父亲便带我到门口去等,说:"萨军门是谨守时刻的,他常是早几分钟到主人门口,到时候才进来,我们不可使他久候。"我们走了出去,果然看见他穿着青呢袍,笑容满面的站在门口。

他又非常的温恭周到,有一次到我们家里来谈公事,里面端出点心来,是母亲自己做的,父亲无意中告诉了他。谈完公事,走到门口,又回来殷勤的说:"请你谢谢你的太太,今天的点心真是好吃。"

父亲的客厅里,字画向来很少,因为他不是鉴赏家,相片也很少,因为他的朋友不多。而南下北上搬了几次家,客厅总挂有萨先生的相片,和他写赠的一副对联,是"穷达尽为身外事,升沉不改故人情"。

听说他老人家现在福州居住,卖字作公益事业。灾区的放赈,总是他的事,因为在闽省赤区中,别人走不过的,只有他能通行无阻。在福州下渡,他用海军界的捐款,办了一个模范村,村民爱他如父母,为他建了一亭,逢时过节,都来拜访,腊八节,大家也给他熬些腊八粥,送到家去。

此外还有许多从朋友处听来的关于萨先生的事,都是极可珍贵的材料。夜深人倦,恕我不再记述了,横竖我是想写他的传记的,许多事不妨留在后来写。在此我只要说我的感想：前些日子看到行政院"澄清贪污"的命令，使我矍然的觉出今日的贪污官吏之多，擅用公物，虽贤者不免，因为这已是微之又微的常事了！最使我失望的是我们的朋友中间，与公家发生关系者，也有的以占公家的便宜为能事，互相标榜夸说，这种风气已经养成，我们凋敝绝顶的邦家，更何堪这大小零碎的剥削！

我不愿提出我所耳闻目击的无数种种的贪污事实，我只愿高捧出一个清廉高峻的人格，使我们那些与贪污奋斗的朋友们，抬头望时，不生寂寞之感……

在此我敬谨遥祝他老人家长寿安康。

一九三六年三月二十三日夜

# 追忆吴雷川校长

一九八五年文藻逝世后，我整理他的书籍，忽然从一摞书中翻出一个大信封，里面是燕京大学校长吴雷川老先生的一幅手迹。那是一九三七年北平沦陷后，我们离开燕大到云南大学去的时候燕大社会学系的同学们请吴雷川校长写的、送给我们的一张条幅，录的是清词人潘博的一首"金缕曲"，吴老在后面又加了一段话。找到这张条幅，许多辛酸的往事又涌上心头！我立刻请舒乙同志转请刘金涛同志裱了出来，挂在我的客厅墙上。现在将这幅纸上的潘博的词和吴老的附加文字，照录如下

悲愤应难已。问此时绝裾温峤投身何地？莫道英雄无用武，尚有中原万里！胡郁郁今犹居此？驹隙光阴容易过，恐河清不为愁人俟。闻吾语，当奋起。　青衫搔首人间世，叹年来兴亡吊遍，残山剩水！如此乾坤须整顿，应有异人间起，君与我安知非是？漫说大言成事少，彼当年刘季犹斯耳，旁观论，一笑置。

文藻先生将有云南之行，燕京大学社会学系诸同学，眷恋师门，殷殷惜别，谋有所赠，以申敬意，乃出此幅，属余书之。余书何足以充赠品？他日此幅纵为文藻先生所重视，务须声明所重者诸同学之敬意，而于余书渺不相涉，否则必蒙嗜痂

之诮，殊为不值也，附此预言，藉博一粲。

二十七年六月杭县吴雷川并识

一九二六年我从美国学成归来，在母校燕京大学任教时，初次拜识了吴雷川校长。他本任当时的教育部次长；因为南京教育部有令国内各级教会学校应以国人为校长，经燕大校董会决议：聘请吴老为燕大校长。吴老温蔼慈祥，衣履朴素，走起路来也是那样地端凝而从容。他住在朗润园池南的一所小院里，真是"小桥流水人家"。我永远不会忘记有一个夏天的中午，我正在朗润池北一家女教授住宅的凉棚下和主人闲谈，看见吴老从园外归来，经由小池的北岸，这时忽然下起骤雨，吴老没有拿伞，而他还是和晴天一样从容庄重地向着家门走去，这正是吴老的风度！

"七七事变"后，北大、清华都南迁了，燕大因为是美国教会办的，暂时还不受干扰，但我们觉得在日本占领区一刻也呆不下去了，文藻同云南大学联系，为他们创办社会学系。我们定于一九三八年夏南迁。吴老的这一张条幅，正是应燕大社会学系同学的请求而写的，这已是半个世纪以前的事了！

此后，太平洋战起，燕大也被封闭，我们听说汉奸王克敏等久慕吴老的为人，强请吴老出任伪职。吴老杜门谢客，概不应酬，蛰居北海松坡图书馆，以书遣怀，终至愤而绝粒，仙逝于故都。

吴老的书法是馆阁体，方正端凝、字如其人，至今我仰瞻挂在客厅墙上的这幅字迹，总觉得老人的慈颜就在眼前，往事并不如烟！

一九八八年十月二十一日清晨。

## 我的老师——管叶羽先生

我这一辈子，从国内的私塾起，到国外的大学研究院，教过我的男、女、中、西教师，总有上百位！但是最使我尊敬爱戴的就是管叶羽老师。

管老师是协和女子大学理预科教数、理、化的老师，（一九二四年起，他又当了我的母校贝满女子中学的第一位中国人校长，可是那时我已经升入燕京大学了。）一九一八年，我从贝满女中毕业，升入协和女子大学的理预科，我的主要功课，都是管老师教的。

回顾我做学生的二十八年中，我所接触过的老师，不论是教过我或是没教过我的，若是以"全心全意为人民教育服务"以及"忠诚于教育事业"的严格标准来衡量我的老师的话，我看只有管叶羽老师是当之无愧的！

我记得我入大学预科，第一天上化学课，我们都坐定了（我总要坐在第一排），管老师从从容容地走进课室来，一件整洁的浅蓝布长褂，仪容是那样严肃而又慈祥，我立刻感到他既是一位严师，又像一位慈父！

在我上他的课的两年中，他的衣履一贯地是那样整洁而朴素，他的仪容是一贯地严肃而慈祥。他对学生的要求是极其严格的，对于自己的教课准备，也极其认真。因为我们一到课室，就看到今天该做的试验的材料和仪器，都早已整整齐齐地摆在试验桌上。我们有时特意在上课铃响以前，跑到教室去，就看见管老师自己在课室里忙碌着。

管老师给我们上课，永远是启发式的，他总让我们预先读一遍下一堂该学的课，每人记下自己不懂的问题来，一上课就提出大家讨论，再请老师讲解，然后再做试验。课后管老师总要我们整理好仪器，洗好试管，擦好桌椅，关好门窗，把一切弄得整整齐齐地，才离开教室。

理预科同学中从贝满女中升上来的似乎只有我一个，其他的同学都是从华北各地的教会女子中学来的，她们大概从高中毕业后都教过几年书，我在她们中间，显得特别的小（那年我还不满十八岁），也似乎比她们"淘气"，但我总是用心听讲，一字不漏地写笔记，回答问题也很少差错，做试验也从不拖泥带水，管老师对我的印象似乎不错。

我记得有一次做化学试验，有一位同学不知怎么把一个当中插着一根玻璃管的橡皮塞子，捅进了试管，捅得很深，玻璃管拔出来了，橡皮塞子却没有跟着拔出，于是大家都走过来帮着想法。有人主张用钩子去钩，但是又不能把钩子伸进这橡皮塞子的小圆孔里去。管老师也走过来看了半天……我想了一想，忽然跑了出去，从扫院子的大竹扫帚上拗了一段比试管口略短一些的竹枝，中间拴上一段麻绳，然后把竹枝和麻绳都直着穿进橡皮塞子孔里，一拉麻绳，那根竹枝自然而然地就横在皮塞子下面。我同那位同学，一个人握住试管，一个人使劲拉那根麻绳，一下子就把橡皮塞子拉出来了。我十分高兴地叫："管老师——出来了！"这时同学们都愕然地望着管老师，又瞪着我，轻轻地说："你怎么能说管老师出来了！"我才醒悟过来，不好意思地回头看着站在我身后的管老师，他老人家依然是用慈祥的目光看着我，而且满脸是笑！我的失言，并没有受到斥责！

一九二四年，他当了贝满女中的校长，那时我已出国留学了。一九二六年，我回燕大教书，从升入燕大的贝满同学口中，听到的管校长以校为家，关怀学生，胜过自己的子女的嘉言懿行，真是洋洋盈耳，他是我们同学大家的榜样！

一九四六年，抗战胜利了，那时我想去看看战后的日本，却又不想多呆。我就把儿子吴宗生(现名吴平)、大女儿吴宗远(现名吴冰)带回北京上学，寄居在我大弟妇家里。我把宗生送进灯市口育英中学(那是我弟弟们的母校)，把十一岁的大女儿宗远送到我的母校贝满中学，当我带她去报名的时候，特别去看了管校长，他高兴得紧紧握住我的手——这是我们第一次握手！他老人家是显老了，三四十年的久别，敌后办学的辛苦和委屈，都刻画在他的面庞和双鬓上！还没容我开口，他就高兴地说："你回来了！这是你的女儿吧？她也想进贝满？"又没等我回答，他抚着宗远的肩膀说："你妈妈可是个好学生，成绩还都在图书馆里，你要认真向她学习。"哽塞在我喉头的对管老师感恩戴德的千言万语，我也忘记了到底说出了几句，至今还闪烁在我眼前的，却是我落在我女儿发上的几滴晶莹的眼泪。

一九八五年五月二十八日清晨

## 记富奶奶

### ——一个高尚的人

一九二九年六月初,我还在燕京大学教课,得了重感冒,住在女校疗养所里。院里只有一位美国女大夫和两位服务员。大夫叫她们为舒妈和富妈(这大夫和服务员只照看轻病的人,一般较为严重复杂的病,就送到协和医院去了)。这两位服务员都是满族,说的一口纯正的北京话。舒妈年纪大一些,也世故一些,又爱说爱笑。富妈比较文静,说话轻声细语地。我总觉得她和舒妈不同,每逢她在我身边,我的脑中总涌上"大人家举止端详"这一段词句。

有一天她忽然低声问我:"谢先生,您结婚后用人吗?我愿意给您帮忙。"我说:"那太好了,就是我们家里就两个人,事情不多,而且人家已经给我们介绍一个厨师傅了(那时在燕大教师家里的大师傅一般除做饭外,还兼管洗衣服、床单……收拾楼下的书房客厅等等)。楼上我们卧室什么的,也没有什么重活……"她说:"我能给您做针线活。您新房子里总得有窗帘、床单、桌布什么的,我可以先给您准备。"这方面我倒没想到。那时候燕大指定给我们盖的小楼——燕南园60号,已快竣工了。我感冒好后,就和她到我们的新居,量好了门窗的尺寸,楼下的客厅兼饭厅想用玫瑰色的窗帘,楼上的卧室用豆青色的,客房是粉红色的(那种房子一般是两重帘子,外面是一层透明的白纱布,里面只是一道横的短帘和两边长的窄窄的长帘,这里层的帘子是有颜色的)。我就买了这几色的苏州棉绸,交给了她。那年的六月十五号,我同文藻结婚后，就南下省亲，我们到了上海和江阴的家，暑假之前赶回上课时，富妈已经把这些窗帘都做好，而且还做了各间屋子里的床单，被单都用的是白细布又用和窗帘一色的布缘了边，还"补"上一些小花，真是协调雅淡极了！我们把房子布置好了以后，她每天就只来一个上午，帮我们收拾房间。到了一九三一年，我们的大儿子吴平出世后，她就来帮我带孩子，住在我家里，做整天的活。那时文藻的母亲也来了，就住在原来的客房。我每星期还有几堂课，身体也不太好，孩子的照顾，差不多全靠富奶奶了（她比我大十岁，自从她到我们家工作，我们就都称她奶奶）。说起来她的身世也够凄凉的，有人说她是满族松公爷的堂妹，家道中落，从九岁起就学做种种针线活，二十岁又嫁黄志廷做续弦，黄志廷是清华学校校警，年岁比她大许多，她生了六个孩子，都早夭了，最后一个女儿活下来了，起名叫秀琴，是她的宝贝。她出来工作，自己指"富"为姓。她有心脏病，每星期必到燕大医院去取一次药水，但她还是把孩子的衣服（除毛衣外）全部揽了去。她总把孩子打扮得十分雅气，衣领和袖子上总绣上些和毛衣的颜色协调的小花，那时燕大中美同事的夫人们，都夸说我们孩子穿得比谁都整齐，其实都是富奶奶给他们打扮的。

  一九三五年我的女儿吴冰出世了，也是她照应的，吴冰从小不"挑食"，长得很胖，富奶奶对于女孩子的衣着更加注意，吴冰被推着车子出去，真是谁看谁爱。一九三六年，是文藻的休假年（燕大的教授们是每七年休假一次），我们先到日本，又到美国代表燕大祝贺哈佛大学建校三百周年，以后又到英国、意大利、法国等，文藻自己又回到英国的牛津和剑桥大学，研究他们的导师制度，我那时正怀上了吴青，就在法国留下，在巴黎闲住了一百天。那时文藻的母亲虽然也在北京,但两个孩子的一切,仍是全由富奶奶照管。一九三七年我们从欧洲回来,不到一个星期,北京便沦陷了。因为燕大算是美国教会办的,一时还没有受到惊扰,我们就仍在燕大教学,一面等待十一月份吴青的出世,一面做去云南大学的准备。因为富奶奶有心脏病,我怕云南高原的天气对她不宜,准备荐她到一位美国教授家里去工作。他们家只老夫妇二人,工作很轻松,但富奶奶却说:"您一个人带三个孩子走,就不放心,我送您到香港再回来吧。"等到了香港,我们才知道要去云南必须从安南的海防坐小火车进入云南,这条路是难走的!富奶奶又坚持说:"您和先生两个人,绝对弄不了这三个孩子,我还是跟您上云南吧。"我只得流着眼泪同意了。这一路的辛苦困顿,就不必说。亏得在路过香港时,我的表兄刘放园一家也在香港避难,他们把一个很能干的大丫头——瑞雯交给了我,说是:"瑞雯十八九岁了,我们不愿意在香港替她找人家,不如让你们带到内地给她找吧。"路上有了瑞雯当然方便得多,富奶奶把她当自己的女儿看待,两人处得十分融洽。到了昆明,瑞雯便担任了厨师的职务,她从我的表嫂那里,学做的一手好福建菜,使我们和我们的随北大、清华南迁的朋友们,大饱口福。

我们到了昆明,立刻想把富奶奶的丈夫黄志廷和女儿秀琴都接到后方来,免得她一家离散。那时正好美国驻云南昆明的领事海勇(Seabold)和我们很友好,他们常说云南工人的口音难懂,我说:"我给你们举荐一个北京人吧。"于是我们就设法请南下的朋友把黄志廷带到了昆明,在美国领事馆工作。富奶奶的独女秀琴却自己要留在北京读完高中,在一九四〇年我们搬到重庆之后,她才由我们的朋友带来,到了重庆,我们即刻把她送到复旦大学,一切费用由我们供给。这时富奶奶完全放心了,我们到重庆时,本来就把黄志廷带来我家"帮忙",如今女儿也到了后方,又入了大学,她不必常常在夜里孩子睡后,在桐油灯下,艰难地一个字一个字地给女儿写信了。说来真是"可怜天下父母心"!富奶奶本来不会写字,她总是先把她要说的话,让我写在纸上,然后自己一笔一画地去抄,我常常对她说:"你不必麻烦了,我和黄志廷都会替你写,何必自己动笔呢?"她说:"秀琴看见我的亲笔字,她会高兴的。"

我们到重庆不久,因为日机常来轰炸,就搬到歌乐山上住。不久文藻又得了肺炎,我在医院陪住了一个多月,家里一切,便全由富奶奶主持。那几年我们真是贫病交加,文藻病好了,我又三天两头地吐血,虽然大夫说这不是致命的病,却每次吐血,必须躺下休息,这都给富奶奶添许多麻烦,那时她也渐渐地不支了,也得常常倚在床上。我记得有一次冬天,在沙坪坝南开中学上学的吴平,周末在大雨中上山,身上的棉裤湿了半截。富奶奶心疼地让他脱下棉裤,坐在她被窝里取暖。她拿我的一条旧裤作面子,用白面口袋白布做里子,连夜在床上给他赶做一条棉裤。我听见她低低地对吴平说:"你妈也真是,有钱供人上大学,自己的儿子连一条替换的棉裤、毛裤都没有!"这是她末一次给我的孩子做活了!

有一天她断断续续地对我说:"我看我这病是治不好了,您这房子虽然是土房,也是花钱买的,我死在这屋里,孩子们将来会害怕的,您送我上医院吧。"我想在医院里,到底照顾得好一些,山下的中央医院(就是现在的上海医院)还有许多熟人,我就送她下山,并让黄志廷也跟去陪她,我一面为她预备后事。正好那时听说有一户破落的财主,有一副做好的棺材要廉价出卖,我只用了一百多块钱(《关于女人》稿费的一部分)把它买了下来,存放在山下的一间木匠铺里。

到医院后不久,她就和我们永别了。她葬在歌乐山的墓地里。出殡那一天,我又大吐血,没有去送葬,但她的丈夫、女儿和我的儿女们都去了。听说,吴平在坟前严肃地行了一个童子军的敬礼后,和他的两个妹妹吴冰、吴青,都哭得站不起来!五十年代中期,我曾参加人大代表团到西南视察,路经四川歌乐山,我想上去看看她的坟墓,却因为那里驻着高射炮队就去不成了。

黄秀琴同她的大学同学四川人李家驹结了婚,不久也把父亲黄志廷接走了。抗战胜利后,我们回到南京又去了日本,黄家留在四川,但是我们的通讯不断。

黄秀琴生了两儿两女后,也去世了。六十年代我们住在北京中央民族学院,她的次子李达雄在北京邮电学院上学,假期就到我们家来称我为"姥姥"。直到现在他夫妇到京出差还是给我送广柑、"菜脑壳"之类我们爱吃的东西。我们的孩子和他们的孩子一直是亲如一家……

关于这个高尚的人的事迹,我早就想写了,镶在一个小铜镜框里的她和我们三个孩子的小相片,几十年来一直在我的身边,现在就在我身后的玻璃书柜里。今天浓阴,又没有什么"不速之客",我一口气把从一九二九年起和我同辛共苦了十几年的、最知心的人的事迹,写了出来,我的眼泪是流得尽的,而我对她的忆念却绵绵无尽!

一九八六年六月五日薄暮

# 关于刘半农刘天华兄弟

我是通过我的老伴吴文藻和刘氏兄弟认识的,他们三人都是江阴人,又都在当时(1926—1938)燕京大学教课。

我不记得我曾去刘氏兄弟的北京城内的家里没有,只记得刘半农先生常来我们燕大的教授宿舍,和文藻谈些有关语言学的问题。对于这门学问,我是一窍不通,也插不上嘴,只记得有一次在递茶的时候,我对他们笑着说:"怪不得人说'江阴强盗无锡贼',你们一起谈'打家劫舍'的事,就没个完!"半农先生大笑说:"我送你一颗印章,就叫做'押寨夫人'怎么样?"我们大笑起来,后来我到底也没有收到这一颗印章。

刘天华先生当时在燕大音乐系教授中国音乐,一九三〇年我母亲在上海逝世,我侍疾送葬后回到北京病了一场。病后心情很坏,我便请刘天华先生教我吹笙,他说:"你有吐血的毛病,吹笙伤气,不如学弹琵琶吧。"后来又因为我的手臂和指头都很短,他又特别定制了一张很小的琵琶送我。我一共才学了几次,便因为阑尾炎突发,进了协和医院,在我动手术的时候,那位美国外科主任说我是个神经质的人,给我做了全身麻醉,我在进入迷糊的时候,似乎见一双大手在我的手术台边,给我弹着一首十分清脆的琵琶曲子。后来似乎是刘天华先生病了,我也没有再学下去,只将那张琵琶用锦囊珍藏了起来……来纪念在燕大执教过的刘天华先生。

与刘氏兄弟离别已五十余载,但是刘氏兄弟的声音笑貌(半农先生是豪放，天华先生是冲和）总在我的眼前呈现，我永远也忘不了文藻的两位可亲可敬的江阴同乡。

（最初发表于《太湖》1990年第9、10期合刊）

# 一代的崇高女性

## ——纪念吴贻芳先生

我没有当过吴贻芳先生的学生,但在我的心灵深处总是供奉着我敬佩的老师——吴贻芳先生。

记得我第一次得瞻吴先生的风采,是在一九一九年,北京协和女子大学大礼堂的讲台下,那时我是协和女大理预科的学生,她来协和女大演讲。我正坐在台下第一排的位子上,看见她穿着雅淡而称身的衣裙,从容地走上讲台时,我就惊慕她的端凝和蔼的风度,她一开始讲话,那清晰的条理,明朗的声音,都使我感到在我们女大的讲台上,从来还没有过像她这样杰出的演讲者!

从那时起,我心里就铭刻上这一位女教育家的可敬可爱的印象,我时常勉励自己,要以这形象为楷模。

我和她见面较多的时期,是在一九四一年以后的重庆国民参政会上。我是参政员,她是参政会主席团之一,我最喜欢参加她主持的会议。我又是在会堂台下,仰望吴主席,在会员纷纷发言辩论之中,她从容而正确地指点谁先谁后,对于每个会员的姓名和背景她似乎都十分了解。那时坐在旁边的董必武同志,这位可敬的老共产党员,常常低低地对我说:"像这样精干的主席,男子中也是少有的!"我听了不知为什么忽然感到女性的自豪。

吴贻芳先生常住南京,我则常住北京,见面的机会很少。但解放后,因为我们同是全国人大代表,更因为她也是中国民主促进会的副主席,我们在一起开会时,谈话就多了。她是一位伟大的爱国者和教育家。她的一言一行,都表现着饱满的爱国热情,忠诚于教育事业。她是一位老留美学生,曾多次赴美开国际会议。她学贯中西,也誉满中外!一九七九年美国密执安大学的女校友会授予她"智慧女神"奖,我觉得这个称号她是当之无愧的。

她是我所敬佩的近代人物之一。一九八五年十一月十日与世长辞了。但像她这样的人物是不朽的。她的桃李遍天下,敬佩者更是不少。她的崇高的人格与影响,将永远留在我们心中,我们要努力向她学习。

(本篇刊载于《吴贻芳纪念集》,江苏教育出版社 1987 年 8 月初版)

# 忆许地山先生

许地山的夫人周俟松大姐,前些日子带她的女儿燕吉来看我,说是地山九十五岁纪念快到了,让我写一篇文章。还讲到一九四一年地山逝世时,我没有写过什么东西。她哪里知道那一年正是我在重庆郊外的歌乐山闭居卧病,连地山逝世的消息都是在很久以后,人家才让我知道的呢?

我和地山认识是一九二二年在燕京大学文科的班上听过他的课。那时他是周作人先生的助教,有时替他讲讲书。我都忘了他讲的是什么,他只以高班同学的身份来同我们讲话。他讲得很幽默,课堂里总是笑声不断。课外他也常和学生接触,不过那时燕大男校是在盔甲厂,女校在佟府夹道。我们见面的时候不多。我们真正熟悉起来是在《燕大学生周刊》的编辑会上,他和瞿世英、熊佛西等是男生编辑,我记得我和一位姓陈的同学是女生编辑。我们合作得很好,但也有时候,为一篇稿件,甚至一个字争执不休。陈女士总是微笑不语,我从小是和男孩子——堂兄表兄们打闹惯了,因此从不退让。记得有一次,我在一篇文章里写了一个"象"字(那时还不兴简笔字),地山就引经据典说是应该加上一个"立人旁",写成"像"字,把我教训了一顿!真是"不打不成相识",从那时起我们合作得更和谐了。

一九二三年初秋,燕大有四位同学同船赴美,其中就有地山和我。说来也真巧,我和文藻相识,还是因为我请他去找我的女同学吴搂梅的弟弟,清华的学生吴卓,他却把文藻找来了,问名之下,才知道是找错了人，也只好请他加入我们燕大同学们正在玩的扔沙袋的游戏。地山以后常同我们说笑话，说"亏得那时的'阴错阳差'，否则你们到美后，一个在东方的波士顿的威尔斯利，一个在北方的新罕布什州的达特默思，相去有七八小时的火车，也许就永远没有机会相识了！"

地山到美后，就入了纽约的哥伦比亚大学。我在一九二四年冬天在沙穰养病时，他还来看我一次。那年的九月，他就转入英国牛津大学。一九二五年我病愈复学，他还写信来问我要不要来牛津学习？他可以替我想法申请奖学金。我对这所英国名牌大学，有点胆怯，只好辞谢了。

一九二六年，我从威尔斯利大学得到硕士学位后，就回到燕大任教。第二年，地山也从英国回来了，那时燕大已迁到城外的新址，教师们都住在校内，接触的机会很多。一九二八年，经熊佛西夫妇的介绍，他和周俟松大姐认识了，一九二九年就宣布定婚。在燕大的宣布地点，是在朗润园美国女教授鲍贵思的家里，中文的贺词是我说的，这也算是我对他那次"阴错阳差"的酬谢吧！

一九三五年，因为他和校长司徒雷登意见不合，改就香港中文大学之聘，举家南迁。从那时起，我们就没有见过面了。

地山见多识广，著作等身，关于他学术方面的作品，我是个门外汉，不敢妄赞一词。至于他的文学方面的成就，那的确是惊人的。他的作品，有异乡、异国的特殊的风格和情调。他是台湾人，又去过许多东南亚国家和地区，对于那些地方的风俗习惯，世态人情，都描写得栩栩如生，使没有到过那些地方，没有接触过那些人物的读者，都能从他的小说、戏剧、童话、诗歌、散文、游记和回忆里，品味欣赏到那些新奇的情调，这使得地山在中国作家群里，在风格上独树一帜！

地山离开我们已有近半个世纪了，他离世时正在盛年。假若至今他还健在，更不知有多少创作可以供我们的学习和享受，我们真是不幸。记得昔人有诗云"美人自古如名将，不许人间见白头"，我想"才人"也是和"美人"一样的吧！天实为之，谓之何哉！

一九八七年十一月十日清晨。

## 海棠花下

### ——和叶老的末一次相见

好几年以前,圣陶老人就约我去他家赏海棠花了,但是每年到了花时,不是叶老不适,就是我病了,直到去年春天,才实践了看花之约。

那天天气晴朗,民进中央派来了两辆小车和一位同志,把我和女儿吴青一家(因为他们一直是和我同住)接到叶老家去。我的女婿陈恕,带了一架录像机,我的外孙陈钢,带了一架照相机,兴冲冲地我们一同上了车。

到了叶家门口,至善同志已在门口欢迎了。我扶着助步器由吴青他们簇拥着进了这所宽大整洁的四合院的外院,又进入了内院,叶老已经笑容满面地从雪白的海棠花树下站了起来。老人精神极好。我们紧紧地握手,然后才仰首看花,又低下头来叙谈。这时录像机和照相机都忙个不停,我女儿吴青却抱起叶老旁边的一只卷毛的小黑狗,抚摸着,笑着说:"这小狗真乖。"

我们又从花下进入了堂屋,屋里摆设得十分雅致,房屋隔扇框里也都有书画。我有好多时候没有见到过这样精致的真正的北京四合院了。

至善指点着叶老宽大的卧室墙上一张叶老夫人的相片,说:"这是他们结婚后七个月照的。"我笑着同至善说:"那时候还没有你呢!"大家都笑了。

时间过得真快,我向叶老献上我带去的一个小月季花篮,叶老还赠我一个很精美的小黑胆瓶,里面插着三朵他们花圃里长的三支黄色的郁金香。

回家的路上,我捧着那个小胆瓶,从车里外望,仿佛北京城里处处都是笑吟吟的人!

一九八八年二月二十九日清晨

# 追念振铎

说来已是二十年前的事了!

一九五八年十月下旬的一个晚上,在莫斯科的欢迎亚非作家的一个群众大会上,来宾台上坐在我旁边的巴金同志,忽然低下头来轻轻地对我说:"告诉你一个不幸的消息,你不要难过!振铎同志的飞机出事,十八号在喀山遇难了。"又惊又痛之中,我说不出话来——但是、但是我怎能不难过呢?

就是在那一年——一九五八年——的国庆节的观礼台上,振铎和我还站在一起,扶着栏杆,兴高采烈地,一面观看着雄壮整齐的游行队伍,一面谈着话。他说:他要带一个文化代表团到尼泊尔去。我说我也要参加一个代表团到苏联去。他笑说:"你不是喜欢我母亲做的福建菜吗?等我们都从外国回来时,我一定约你们到我家去饱餐一顿。"当时,我哪里知道这就是他对我说的,最后一次的充满了热情和诙谐的谈话呢?

在我所认识的许多文艺界朋友之中(除了我的同学以外),振铎同志恐怕是最早的一个了。那就是在五四时代,"福建省抗日学生联合会"里。那时我还是协和女子大学预科的一年级学生,只跟在本校和北京大学、女子师范学校,和其他大学的大学生之后,一同开会,写些宣传文字和募捐等工作。因为自己的年纪较小,开会的时候,静听的时候多,发言的时候少,许多人我都不认识,别人也不认识我,但我却从振铎的慷慨激昂的发言里,以及振铎给几

九十大寿

冰心和女儿吴青一家（左为外孙陈钢，中立者为女婿陈恕）

个女师大的大同学写的长信里,看到他纵情地谈到国事,谈到哲学、文学、艺术等,都是大字纵横、热情洋溢。因此,我虽然没有同他直接谈过话,对于他的诚恳、刚正、率真的性格,却知道得很清楚,使我对他很有好感。

这以后,他到了上海,参加了《小说月报》的编辑工作。我自己也不断地为《小说月报》写稿,但是我们还是没有直接通过信。

我们真正地熟悉了起来,还是在一九三一年秋季他到北京燕京大学任教以后,我们的来往就很密切了。他的交游十分广泛,常给我介绍一些朋友,比如说老舍先生。振铎的藏书极多,那几年我身体不好,常常卧病,他就借书给我看,在病榻上我就看了他所收集的百十来部的章回小说。我现在所能记起的,就有《醒世姻缘》、《野叟曝言》、《绿野仙踪》等,都是我所从未看过的。在我"因病得闲"之中,振铎在中国旧小说的阅读方面,是我的一位良师益友,这一点是我永远不会忘怀的。那几年他还在收集北京的名笺,和鲁迅先生共同编印《十竹斋笺谱》。他把收集来的笺纸,都分给我一份,笺谱印成之后,他还签名送给我一部,说"这笺谱的第一部是鲁迅先生的,第二部我自己留下了,第三部就送给你了"。这一部可贵的纪念品,和那些零散的名贵的北京信笺,在抗战期间,都丢失了!

振铎在燕京大学教学,极受进步学生的欢迎,到我家探病的同学,都十分兴奋地讲述郑先生的引人入胜的讲学和诲人不倦的进步的谈话。当他们说到郑先生的谈话很有幽默感的时候,使我忆起在一九三四年,我们应平绥铁路局之邀,到平绥沿线旅行时,在大同有一位接待的人员名叫"屈龙伸",振铎笑说,"这名字很有意思",他忽然又大笑说,"这个名字可对张凤举"(当时的北大教授），我们都大笑了起来，于是纷纷地都把我们自己的名字和当时人或古人的名，对了起来，"郑振铎"对"李鸣钟"（当时西北军的一个军官），我们旅行团中的陈其田先生，就对了"张之洞"，雷洁琼女士就对了"左良玉"，"傅作义"就对了"李宗仁"等。这些花絮，我们当然都没有写进《平绥沿线旅行纪》里，但当时这一路旅行，因为有振铎先生在内，大家都感到很愉快。

振铎在燕大教学，因为受到进步派的欢迎，当然也就受到顽固派的排挤，因此，当我们在一九三六年秋，再度赴美的时候，他已经回到上海了。他特别邀请朋友给我们饯行。据我的回忆，我是在那次席上，初次会到茅盾同志的。胡愈之同志也告诉过我，他是在那次饯别宴上，和我们初次会面的。也就是在那次席上我初次尝到郑老太太亲手烹调的福建菜。我在太平洋舟中，给振铎写了一封信，信上说："感谢你给我们的'盛大'的饯行，使我们得以会见到许多闻名而未见面的朋友……更请你多多替我们谢谢老太太，她的手艺真是高明！那夜我们谈话时多，对着满桌的佳肴，竟没有吃好。面对这两星期在船上的顿顿无味的西餐，我总在后悔，为什么那天晚上不低下头去尽量地饱餐一顿。"

抗战胜利后，我从重庆先回到上海，又到他家去拜访，看见他的书架上仍是堆着满满的书，桌子上，窗台上都摆着满满的大大小小的陶俑。我笑说："我们几经迁徙，都是'身无余物'了，你还在保存收集这许多东西，真是使人羡慕。"他笑了一笑说："这是我的脾气，一辈子也改不了！"

一九五一年我从日本回国，他又是第一批来看我的朋友中之一。我觉得新中国的成立，使他的精力更充沛了，勇气更大了，想象力也更丰富了。他手舞足蹈地讲说他正在共产党和毛主席的领导下，为他解放前多年来所想做而不能做的促进中国文学艺术的发展，贡献出他的全部力量。他就是这么一个精力充沛热情横溢的人。虽然那天晚上巴金劝我不要难过（其实我知道他心里也是难过的），我能不难过吗？我难过的不只是因为我失去了一个良师益友，我难过的是我们中国文艺界少了一个勇敢直前的战士！

在四害横行，道路侧目的时期，我常常想到振铎，还为他的早逝而庆幸！我想，像他这么一个十分熟悉三十年代上海文艺界情形，而又刚正耿直的人，必然会遇到像老舍或巴金那样的可悲的命运。现在"四人帮"打倒了，满天春气，老树生花，假使他今天还健在，我准知道他还会写出许多好文章，做出许多有益的事！我记得我们敬爱的周总理，曾在我们大家面前说过，他和老舍，振铎，王统照四个人，都是戊戌政变（一八九八年）那年生的，算起来都比我大两岁。我现在还活了下来！我本来就远远、远远地落在他们的后面，但是一想起他们，就深深感到生命的可贵，为了悼念我所尊敬的朋友，我必须尽上我的全部力量，去做人民希望我做而我还能够做的一切的事。

一九七八年十一月十七日。

## 我 的 良 友

### ——悼王世瑛女士

　　一个朋友，嵌在一个人的心天中，如同星座在青空中一样，某一颗星陨落了，就不能去移另一颗星来填满她的位置！

　　我的心天中，本来星辰就十分稀少，失落了一颗大星，怎能使我不觉得空虚，惆怅？

　　我把朋友分为三类。第一类是有趣的，这类朋友，多半是很渊博，很隽永，纵谈起来乐而忘倦。月夕花晨，山巅水畔，他们常常是最赏心的伴侣。第二类是有才的，这类朋友，多半是才气纵横，或有奇癖，或不修边幅，尽管有许多地方，你的意见不能和他一致，而对于他精警的见解，迅疾的才具，常常会不能自已的心折。第三类是有情的，这类朋友，多半是静默冲和，温柔敦厚，在一起的时候，使人温暖，不见的时候，使人想念。尤其是在疾病困苦的时光，你会渴望着他的"同在"——王世瑛女士在我的朋友中，是属于有情的一类！

　　这并不是说世瑛是个无趣无才的人，世瑛趣有余而才非浅，不过她的"趣"和"才"都被她的"情"盖过了，淹没了。

　　世瑛和我，算起来有三十余年的交谊了，民国元年的秋天，我在福州，入了女子师范预科，那时我只十一岁，世瑛在本科三年级，她比我也只大三四岁光景。她在一班中年纪最小，梳辫子，穿裙子，平底鞋上还系着鞋带，十分的憨嬉活泼。因为她年纪小，就常常喜欢同低班的同学玩。她很喜欢我,我那时从海边初到城市,对一切都陌生畏怯,而且因为她是大学生,就有一点不大敢招揽,虽然我心里也很喜欢她。我们真正友谊的开始,还是"五四"那年同在北平就学的时代。

那年她在北平女高师就学,我也在北平燕京大学上课,相隔八九年之中,因着学校环境之不同,我们相互竟不知消息。直到五四运动掀起以后,女学界联合会,在青年会演剧筹款,各个学校单位都在青年会演习。我忘了女高师演的是什么,我们演的是莎士比亚的《威尼斯商人》。预演之夕,在二三幕之间,我独自走到楼上去,坐在黑暗里,凭阑下视,忽然听见后面有轻轻的脚步,一只温暖的手,按着我的肩膀,我回头一看,一个温柔的笑脸,问:"你是谢婉莹不是?你还记得王世瑛么?"

昏忙中我请她坐在我的旁边,黑暗的楼上,只有我们两个人,我们都注目台上,而谈话却不断的继续着。她告诉我当我在台上的时候,她就觉着面熟了,她向燕大的同学打听,证实了我是她童年的同学,一闭幕她就走到后台,从后台又跟到楼上……她笑了,说这相逢多么有趣!她问我燕大读书环境如何,又问"冰心是否就是你?"那时我对本校的同学,还没有公开的承认,对她却只好点了点头。三幕开始,我们就匆匆下去,从那时起,我们就成了最密的朋友。

那时我家住在北平东城中剪子巷,她住在西城砖塔胡同,北平城大,从东城到西城,坐洋车一走就是半天,大家都忙,见面的时候就很少。然而我们却常常通信,一星期可以有两三封。那时正是"五四"之役,大家都忙着讨论问题,一切事物,在重新估定价值的时候,问题和意见,就非常之多,我们在信里总感觉得说不完,因此在彼此放学回家之后,还常常通电话,一说就是一两个钟头。我们的意见,自然不尽相同,而我们却都能容纳对方的意见。等到后来,我们通信的内容,渐渐轻松,电话里也常常是清闲的谈笑,有时她还叫我从电话中弹琴给她听,我的父亲母亲常常跟我开玩笑,说他们从来没有看见我同人家这样要好过,父亲还笑说,"你们以后打电话的时间要缩短一些,我的电话常常被你们阻断了!"

我在学校里对谁都好,同学们也都对我好,因而也没有什么特别的"朋友"。世瑛就很热情,除了同谁都好之外,她在同班中还特别要好的三位朋友,那就是黄英(庐隐),陈定秀,和程俊英,连她自己被同学称为四君子。文采风流,出入相共,……庐隐在她的小说《海滨故人》里,把她们的交谊,说得很详细——世瑛在四君子之中,是最稳静温和的,而世瑛还常常说我"冷",说我交朋友的作风,和别人不一样。我常常向她分辩,说我并不是冷,不过各人情感的训练不同,表示不同,我告诉她我军人的家庭,童年的环境,她感着很大的兴趣……

然而我们并不是永远不见面。中央公园和北海在我们两家的中途,春秋假日,或是暑假里,我们常带着弟妹们去游赏——我们各有三个弟弟,她比我还多两个妹妹——小孩子奔走跳跃的时候,我们就坐在水榭或漪澜堂的阑旁,看水谈心。她砖塔胡同的家,外院有个假山,我们中剪子巷的门口大院里,也圈有一处花畦,有石凳秋千架等,假山和花畦之间,都是我们同游携手之地。我们往来的过访,至多半日,她多半是午饭后才来,黄昏回去,夏天有时就延至夜中。我们最欢喜在星夜深谈,写到这里,还想起一件故事:她在学生会刊物上写稿子,用的笔名是"一息",我说"一息"这两字太衰飒,她就叫我替她取一个,我就拟了"一星"送她,我生平最爱星星，因集王次回的"明明可爱人如月"，和黄仲则的"一星如月看多时"两句诗，颂赞她是一个可爱的朋友，她欣然接受了。直至民国十二年我出国时为止，我们就这样淡而永的往来着。我比较冷静，她比较温柔，因此从来没有激烈的辩论，或吵过架，我们两家的人，都称我们"两小无猜"，算起来在朋友中，我同她谈的话最多，最彻底，通信的数量也最多（四五年之间，已在数百封以上），那几年是我们过往最密的时代，有多少最甜柔的故事，想起来使我非常的动心，留恋！

我出国去，她原定在北平东车站送行，因为那天早晨要替我赶完一件绒衣，到了车站，火车已经开走了，她十分惆怅，过几天她又赶到上海来送我上船。我感谢之余，还同她说，"假如我是你，送过一次也罢了，何必还赶这一场伤心的离别？"她泫然说，"就因为我不是你，我有我的想法！"——庐隐有一首新诗，就记的是这件事，我只记得中间四句，是：

  辛苦织成的绒衣，
  竟赶不上做别离的赠品，
  秋风阵阵价紧，
  不嫌衣裳太薄吗？

在上海我们又盘桓了几天。动身之日，我早同她约定，她送我上船就走，不要看着船开，但她不能履行这珍重的诺言，船开出好远，她还呆立在码头上……

到美国以后，功课一忙，路途又远，我们通信的密度，就比从前差远了，我只知道从上海，她就回到福州去教书。在十三年的春天，我在美国青山养病，忽然得到她的一封信，信末提到张君劢先生向她求婚，问我这结合可不可以考虑，文句虽然是轻描淡写，而语意是相当的恳切。我和君劢先生素不相识，而他的哲学和政治的文章，是早已读过，世瑛既然问到我，这就表示她和她家庭方面，是没有问题的了，我即刻在床上回了一封信，竭力促成这件事，并请她告诉我以嘉礼的日期。那年的秋天，我就接到他们结婚的请柬，我记得我寄回去的礼物，是一只镶着橘红色宝石的手镯。

民国十五年秋天，我回国来，一到上海，就去访他们夫妇，那时他们的大孩子小虎诞生不久，世瑛还在床上，君劢先生赶忙下楼来接我，一见面就如同多年的熟朋友一样，极高兴恳切的握着我的手。上得楼来，做了母亲的世瑛，乍看见我似乎有点羞怯，但立刻就被喜悦和兴奋盖过了。我在她床沿杂乱的说了半小时的话，怕她累着，就告辞了出来。在我北上以前，还见了好几次，从他们的谈话中，态度上都看出他们是很理想的和谐的伴侣。在我同他们个别谈话的时候，我还珍重的向他们各个人道贺，为他们祝福。

民国十六年以后，我的父亲在上海做事，全家都搬到上海来。年假暑假我回家的时候，总是常到他们家里，世瑛又做了两个，三个孩子的母亲，她的敦厚温柔，更是有增无减，同时她对于君劢先生的文章事业，都感着极大的兴趣，尽力帮忙。我在一旁看着，觉得我对于世瑛的敬爱，也是有增无减！她在家是个好女儿，好姐姐，在校是个好学生，好教师，好朋友，出嫁是个好妻子，好母亲，这种人格，是需要相当的忍耐和不断的努力，她以永恒的天真和诚恳，温柔和坦白来与她的环境周旋，她永远是她周围的人的慰安和灵感！

民国廿年母亲去世以后，父亲又搬回北平来，我和世瑛见面的机会便少了。民国廿三年他们从德国回来，君劢先生到燕大来教书，我们住得很近，又温起当年的友谊。君劢先生和文藻都是书虫子，他们谈起书来，就到半夜，我和世瑛因此更常在一起。北平西郊的风景又美，春秋佳日，正多赏心乐事，那一两年我们同住的光阴，似乎比以前更深刻纯化了。

他们先离开了北平到了上海，我们在抗战以后也到了昆明，中间分别了六七年，各居一地，因着生活的紧张忙乱，在表面上，我们是疏远了。直到了前年，我们又在重庆见面，喜欢得几乎落下泪来，她握着我的手，说她听人说我总是生病，但出乎意外的我并不显得憔悴。我微笑了，我知道她的用心，她是在安慰我！我谢了她，我说，"抗战期间，大家都老了都瘦了，这是正常的表现，能不死就算好了。"她拦住我，说，"你总是爱说死字……"我一笑也就收住——谁知道她一个无病的人，倒先死了呢！

她住在汪山，我住在歌乐山，要相见就得渡一条江，翻一座岭，战时的交通，比什么都困难，弄到每年我们才能见到一两次面。她告诉我汪山有绿梅花。花时不可不来一赏，这约订了三年，也没有实现——我想我永不会到汪山去看梅花了，世瑛去了，就让我永远纪念这一个缺憾罢。

我们在重庆仅有的一次通讯。是她先给我写的，去年五月一日，她到歌乐山来参加第一保育院的落成典礼，没有碰到我，她"怅惘而归"，在重庆给我写了几行：

冰姐：

　　到重庆后，第一次去歌乐山……因为他们告诉我，你也许会来参加保育院的落成典礼……我可以告诉你，我在山上等你好久了……我念旧之情，与日俱深——也许是年龄的关系，使我常常忆旧——可是今天的事实，到了保育院，既未见你，而时间的限制，又无法去看你，惆怅而归，老八又告诉我，你身体不大好，使我更懊悔我错过了机会，不抽一刻时间来看你！我在山上几次动笔写信给你，终于未寄，今天无论如何，要写这几个字给你，或不是你所想得到的，我是怎样今情犹昔！再谈吧，祝你

　　痊安

　　　　　　　　　　　　　　　　　瑛　五·一

　　我在病榻上接到这封小简，十分高兴感动，那时正是杜鹃的季节，绿荫中一声声的杜宇，参和了忆旧的心情，使我觉得惆怅，我复她一信。中有"杜鹃叫得人心烦"之语，今年三月，她已弃我而逝，我更怕听见鹃啼，每逢听见声凄而长的"苦——苦"，总使我矍然的心痛，尤其是在雨中或月下的夜半一连叠声的"苦——"，枕上每使我凄然下泪……

　　世瑛毕竟到歌乐山来看我一次，那是去年夏日，她从北温泉回来，带着两个女儿，和她的令弟世圻夫妇，在我们廊上，坐了半天。她十分称赞我们廊前的远景，我便约她得暇来住些时——我们末次的相见，是在去年九月，我们都在重庆。君劢先生的令弟禹九夫妇，约我们在一起吃晚饭，饭后谈到我从前在北平到天桥寻访赛

金花的事，世瑛听得很高兴，那时已将夜半，她便要留我住下。文藻笑问，"那么君劢呢？"世瑛也笑说，"君劢可以跟你回去住嘉庐。"我说，"我住待帆庐太舒服了，君劢住嘉庐却未免太委屈了他。"大家开了半天玩笑，但以第二天早晨我们还要开会，便终于走了，现在回想起来，追悔当初未曾留下，因为在我们三十余年的友谊中，还没有过"抵足而眠"的经历！

今年三月初，我到重庆去，听到了世瑛分娩在即的消息。她前年曾夭折了她的第三个儿子——小豹——如今又可以补上一个小的，我很为她高兴。那时君劢先生同文藻正在美国参加太平洋学会，我便写信报告文藻，说君劢先生又快要做父亲了，信写去不到十天，梅月涵先生到山上来，也许他不知道我和世瑛的交情罢，在晚餐桌上，他偶然提起，说，"君劢夫人在前天去世了，大约是难产。"我突然停了箸，似乎也停止了心跳，半天说不出话来。

我一夜无眠，第二天一早，就分函在重庆的张肖梅女士（张禹九夫人）和张霭真女士（王世圻夫人）询问究竟。我总觉得这消息过于突然，三十年来生动的活在我心上的人，哪能这样不言不语的就走掉了？我终日悬悬的等着回信，两封回信终于在几天内陆续来到，证实了这最不幸的消息！

霭真女士的信中说：

……六姐下山待产已月余，临产时心脏衰疲，心理上十分恐惧，产后即感不支，医师用尽方法，终未能挽回，婴儿男性，出生后不能呼吸，多方施救，始有生气，不幸延至次日，又复夭折……现灵柩暂寄浙江会馆……君劢旅中得此消息，伤痛可知，天意如斯，夫复何言……

肖梅女士信中说：

……二家嫂临终以前，并无遗言，想其内心痛苦已极，惟有以不了了之……

我不曾去浙江会馆，我要等着君劢先生回国来时，陪他同去。我不忍看见她的灵柩，惟有在安慰别人的时候，自己才鼓得起勇气！

我给文藻写了一封信，"……二十年来所看到的理想的快乐的夫妇，真是太希罕了，而这种生离死别的悲哀，就偏偏降临在他们的身上，我不忍想象君劢先生成了无'家'可归的人！假如他已得到国内的消息，你务必去郑重安慰他……"

六月中肖梅女士来访，她给我看了君劢先生挽世瑛的联语，是：

廿年来艰难与共，辛苦备尝，何图一别永诀
六旬矣报国有心，救世无术，忍负海誓山盟

她又提到君劢先生赴美前夕，世瑛同他对斟对饮，情意缠绵，弟妹们都笑他们比少年夫妻，还要恩爱，等到世瑛死后，他们都觉得这惜别的表现，有点近于预兆。

世瑛的身体素来很好，为人又沉静乐观，没有人会想到她会这样突然死去。二十年来她常常担心着我的健康，想不到素来不大健康的我，今夜会提笔来写追悼世瑛的文字！假如是她追悼我，她有更好的记忆力，更深的情感，她保存着更多的信件，她不定会写出多么缠绵悱恻的文章来！如今你的"冷静"的朋友，只能写这记帐式的一段，我何等的对不起你。不过，你走了，把这种东西留给我写，你还是聪明有福的！

一九四五年八月九日夜，重庆歌乐山

（最初发表于《可纪念的朋友们》，晨光出版公司 1947 年 3 月初版）

## 追念罗莘田先生

北京语言学会议决定出罗常培先生诞生八十周年纪念文集,并约他的生前友好,写纪念文章。在被约之列的我,既感到光荣,也感到无限的哀戚。

罗常培(莘田)先生逝世也将二十一周年了。这二十年之中,中国人民经受了一场史无前例的考验,在一阵动荡飘摇之后,像莘田先生和我这样的"世纪同龄人",已所余无几了。而在我"晚晴"的年月,我所能得到的慰藉,使我对于祖国有着最大的希望的话,还是从和我一般大年龄的人那里听到的。因此,我想到,假如莘田先生今天还健在,这棵雪后挺立的青松,将对我说出什么样的安慰和鼓励的话呢?

莘田先生是一九五八年十二月十三日逝世的,那正是多事之秋。这个时期的事情,比如说:在他病中我们去探望了没有?他的追悼会我们参加了没有?在我的记忆中已经模糊不清了,但是四十余年前我们同在的情景,在我的心幕上却是十分清楚的。

我的老伴吴文藻,他先认识了莘田先生。我记得三十年代初期,有一次他从青岛开会回来,告诉我说:"我在青岛认识了一位北大语言学教授罗莘田,我们在海边谈了半天的话……"我知道他们一定谈了些社会科学上的问题,因为文藻这个人若不是谈到专业,而且谈得很投机的话,他和人的谈话,是不会谈到"半天"的!

我自己和莘田先生熟悉起来,还是抗战军兴,北京各大学南迁以后。一九三八年,文藻在云大任教,莘田先生在西南联大任教,我们家住在云南昆明的螺峰街,以后又搬到维新街,那时有几位昆明没有家的联大教授,常到我们家里来作客,尤其是自称为"三剑客"的郑天挺(毅生)先生、杨振声(今甫)先生和罗莘田先生。罗先生是北京人,对于我们家的北方饭食,比如饺子、烙饼、炸酱面等,很感兴趣。我总觉得他不是在吃饭,而是在回忆回味他的故乡的一切!

第二年,我们家搬到昆明附近的呈贡去的时候,他更是我们的周末常客。呈贡是一座依山上下的小城,只有西、南、东三个城门,从我们住的那个北边城墙内的山顶房子里,可以一直走上西门的城楼。在每个星期六的黄昏,估摸着从昆明开来的火车已经到达,再加上从火车站骑马进城的时间,孩子们和我就都走到城楼上去等候文藻和他带来的客人。只要听到山路上的得得马蹄声,孩子们就齐声地喊:"来将通名!"一听到"吾乃北平罗常培是也",孩子就都拍手欢呼起来。

莘田先生和我们家里大大小小的人,都能说到一起,玩到一起。我们家孩子们的保姆——富奶奶,也是满族——那时还兼做厨娘,每逢她在厨下手忙脚乱、孩子们还缠她不放的时候,莘田先生就拉起孩子的手说:"来,来,罗奶奶带你们到山上玩去!"直到现在,已经成为大人的我们的孩子们,一提起罗伯伯,还亲昵地称他做罗奶奶。

莘田先生的学术造诣,在学术界早有定评,我是不能多置一词了。而他对于他的学生们在治学和生活上的那种无微不至的诱掖和关怀,是我所亲眼看到又是文藻所最为敬佩和赞赏的。当我们住在昆明城里的时候,我们也常到"三剑客"住所的柿花巷去走走。在那里,书桌上总摆有笔墨,他们就教给我写字。这时常有"罗门弟子"如当时的助教吴晓铃先生、研究生马学良先生等(现在他们也都是我们的好友)来找莘田先生谈话,在他们的认真严肃而又亲热体贴的言谈之中,我看出了他们师生间最可贵的志同道合的情谊。吴晓铃先生曾对我讲过:在四十年代后期,莘田先生在美讲学时,曾给他的学生们办的刊物写过一篇《舍己耘人》的文章,就是讲做老师的应当有"舍己之田耘人之田"的精神,来帮助学生们做好学术研究的工作。

莘田先生就像爱护自己的眼珠那样爱护自己的学生,尽管他自己对学生们的要求十分严格,却听不得别人对于他学生们的一句贬词。我曾当着莘田先生的面对文藻说:"我知道怎样来招莘田生气。他是最'护犊'的,只要你说他的学生们一句不好,他就会和你争辩不休……"莘田先生听了并没有生气,反而不好意思似地笑了起来。他是多么可敬可爱的一个老师呵!

四十年代初期,我们住在四川重庆郊外的歌乐山,莘田先生每到重庆,必来小住。我记得我曾替他写的一本游记《蜀道难》做过一篇序。如今这本书也找不到了。

五十年代初期,我们从日本归来,莘田先生是最早来看望我们的一个。他和我们的许多老友一样,给我们带来了在新中国生活和工作的舒畅和快乐的气氛,给我们以极大的安慰和鼓舞。

话再说回来,像莘田先生那样一位热爱祖国、热爱人民、热爱工作、热爱给中国带来社会主义的中国共产党,在经过了二十年的考验之后,在拨乱反正、大地回春的今天,一定会有一番充满了智慧而又乐观的话,对我们说的。我们从他在我们心幕上留下的一个坚定地拥护社会主义的爱国者的不朽的形象里,已经得到了保证了!

一九七九年十二月六日。

## 老舍和孩子们

我认识老舍先生是在三十年代初期一个冬天的下午。这一天，郑振铎先生把老舍带到北京郊外燕京大学我们的宿舍里来。我们刚刚介绍过，寒暄过，我给客人们倒茶的时候，一转身看见老舍已经和我的三岁的儿子，头顶头地跪在地上，找一只狗熊呢。当老舍先生把手伸到椅后拉出那只小布狗熊的时候，我的儿子高兴得抱住这位陌生客人的脖子，使劲地亲了他一口！这逗得我们都笑了。直到把孩子打发走了，老舍才掸了掸裤子，坐下和我们谈话。他给我的第一个难忘的印象是：他是一个热爱生活、热爱孩子的人。

从那时起，他就常常给我寄来他的著作，我记得有：《老张的哲学》、《二马》、《小坡的生日》，还有其他的作品。我的朋友许地山先生、郑振铎先生等都告诉过我关于老舍先生的家世、生平，以及创作的经过，他们说他是出身于贫苦的满族家庭，饱经忧患。他是在英国伦敦大学东方学院教汉语时，开始写他的第一部小说《老张的哲学》的；并说他善于描写劳动人民的生活和感情，很有英国名作家狄更斯的风味等等。我自己也感到他的作品有特殊的魅力，他的传神生动的语言，充分地表现了北京的地方色彩；充分地传达了北京劳动人民的悲愤和辛酸、向往与希望。他的幽默里有伤心的眼泪，黑暗里又看到了阶级友爱的温暖和光明。每一个书中人物都用他或她的最合身分、最地道的北京话，说出了旧社会给他们打上的烙印或创伤。这一点，在我们一代的作家中是独树一帜的。

我们和老舍过往较密的时期，是在抗战期间的重庆。那时我住在重庆郊外的歌乐山，老舍是我家的熟客，更是我的孩子们最欢迎的人。"舒伯伯"一来了，他们和他们的小朋友们，就一窝蜂似地围了上来，拉住不放，要他讲故事，说笑话，老舍也总是笑嘻嘻地和他们说个没完。这时我的儿子和大女儿已经开始试看小说了，也常和老舍谈着他的作品。有一次我在旁边听见孩子们问："舒伯伯，您书里的好人，为什么总是姓李呢？"老舍把脸一绷，说："我就是喜欢姓李的！——你们要是都做好孩子，下次我再写书，书里的好人就姓吴了！"孩子们都高兴得拍起手来，老舍也跟着大笑了。

因为老舍常常被孩子们缠住，我们没有谈正经事的机会。我们就告诉老舍："您若是带些朋友来，就千万不要挑星期天，或是在孩子们放学的时候。"于是老舍有时就改在下午一两点钟和一班朋友上山来了。我们家那几间土房子是没有围墙的，从窗外的山径上就会听见老舍豪放的笑声："泡了好茶没有？客人来了！"我记得老舍赠我的诗笺中，就有这么两句：

闲来喜过故人家，
挥汗频频索好茶。

现在，老舍赠我的许多诗笺，连同他们夫妇赠我的一把扇子——一面写的是他自己的诗，一面是胡絜青先生画的花卉。在"四人帮"横行的时候，都丢失了！这个损失是永远补偿不了的！

抗战胜利后，我们到了日本，老舍去了美国。这时我的孩子们不但喜欢看书，而且也会写信了。大概是因为客中寂寞吧，老舍和我的孩子们的通信相当频繁，还让国内的书店给孩子们寄书，如

《骆驼祥子》、《四世同堂》等等。有一次我的大女儿把老舍给她信中的一段念给我听,大意是:你们把我捧得这么高,我登上纽约的百层大楼,往下一看,觉得自己也真是不矮!我的小女儿还说:"舒伯伯给我的信里说,他在纽约,就像一条丧家之犬。"一个十岁的小女孩,哪里懂得一个热爱祖国、热爱人民的作家,去国怀乡的辛酸滋味呢?

一九五一年,我们从日本回来。一九五二年的春天,我正生病,老舍来看我。他拉过一张椅子,坐在我的床边,眉飞色舞地和我谈到解放后北京的新人新事,谈着毛主席和周总理对文艺工作者的鼓励和关怀。这时我的孩子们听说屋里坐的客人是"舒伯伯"的时候,就都轻轻地走了进来,站在门边,静静地听着我们谈话。老舍回头看见了,从头到脚扫了他们一眼,笑问:"怎么?不认得'舒伯伯'啦?"这时,这些孩子已是大学、高中和初中生了,他们走了过来,不是拉着胳膊抱着腿了,而是用双手紧紧握住"舒伯伯"的手,带点羞涩地说:"不是我们不认得您,是您不认得我们了!"老舍哈哈大笑地说:"可不是,你们都是大小伙子,大小姑娘了,我却是个小老头儿了!"顿时屋里又欢腾了起来!

一九六六年九月的一天,我的大女儿从兰州来了一封信,信上说:"娘,舒伯伯逝世了,您知道吗?"这对我是一声晴天霹雳,这么一个充满了活力的人,怎么会死呢!那时候,关于我的朋友们的消息,我都不知道,我也无从知道……

"四人帮"打倒了以后,我和我们一家特别怀念老舍,我们常常悼念他,悼念在"四人帮"疯狂迫害下,我们的第一个倒下去的朋友!前几天在电视上看到《龙须沟》重新放映的时候,我们都流下了眼泪,不但是为这感人的故事本身,而是因为"人民的艺术家"没有能看到我们的第二次解放！一九五三年在我写的《陶奇的暑期日记》那篇小说里，在七月二十九日那一段，就写到陶奇和她的表妹小秋看《龙须沟》影片后的一段对话，那实际就是我的大女儿和小女儿的一段对话：

看完电影出来……我看见小秋的眼睛还红着，就过去搂着她，劝她说："你知道吧？这都是解放以前的事了。后来不是龙须沟都修好了，人民日子都好过了吗？我们永远不会再过那种苦日子了。"

小秋点了点头，说："可是二妞子已经死了，她什么好事情都没有看见！"我心里也难受得很。

二十五年以后，我的小女儿，重看了《龙须沟》这部电影，不知不觉地又重说了她小时候说过的话："'四人帮'打倒了，我们第二次解放了，可惜舒伯伯看不见了！"这一次我的大女儿并没有过去搂着她，而是擦着眼泪，各自低头走开了！

在刚开过的中国文联全委扩大会议上，看到了许多活着而病残的文艺界朋友，我的脑中也浮现了许多死去的文艺界朋友——尤其是老舍。老舍若是在世，他一定会作出揭发"四人帮"的义正词严淋漓酣畅的发言。可惜他死了！

关于老舍，许多朋友都写出了自己对于他的怀念、痛悼、赞扬的话。一个"人民艺术家"、"语言大师"、"文艺界的劳动模范"的事迹和成就是多方面的，每一个朋友对于他的认识，也各有其一方面，从每一个侧面投射出一股光柱，许多股光柱合在一起，才能映现出一个完全的老舍先生！为老舍的不幸逝世而流下悲愤的眼泪的，决不止是老舍的老朋友、老读者，还有许许多多的青少年。老舍若是不死，他还会写出比《宝船》、《青蛙骑士》更好的儿童文学作品，因为热爱儿童，就是热爱着祖国和人类的未来！在党中央向科学文化进军的伟大号召下，他会更以百倍的热情为儿童写作的。

感谢党中央，粉碎了"四人帮"，也挽救了文艺界，使我能在十二年之后，终于写出了这篇悼念老舍先生的文章。如今是大地回春，百花齐放。我的才具比老舍先生差远了，但是我还活着，我将效法他辛勤劳动的榜样，以一颗热爱儿童的心，为本世纪之末的四个现代化的社会主义祖国的主人，努力写出一点有益于他们的东西！

一九七八年六月二十一日

# 悼念林巧稚大夫


四月二十三日早晨，我正用着早餐，突然从广播里听到了林巧稚大夫逝世的消息，我忍不住放下匕箸，迸出了悲痛的热泪！

我知道这时在国内在海外听到这惊人的消息，而叹息、而流泪、而呜咽的，不知有多少不同肤色、不同年纪、不同性别的人。敬爱她的病人、朋友、同事、学生实在是太多太多了。

她是一团火焰，一块磁石。她的"为人民服务"的一生，是极其丰满充实地度过的。她从来不想到自己，她把自己所有的技术和感情，都贡献倾注给了她周围一切的人。

关于她的医术、医德，她的嘉言懿行，受过她的医治、她的爱护、她的培养的人都会写出一篇很全面很动人的文章。我呢，只是她的一个"病人"、一个朋友，只能说出我和她的多年接触中的一些往事。就是这些往事，使得这个不平凡的形象永远在我的心中闪光！

我和林大夫认识得很早，在本世纪二十年代，我在燕京大学肄业，那时协和医学院也刚刚成立。在协和医院里的医护人员和医院的社会服务部里都有我的同学。我到协和医院去看同学时常常会看见她。我更是不断地从我的同学口中听到这可敬可爱的名字。

我和她相熟，还是因为我的三个孩子都是她接生的（她常笑说"你的孩子都是我的孩子"）。在产前的检查和产后的调理中，她给我的印象是敏捷、认真、细心而又果断。她对病人永远是那样亲人一般地热情体贴，虽然她常说，"产妇不是病人。"她对她的助手和学生的要求，也十分严格。我记得在一九三五年我生第二个孩子的时候，那时她已是主治大夫，她的助手实习医生是我的一个学生。在我阵痛难忍、低声求她多给我一点瓦斯的时候，林大夫听见了就立刻阻止她，还对我说，"你怎能这样地指使她！她年轻，没有经验，瓦斯多用了是有危险的。"一九三七年十一月，当我生第三个孩子的时候，她已是主任大夫了。那时北京已经沦陷，我们的心情都十分沉重抑郁，林大夫坐在产床边和我一直谈到深夜。第二年的夏末我就离开北京到后方去了。我常常惦念着留在故都的亲人和朋友，尤其是林巧稚大夫。一九四三年我用"男士"的笔名写的那本《关于女人》里面的《我的同班》，就是以林大夫为模特儿的，虽然我没有和她同过班，抗战时期她也没有到过后方。抗战胜利后，在我去日本之前，还到北京来看过她。我知道在沦陷的北京城里，那几年她仍在努力做她的医务工作。她出身于基督教的家庭，一直奉着"爱人如己"的教义。对于劳动人民，她不但医治他们的疾苦，还周济他们的贫困。她埋头工作，对于政治一向是不大关心的。珍珠港事变以后，美国人办的协和医院也被日军侵占了，林大夫于是自开诊所，继续做她的治病救人的事业。我看她的时候，她已回到了胜利后的协和医院，但我觉得她心情不是太好，对时局也很悲观，我们只谈了不到半天的话，便匆匆分别了。

一九五一年我回到了解放后的祖国，再去看林大夫时，她仿佛年轻了许多，容光焕发，她举止更加活泼，谈话更加爽朗而充满了政治热情。作为一个科学家，一个医务工作者，她觉得在社会主义祖国里，如同在涸辙的枯鱼忽然被投进到阔大而自由的大海。她兴奋，她快乐，她感激，她的"得心应手"的工作，得到了党和国家领导人，尤其是周总理的器重。她的服务范围扩大了，她更常常下去调查研究。那几年我们都很忙,虽说是"隔行如隔山",但我们在外事活动或社会活动的种种场合,还是时时见面。此外,我还常常有事求她:如介绍病人或请她代我的朋友认领婴儿。对我的请求,她无不欣然应诺。我介绍去的病人和领到健美的婴儿的父母,还都为林大夫的热情负责而来感谢我!

十年动乱期间,我没有机会见到她,只听说因为她桌上摆着总理的照片,她的家也被抄过。七十年代初期,我们又相见了,我们又都逐渐繁忙了起来。她常笑对我说:"你有空真应该到我们产科里来看看。我们这里有了五洲四海的婴儿。有白胖白胖的欧洲孩子,也有黑胖黑胖的非洲孩子,真是可爱极了!"这时我觉得她的尽心的工作已经给她以充分的快乐。

一九七八年她得了脑血栓病住院,我去看她时,她总是坐在椅子上,仍像一位值班的大夫那样,不等我说完问讯她的话,她就问起"我们的孩子",我的工作,我的健康。我看她精神很好,每次都很欣慰地回来。一九七九年全国人大开会期内,我们又常见面,她的步履仍是十分轻健,谈话仍是十分流利,除了常看见她用右手摩抚她弯曲的左手指之外,简直看不出她是得过脑血栓的人。一九八〇年夏,我也得了脑血栓住进医院。我的医生、她的学生告诉我,林大夫的脑病重犯了,这次比较严重,卧床不起。一九八〇年底她的朋友们替她过八十大寿的时候,她的脑力已经衰退,人们在她床头耳边向她祝寿,她已经不大认得人了。那时我也躺在病床上,我就常想:像她那么一个干脆利落,一辈子是眼到手到,做事又快又好的人,一旦瘫痪了不能动弹,她的喷涌的精力和洋溢的热情,都被拘困在委顿松软的躯体之中,这种"力不从心"的状态,日久天长,她受得了吗?昏睡时还好,当她暂时清醒过来,举目四顾，也许看到窗帘拉得不够平整，瓶花插得不够妥帖。叫人吧，这些事太繁琐、太细小了，不值得也不应当麻烦人，自己能动一动多好！更不用说想到她一生做惯了的医疗和科研的大事了。如今她能从这种"力不从心"的永远矛盾之中解脱了出来，我似乎反为她感到释然……

林大夫比我小一岁，二十世纪初，我们的祖国，正处在水深火热的内忧外患之中，我们都是"生于忧患"的人。现在呢，我们热爱的祖国，正在"振兴中华"的鼓角声中，朝气蓬勃地向着建设社会主义现代化的途上迈进。我们这一代人在这个时期离开人世，可算是"死于安乐"了。我想林大夫是会同意我的话的。

一九八三年五月十一日

## 忆 实 秋

我和实秋阔别了几十年。我在祖国的北京,他在宝岛台湾,生活环境,都不相同。《文汇报》"笔会"约我写回忆文字,也只好写些往事了。

记得在我们同船赴美之前,他"在一九二三年七月写了一篇《繁星与春水》,登在《创作周报》第十二期上,作了相当严格的批评"。他那本在国内出版的《雅舍怀旧——忆故知》中的《忆冰心》那篇里,也说繁星和春水的诗作者"是一个冷隽的说理"的人,又说"初识冰心的人,都觉得她不是一个容易令人亲近的人,冷冰冰的好像要拒人于千里之外。"以后我们渐渐地熟悉了。他说:"我逐渐觉得她不是恃才傲物的人,不过有几分矜持……",底下说了几句夸我的话,这些话就不必抄了。

一九二六年我们先后回国,一九二七年二月他就同程季淑女士结婚了。这位程季淑就是他同我说的在他赴美上船以前,话别时大哭了一场的那位女朋友。真是"有情人终成眷属"。

婚后,他们就去了上海,实秋在光华、中国公学两处兼课。一九三○年夏,他又应青岛大学之约全家到了青岛。我一九二六年回国后,就在母校燕京大学任教。一九二九年文藻自美归来,我们在燕大的临湖轩举行了婚礼,以后就在校园内定居了下来。我们同实秋一家见面的机会就少了,不过我们还常常通信。实秋说我爱海,曾邀我们去他家小住,我因病没有成行,文藻因赴山东邹平之便,去盘桓了几天。

我们过往比较频繁，是在四十年代初的大后方。我们住在重庆郊外的歌乐山，实秋因为季淑病居北平，就在北碚和吴景超、龚业雅夫妇同住一所建在半山上的小屋，因为要走上几十层的台阶，才得到屋里，为送信的邮差方便起见，梁实秋建议在山下，立一块牌子曰"雅舍"。实秋在雅舍里怀念季淑，独居无聊，便努力写作。在这时期，他的作品最多，都是在清华同学刘英士编的《时代评论》上发表的。

抗战胜利后，我们到了日本，一九五一年又回到了祖国。实秋是先回北平，以后又到台湾。在那里，他的创作欲仍是十分旺盛，写作外还译了莎士比亚的全部著作，这是一项了不起的收获！

在台湾期间，他曾听到我们死去的消息，在《人物传记》上写了一篇《忆冰心》（这刊物我曾看到，但现在手边没有了）。我感激他的念旧，曾写信谢他。实秋身体一直很好，不像我那么多病。想不到今天竟由没有死去的冰心，来写忆梁实秋先生的文字。最使我难过的，就是他竟然会在决定回来看看的前一天突然去世，这真太使人遗憾了！

一九八七年十一月十三日

## 一位最可爱可佩的作家

这位作家就是巴金。

为什么我把可爱放在可佩的前头？因为我爱他就像爱我自己的亲弟弟们一样——我的孩子们都叫他巴金舅舅——虽然我的弟弟们在学问和才华上都远远地比不上他。

我在《关于男人》这本书的《他还在不停地写作》一文里，已经讲过我们相识的开始，那时他给我的印象是腼腆而带些忧郁和沉默。但在彼此熟识而知心的时候，他就比谁都健谈！我们有过好几次同在一次对外友好访问团的经历，最后一次就是一九八〇年到日本的访问，他的女儿小林和我的小女儿吴青都跟我们去了。在一个没有活动节目的晚上，小林、吴青和一些年轻的团员们都去东京街上游逛。招待所里只剩下我们两个。我记得那晚上在客厅里，他滔滔不绝地和我谈到午夜，我忘了他谈的什么，是他的身世遭遇？还是中日友好？总之，到夜里十二点，那些年轻人还没有回来，我就催他说："巴金，我困了，时间不早了，你这几天也很累，该休息了。"他才回屋去睡觉。

就在这一年的九月，我得了脑血栓后又摔折了右腿，从此闭门不出。我一直住在北京，他住在上海，见面时很少，但我们的通信不断。我把他的来信另外放在一个深蓝色的铁盒子里，将来也和我的一些有上下款的书画，都送给他创办的"中国现代文学馆"。

他的可佩——我不用"可敬"字样，因为"敬"字似乎太客气了——之处，就是他为人的"真诚"。文藻曾对我说过："巴金真是一个真诚的朋友。"他对我们十分关心,我最记得四十年代初期在重庆,我因需要稿费,用"男士"的笔名写的那本《关于女人》的书,巴金知道我们那时的贫困,就把这本书从剥削作家的"天地出版社"拿出来,交给了上海的"开明书店",每期再版时,我都得到稿费。

文藻和我又都认为他最可佩服之处,就是他对恋爱和婚姻的态度上的严肃和专一。我们的朋友里有不少文艺界的人,其中有些人都很"风流",对于钦慕他们的女读者,常常表示了很随便和不严肃的态度和行为。巴金就不这样,他对萧珊的爱情是严肃、真挚而专一的,这是他最可佩处之一。

至于他的著作之多,之好,就不用我来多说了,这是海内外的读者都会谈得很多的。

总之,他是一个爱人类,爱国家,爱人民,一生追求光明的人,不是为写作而写作的作家。

他近来身体也不太好,来信中说过好几次他要"搁笔"了,但是我不能相信!

我自己倒是好像要搁笔了,近来我承认我"老了",身上添了许多疾病,近日眼睛里又有了白内障,看书写字都很困难,虽然我周围的人,儿女、大夫和朋友们都百般地照顾我,我还是要趁在我搁笔之前,写出我对巴金老弟的"爱"与"佩"。

为着人类、国家和人民的"光明",我祝他健康长寿!

一九八九年一月二十六日阳光满案之晨

# 怀念郭小川

我和郭小川熟悉,是在一九五五年他在中国作协当党组副书记的时候。我们曾一同参加过一九五八年八月在苏联塔什干召开的"亚非作家会议"。他似乎从来没有称呼我"同志",只叫"谢大姐"。我对他也像对待自己的亲弟弟一样的爱怜。我觉得他在同时的作家群中,特别显得年轻、活泼、多产、才华横溢。关于他的诗作,读者们早有定论。关于新诗,我又早已是个"落伍者",在此就不多说了。我只想讲些我和他两人之间的一些事情。

十年浩劫期间,作协的"黑帮"们都囚禁在文联大楼里,不准回家,每天除了受批挨斗外(我是比较轻松的,因为在我上面还有"四条汉子"以及刘白羽等大人物!我每次只是陪斗。)就坐在书桌旁学习毛主席著作。我是一边看书,一边手里还编织一些最不动脑筋的小毛活,如用拆洗后的旧毛线替我的第三代的孩子们织些小毛袜之类。小川看见了,一天过来对我说:"大姐,你也替我织一双毛袜吧。"我笑了,说:"行,不过你要去买点新毛线,颜色你自己挑吧。"第二天他就拿来几两灰色的毛线,还帮我绕成圆球,我立刻动手织起来。一天后织好交给他,他就在我面前脱下鞋子,把毛袜套在线袜上,笑着说:"真合适,又暖和,谢谢大姐了。"这是我一生中除了家人以外,替朋友做的唯一的一件活计!

大约是一九六六年以后吧,作协全体同志都被下放到湖北的咸宁干校去劳动改造。我们这一批"老弱病残"如张天翼、陈白尘等人和我下去得最晚。小川虽然年轻,但是他有肝炎,血压又高,还有牙周炎,属于病残一类,当然也和我们在一起;直到林彪第一号命令下来(总是七十年代初吧),连"老弱病残"也不准留在北京了,而郭小川和我却因为要继续在医院拔牙,直到六九年底才从北京出发,我记得我们两家的家属都到车站送行。

我永远也忘不了,我们中途到了武昌,住在一处招待所里,那时正是新年,人们都回家过年去了,招待所里空荡荡的。只因为我们来了,才留下了一位所长和一位炊事员。晚饭后孤坐相对,小川却兴奋地向我倾吐了他一生的遭遇。他是河北人,在北京蒙藏中学上过学,还是他当教员的父亲千方百计替他弄进去的。他因为年纪小,受尽了同学们的欺负。再大一点,他便在承德打过游击。三七年后他到了延安,进过研究学院,听过毛主席在文艺座谈会上的讲话,以后就一直过着宣传和记者的生涯……他滔滔不绝地讲到了中夜,还是因为我怕他又犯高血压的毛病,催他去睡,他才恋恋不舍地走进他屋里去。

我们在武昌还到医院里去治牙。从医院出来,他对我抱怨说:"你的那位大夫真好,你根本没哼过一声。我的这个大夫好狠呵,把我弄得痛死了!"

我们在武昌把所有的冬衣、雨衣、大衣都套起穿在身上,背着简单的行李,在泥泞的路上,从武昌走到咸宁,当我们累得要死的时候,作协来接我们的同志,却都笑着称我们为"无耻(齿)之人",这又把我们逗笑了。

我到咸宁作协干校不到一个月,就被调到湖北沙洋中央民族学院的干校去了,从此便和小川失去了联系。

以后的关于小川的消息都是从朋友们的口中知道的:说是他写了什么诗触怒了江青,被押到了团泊洼;一九七五年十月,中央专案组派人到团泊洼，澄清了他的问题，分配了工作；十一月他到了河南林县；一九七六年一月九日他从广播里听到了周总理逝世的消息，"哭得几乎起不了床"，他写了一首《痛悼敬爱的周总理》的诗，印了许多份，散发给了许多朋友；十月九日他听到党中央粉碎"四人帮"的消息，欣喜若狂，以上这些都是我能想象到的，意外的是就在当年的十月十八日凌晨，不幸发现他在服安眠药后点火吸烟，卧具着了火，竟至自焚而逝！

小川逝世后，他的儿子和女儿曾来过我家里，我的眼泪早已流尽，对着这两个英俊聪明的孩子，我还能说些什么呢！

一九八九年十一月十四日

# 我们全家人的好朋友——沙汀

我和沙汀认识是在五十年代初期。一位年轻同志把我带到东总布胡同作家协会东院一座小楼里,张天翼住在楼下,沙汀住在楼上,我们同时见了面,从此就常常在一起开会谈话,渐渐地熟悉起来了。

关于沙汀的人格之高尚,文格之雄浑,大家都有定论,不用我说了,我只谈谈他和我家每一个人的交情。

我的老伴吴文藻,是学社会人类学的,我们两个人隔行如隔山,各有各的工作,各有各的朋友,我们看见对方的朋友来了,除了寒暄之外,很少能参加谈话。唯有沙汀是文藻最欢迎的人,而且每次必留他吃饭,因为沙汀能和他一起喝茅台酒,一面谈得十分欢畅!

文藻喜欢喝酒,这是自幼跟他父亲养成的习惯,我却不喜欢他喝酒,认为对他身体不好。他的朋友和学生总是送他茅台酒,说是这酒强烈而不"上头",就是吃了不头晕,于是我们厨柜里常有茅台酒。一九八五年文藻逝世了,沙汀来看我时,我把柜里的一瓶茅台酒送他。他摇摇头说:"如今我也不喝酒了!"

四十年代我们在四川重庆郊外的歌乐山住过五年。我的孩子们都是在四川上的小学,学的是一口四川话(至今她们在背"九九表"的时候,还用的是四川话),非常欢迎能说四川话的客人。沙汀说的是一口带有浓重四川口音的"普通话",因此他一来了,她们就迎上来,用四川话叫:"沙伯伯,沙伯伯!"而且总要参加我们的谈话，留恋着不肯走开。

　　沙汀听觉一向不太好，因此我们从来不打电话，他来了听话时，也常由同来的小伙子在他耳边大声地说。如今听说他视觉也不行了，又误用了庸医的药，以致双目失明，要回到老家四川绵阳去了。我的外孙陈钢去给他照相时，我让他带上一个橡皮圆圈送给沙汀爷爷。我认为凡是有一两处感官不灵的人，其他的感官必定格外灵敏。我想沙汀回到温暖舒适的故乡气氛里，又有温柔体贴的女儿和他作伴，在他闲居时候，捏着这个橡皮圈，一边练手劲，一边也会想起远在北京、永远惦念他的一个老友吧！

一九九一年十一月十九日之晨。